Bodo Kirchhoff

# Wo das Meer beginnt

Wer bin ich, wenn ich begehre? Und welche Grenzen überschreite ich dabei? Das fragt sich Viktor Haberland seit einem Vorfall am Ende der Schulzeit mit Tizia, seiner Partnerin bei den Proben zum ›Sommernachtstraum‹. Damals kam es zu einer außerordentlichen Lehrerkonferenz, und nur ein alter, einzelgängerischer Lehrer machte sich für den Jungen stark. Inzwischen ist Haberland Anfang dreißig und bereitet für ein deutsches Kulturinstitut in Lissabon einen Abend unter dem Titel ›Das traurige Ich‹ vor. Auftreten soll unter anderem eine Schauspielerin mit Gedichten zum Thema, und auf Anfragen meldet sich das Mädchen von einst, nun am Theater, ohne zu wissen, wer sie da engagieren will. Für Haberland aber spielt sich das ganze Drama seiner Jugend noch einmal ab …

Bodo Kirchhoff ist mit ›Wo das Meer beginnt‹ ein meisterhaft erzählter Roman über Liebe und Eros gelungen, über die Spannung zwischen Körper und Sprache, über Situationen der Grenzüberschreitung.

*Bodo Kirchhoff,* geboren 1948 in Hamburg, lebt in Frankfurt am Main und am Gardasee, wo er mit seiner Frau im Sommer Schreibkurse leitet. Sein umfangreiches Werk umfasst Romane, Erzählungen und Novellen, Theaterstücke und Drehbücher. Er wurde u. a. mit dem Deutschen Kritikerpreis, der Carl-Zuckmayer-Medaille und zuletzt für seine Novelle ›Widerfahrnis‹ mit dem Deutschen Buchpreis 2016 ausgezeichnet.

Bodo Kirchhoff

# Wo das Meer beginnt

Roman

dtv

Von Bodo Kirchhoff sind bei dtv außerdem erschienen:
Infanta
Erinnerungen an meinen Porsche
Eros und Asche
Die kleine Garbo
Parlando
Die Liebe in groben Zügen
Schundroman
Verlangen und Melancholie

MIX
Papier | Fördert gute Waldnutzung
FSC® C019821

3. Auflage 2025
2017 dtv Verlagsgesellschaft mbH & Co. KG
Tumblingerstraße 21, 80337 München
produktsicherheit@dtv.de

Lizenzausgabe mit freundlicher Genehmigung der Frankfurter Verlagsanstalt
Umschlaggestaltung: dtv unter Verwendung
eines Fotos von gettyimages/itchySan
Gesetzt aus der Adobe Garamond Pro
Satz: Katrin Uplegger, dtv
Druck und Bindung: Druckerei C.H.Beck, Nördlingen
Printed in Germany · ISBN 978-3-423-14590-9

# – 1 –

»Was ist mit dir, was denkst du? Du denkst, ich hätte keine Phantasie, ich könnte mir nicht vorstellen, was an dem Abend zwischen dir und dem Mädchen war, aber ich kann es mir vorstellen, und wie ich das kann«, sagte mein alter Lehrer, kaum saßen wir uns zum ersten Mal bei einer Kanne lakritzeschwarzem Kaffee gegenüber, ich noch beurlaubt und er krank geschrieben. Das war für mein Gefühl gestern, in diesem März, dem März, als Bagdad vor Berlin oder Beckham in den Nachrichten kam.

»Denn ich kenne das Mädchen, und ich kenne dich, Haberland, und ich weiß, was ein Schulkeller ist und wie man sich fühlt nach einer Theaterprobe, Sommernachtstraum, doch es würde auch schon der Name des Mädchens genügen, um es mir vorstellen zu können. Ihre Mutter, alleinerziehende Ärztin mit Bildungsallüren, hatte sich, inspiriert durch einen Roman, für Tizia entschieden, was die Tochter zwingen sollte, apart zu sein, so wie dein vielbeschäftigter Vater – ein einziges Mal besuchte er meine Sprechstunde, um nach deinen Fortschritten im Deutschen zu fragen – dich mit nichts als einem Wort dazu verdammt hat, als Mann aufzutreten. *Stil*, sagte er, das sei sein Appell an dich, und so trafen zwei Verdammte aufeinander, die eine mit dem Willen, alles Aparte abzuwerfen, der andere mit dem Vorsatz, endlich mit eigenem Stil aufzutrumpfen. Oh, ich kann es mir sogar lebhaft vorstellen, wie dieses Mädchen, das gar kein Mädchen mehr war, wenn auch noch lang keine Frau, nach der Theaterprobe – sie die Thisbe, du der Pyramus, die Szene mit der symbolischen Wand und dem Loch – dir in den Keller gefolgt ist oder gar vor dir herging, Hände im Nacken, und mit dem Fuß die Tür zum Heizraum aufstieß …

Wenig später brennt dort beiderseits einer Luftmatratze je eine Kerze, und ein klassischer Plattenspieler mit alter Platte, Schuleigentum, liefert dazu die Musik, auf die wir noch kommen. Und wie gesteuert von dieser Musik knöpft sich Tizia das Hemd auf, das sie als Thisbe getragen hat, und läßt es sich über die Schultern fallen, und übrigbleiben – alles andere verschwindet für dich – zwei überraschend volle Brüste, die über dem Herzen etwas schwerer und beide mit einer Gänsehaut, wahrlich apart, als führten sie ein Eigenleben. Deine Augen sind noch ganz darauf gerichtet, da hat sich Tizia schon die Hose, in der sich anderntags ein Riß finden soll, über die Schenkel gestreift, wobei sie ihre Beine anzieht und sich, bewußt oder unbewußt, nach hinten rollt auf der Luftmatratze, während du vor ihr in die Knie gehst, als gäbe es etwas anzubeten, die Hände am Knäuel ihrer Hose wie an einem Rettungsreif, wenn du den Vergleich gestattest. Du hast gezerrt an dem Knäuel, keine Frage, sonst wäre es kaum zu dem Riß gekommen, der allerdings nicht groß war, nur ein Stück offene Naht: Also war es vielleicht noch ihr Wille, nehme ich an, sich in der Weise ausziehen zu lassen. Doch dann muß etwas geschehen sein, das sich über ihren Willen hinwegsetzte oder ihn brach, etwas, das mehr von dir ausging als von ihr, auch wenn es nicht allein *deinem* Willen gefolgt sein muß, jedenfalls nicht deinem freien. Aber wie dem auch sei, Haberland – es hat zu jener Reihe schwer einzuordnender Schreie geführt, die unseren Hausmeister, den bekanntermaßen ängstlichen Zimballa, veranlaßt haben, hilfesuchend im Delphi, also um die Ecke, anzurufen, wo wir alle vor einem schwerverdaulichen griechischen Essen saßen, als könnte eine erwachsene Frau und Rektorin nicht auch allein sechsundfünfzig werden.

Als uns Zimballas Anruf erreichte, gut eine Stunde nach Ende der Probe, und das heißt, eine knappe Stunde nach Erscheinen der Kressnitz beim Griechen – als Leiterin der Theatergruppe durfte sie später kommen –, bedankte sich die Cordes gerade für unsere Teilnahme an ihrer Feier, die sie im selben Atemzug für beendet erklärte. Im *Hölderlin*, wie sie sich ausdrückte, passiere etwas Schlimmes, und schon bei dieser Einleitung ließ jeder Messer und Gabel sinken, erleichtert, wie mir schien. Ersticktes Schreien im Keller, sagte die Jubilarin mit einem Griff nach den Blumen, für die jeder gespendet hatte, und kurz danach platzten wir mit Zimballas Hilfe bei euch herein, wie dir sicher noch gut oder weniger gut in Erinnerung sein wird. Kollege Blum, der seinen Lammspieß einfach mitgenommen hatte, war der erste in der ruckartig geöffneten Tür; ich sah zunächst nur auf ihn, der mit seinen neugemachten Zähnen noch einen Fleischbrocken vom Holzstäbchen zog, während die Augen schon auf den Boden gerichtet waren, und folgte dann seinem Blick, bedrängt durch unsere sonst so gebremste Kristine, ich meine die Kressnitz, die sich wohl irgendwie verantwortlich fühlte für das Geschehen im Raum und, unter Einsatz des Kollegen Graf, der ja auch privat nie über den Sportlehrer hinauskommt, an mir vorbeizugelangen versuchte und mich nun vollends gegen Blums Rücken schob, wodurch meine Sicht auf die Dinge fast gänzlich versperrt war. Ich sah nur ein Stück Luftmatratze und zwei leicht behaarte Waden sowie eine der beiden flackernden Kerzen und in deren Lichtschein einen Fuß mit lackierten Nägeln, welcher seitlich der Matratze ein Stück frei in der Luft hing, geradezu pendelnd über einem geknüllten Taschentuch, als sei er mit einer Schnur an der Decke befestigt. Und im nächsten Moment gingen schon die Kerzen aus, zuerst die meinen Blikken entzogene, dann die andere, durch Pusten. Das geknüllte Taschentuch aber geriet in Bewegung und rutschte wie ein Blatt im Wind an Blums Mailänder Slippern vorbei – er hatte ihre Herkunft erwähnt – und landete genau vor meinen Schnürschuhen aus dem Kaufhof, während die Cordes zum Lichtschalter griff und es eine Sekunde lang hell wurde, viel zu hell, um etwas zu sehen, bevor jemand ihre Hand förmlich wegschlug und das Licht wieder löschte, zu deinem Vorteil, Haberland. Es war Blum, der wieder für Dunkelheit sorgte, kein anderer hätte so entschieden dazwischengehen können; es erstaunt mich immer wieder, was sich die Frauen von ihm alles bieten lassen, nicht nur die Cordes, mit der er verreist war, auch die Kressnitz, an deren Hals vorbei er zum Lichtschalter gelangt hat, wo seine Hand stur verharrte, während sie den Kopf etwas schräg legte, um sich an seinem Arm zu reiben, so mein Eindruck. Leo Blum behielt auch weiter die Hand auf dem Schalter, was mit seiner Herkunft zu tun haben mochte, der ewigen Sorge, von fremder Seite bestimmt zu werden, hier jedoch, in der Gegenwart, nur alle anderen beschränkte. Er versperrte sowohl der Cordes den Weg als auch ihrer Stellvertreterin, unserer niemals krankfeiernden Frau Kahle-Zenk, beide mehr als sonst geschminkt, die Jubilarin noch mit ihren elf Rosen im Arm, Quersumme aus sechsundfünfzig, Pirsichs Idee. Es konnte nun keiner mehr nachrücken, und nach dem Aufflammen des Lichts, das jeden geblendet hatte, war in den Raum selbst noch weniger hineinzusehen als vorher. Ich sah nur meine Schuhe und das Taschentuch und bückte mich schnell danach und steckte es ein, eins dieser Dinge, die man besser nicht zu erklären versucht, verrückt wie die ganze Geschichte dort unten, ich meine nicht eure, ich meine unsere, die der alarmierten Lehrer, in den Augen nichts als Neugier und in den Händen das herübergerettete Essen, eine jener Geschichten, die sich mit allen Mitteln ihrem wahren Ernst widersetzen. Doch wir waren beim Licht, das jetzt nur noch aus dem Kellergang in den Raum fiel, aus dem Zimballa Musik und Schreie gehört hatte, ein Licht, das mehr auf die Gesichter der Betrachter fiel als den Gegenstand der Betrachtung, höchstens noch in Türnähe auf einen schmalen roten Gürtel, vermutlich hastig aus einer Hose gezogen und von Pirsich, durch kurzes In-die-Hocke-Gehen, aufgehoben, womit es nun zwei Trophäen dieses Abends gab, Gürtel und Taschentuch. Und an dieser Stelle hatte ich eigentlich genug und wollte schon kehrtmachen, auch weil es ja nichts mehr zu sehen gab, nur noch die Endzeitblicke zwischen Blum und der Cordes, aber da drängten mich die beiden letzten aus der Runde beim Griechen, die erst jetzt in den Kellergang kamen, wieder zurück, nämlich unsere Stubenrauchs, bei sich, in Folie gewickelt, ihr angebrochenes Essen, Calamares mit Auberginenbrei und Zaziki. Heide Stubenrauch trug das silbrige Päckchen, das den gesamten Gang, ungleich mehr und ungleich schneller als etwa Blums Lammspieß, mit einem Aroma von griechischer Küche erfüllte, während Holger Stubenrauch mit wehender Siebzigerjahrekönigspudelfrisur und eingesackter Weinflasche, Retsina, sowie dem Ruf nach der Polizei heraneilte, und beide wollten sie von mir, der ich immer noch hinter Leo Blum stand, wissen, was sich in dem Raum, der ja nun völlig im Dunkeln lag, abspiele oder abgespielt habe …

Da seien wohl zwei drin, die nach der Theaterprobe noch etwas vorgehabt hätten, sagte ich, worauf auch schon dein Name fiel, und zwar aus dem Mund von Pirsich, das Stichwort für die Stubenrauch. Sie legte die Calamares samt Beilagen auf einen Feuerlöscher und schritt mit den Worten, dann habe die Tizia da drinnen geschrien, Richtung Tür, genau zu dem Zeitpunkt, als Blum sich umdrehte und mit beiden Armen die Kressnitz und den Sportlehrer Graf in den Gang zurückschob, mehr die Kressnitz, wie mir schien, eine Hand unter ihrer Achsel, worauf sie schon wieder den Kopf etwas schräg legte, als sei dort noch immer sein Arm, während Blum weiter Druck machte. Ich unterstützte ihn jetzt nach Kräften, und in gewisser Weise kam auch Unterstützung von dir oder euch, die ihr dort irgendwo im Dunkeln gelegen habt, ohne Mucks, womöglich noch verbunden in der Umarmung – das klären wir später. Blum hatte euch, wie gesagt, abgeschirmt, bis auf die Beine, und auch Graf und unsere gute Kristine, ich meine, die Kressnitz, dürften wenig gesehen haben in der Sekunde, als das Licht im Raum brannte; Pirsich, die Cordes und Kollegin Zenk wohl noch weniger, während die Stubenrauchs, nachdem Blum die Tür hinter sich zugezogen hatte, ganz auf seine und meine Aussage angewiesen waren, wobei man mir, obwohl nur Zeuge in zweiter Reihe, das sicherste oder sachlichste Urteil zuzutrauen schien. Nicht nur die Stubenrauchs, auch die Cordes und ihre Stellvertreterin wollten von mir wissen, ob er, also du, Haberland, sie, das heißt die Jentsch, nämlich Tizia, da drin, dem Schrei entsprechend, vergewaltigt habe und ob man nicht unverzüglich eingreifen müsse. Nein, müsse man nicht, sagte ich, als Holger Stubenrauch, hinter seiner Frau hervortretend, mit dem Ellbogen das eingewickelte Essen von dem Feuerlöscher stieß und die Folie auf dem Beton platzte. Das Zaziki mischte sich mit dem Auberginenbrei, während die Calamaresringe herauspurzelten und den Staub des Bodens wie eine zweite, feinere Panierschicht annahmen, begleitet vom Fluchen der Stubenrauchs, denen ihr verlorenes Essen Momente lang näher war als das, was sich, möglicherweise, immer noch hinter der Tür zutrug. Niemand hatte ja wirklich etwas gesehen, auch Blum, der jetzt mit dem Rücken zur Tür stand und von Pirsich, flüsternd, befragt wurde, gab nur an, daß die zwei da gelegen hätten, irgendwie, und das Licht von ihm gelöscht worden sei aus Gründen des Anstands, er also gar nichts sagen könne, aber auch gar nichts sagen wolle. Ersteres war auf jeden Fall gelogen, wenn ich nur an den pendelnden Fuß mit den lackierten Zehennägeln dachte, oder es entsprach allein der Tatsache seiner Eitelkeit, denn Leo Blum ist eigentlich Brillenträger, trägt aber fast nie eine Brille und scheut sich auch vor Kontaktlinsen, wie überhaupt vor zu engem Kontakt, nur vor Affären nicht, eine sogar – man weiß nicht, wie und warum – mit der Cordes, ich habe es schon angedeutet. Denkbar wäre also auch, daß er dich in Schutz genommen hat, Haberland, schon mit der geistesgegenwärtigen Verdunklung, aus Sympathie oder Komplizentum, während ich von Anfang an bereit war, in deinen leicht behaarten Waden und dem pendelnden Fuß und dem Taschentuch nur einen Ausdruck von unbeholfener Liebe zu sehen. Und allein deshalb habe ich nichts von dem Fuß erzählt, solange wir alle in dem Gang herumstanden, um die verstreuten, mit Staub panierten Calamares und das verspritzte Auberginenbreizaziki, und im Flüsterton berieten, was nun zu tun oder zu lassen sei, in Anbetracht deiner Volljährigkeit und Tizias Jugend und der unklaren Schreie, die Zimballa alarmiert und das Ganze in Gang gesetzt hatten. Hilferufe, wie die Stubenrauch meinte, auch wenn das Wort Hilfe nicht ausdrücklich gefallen sei, also wohl eher Laute der Verzweiflung, wenn nicht Panik – die von Blum vertretene Ansicht –, unter Umständen aber auch der Lust, dachte ich, eine Möglichkeit, die bisher noch keiner in Erwägung gezogen hatte, und mir schien der Zeitpunkt nicht ungünstig, da jetzt alle im Essen herumtraten, sie wenigstens anzuschneiden. Ob da nicht nur zwei ihren Spaß gehabt und auf den Putz gehauen hätten, sagte ich mehr vor mich hin als in die Runde, aber bis auf die Kressnitz fielen sofort alle über mich her, sogar der fortschrittliche Pirsich. Spaß und Putz, das seien ja wohl kaum die richtigen Worte, rief er, und mein Einwand, für diese Dinge gebe es sowieso nur Wörter, ging vollkommen unter. Typisch Branzger, sagte die Stubenrauch, während sich Graf und Blum, ich glaube erstmals, zusammentaten zu einem *ausgerechnet der*, das mir galt, mit der ungewollten Folge eines Blicks unserer Kunsterzieherin und Theaterleiterin: Die Kressnitz sah mich an, eine Hand vor dem Mund, darunter ein Lächeln, und ich zeigte der Stubenrauch einen Vogel. Daraufhin drohte die ganze Situation zu kippen, weg von dir, hin zu mir, bis die Cordes, die nicht umhinkonnte, zwischendurch an ihren elf Rosen zu riechen, dem Amt als Rektorin gerecht zu werden versuchte, indem sie alle zu sich bat – sie stand am Feuerlöscher – und eine kurze Rede hielt, die zweite an dem Abend, eine Rede, die immer noch lang genug war, daß jeder mindestens einmal auf einen Calamaresring trat. Im Moment könne man gar nichts tun, sagte sie, nur durch die Tür rufen, daß dies sofort zu beenden sei und sich beide morgen zu melden hätten. Und schon gar nicht könne man ins Delphi zurückkehren … Über den letzten Punkt herrschte sogleich Einigkeit, während es über den ersten zu einem Streit zwischen Holger Stubenrauch und Leo Blum kam. Stubenrauch wollte das Mädchen befreien, wie er sagte; Blum wollte euch beiden Gelegenheit geben, sich selbst aus der Affäre zu ziehen, und die übrigen hatten alle Mühe, die Streitenden und damit die ganze Gruppe nach und nach von der Tür zu eurem Nest zu entfernen, hin zu der Treppe, die ins Foyer des Hölderlin führt, wo man schließlich auch ankam und über den nächsten Schritt debattierte, Verständigung der Eltern, ja oder nein, während mir das Taschentuch in meinem Mantel einfiel und ich es hervorzog, als sei es mein eigenes, das zu benutzen mir freistand. Doch ich schneuzte mich nicht, ich roch nur daran, ein unbezwingbares Interesse am Wahren, und glaube mir, Haberland, es fällt mir nicht leicht, das zu sagen: Dem Tuch entströmte ein Geruch, der eher zu deiner als ihrer Entlastung beitrug, was mir schlagartig klarmachte, welchem Gesetz du am Ende dort unten gehorcht hast, dem der Vernunft – ob aus freien Stücken oder nicht, das spielt keine Rolle –, wie mir auch schlagartig klar war, daß ich diese Erkenntnis besser für mich behielte, jedenfalls nicht in den Kreis einbringen könnte, der da noch ratlos im Foyer stand, die Herren mit Schlips wegen der Feier, die Damen mit Modeschmuck und frischer Tönung. Ein kostümiertes Lehrerfähnlein, das sich nur darauf einigen konnte, nach Anhörung von dir und dem Mädchen, vorgesehen für den nächsten Tag, gegebenenfalls eine Konferenz anzusetzen, um möglichst rasch die Empfehlung für deinen Verbleib oder Nichtverbleib am Hölderlin auszusprechen, was ja dann auch geschehen ist, keine Woche nach dem Vorfall …«

## – 2 –

Und in Wahrheit ist das alles Jahre her, zwölf, um genau zu sein, und auch damals kam Bagdad vor Berlin in den Nachrichten, nicht aber Beckham, der noch im Hinterhof bolzte. Es war die Zeit von *Desert Storm*, nämlich des Golfkriegs, als ich schon morgens vor dem Fernseher saß und mein alter Lehrer der einzige war, der mich mehr als alle Marschflugkörper und Nachtaufnahmen interessiert hat, ja sogar mehr als Tizia und ihr Körper, der letztlich auch ein Flugkörper war, hin zu mir und wieder weg. Und viele meiner Gedanken drehen sich noch heute um seine Person, wenn überhaupt von *meinen* Gedanken die Rede sein kann; sie stellen sich einfach ein, in Wellen, eine wiederkehrende Flut, die mich fortreißt wie das Verlangen nach Tizia, als gehörte ich gar nicht mir selbst, ja unterläge, von Welle zu Welle, nur ihrer Zeit und nicht meiner, so wie das Land, auch wenn die Uhren dort schlagen, dem Meer erliegt, das alle Zeit der Welt hat. Wo also bin ich, wenn ich begehre, wessen Zeit gilt?

Die Abende bei lakritzeschwarzem Kaffee in den Wochen meiner Beurlaubung aufgrund des Vorfalls im Hölderlin, anfänglich auch die Wochen des Golfkriegs, sind mir so nah, als lägen höchstens Monate dazwischen, und manches erscheint daher stimmiger vor dem Hintergrund des jüngsten Kriegs, mit all den Parallelen für unsereins vor dem Fernseher und einem genealogischen Coup, der diesen Zeitsprung erleichtert: dem von Vater und Sohn im selben Amt, als drücke die Zeit ein Auge zu: bei Amerikas Präsidenten, wenn die Familien reich genug sind, und bei Bürgern des alten Europas, wenn ihr Inneres schwer genug wiegt. Und mit der Macht läuft es ja auch ähnlich wie mit dem Erzählen, man kommt nicht gleich dort an, trotz Reichtum und Einfluß, man muß schon Stationen einlegen, bei der Nationalgarde und auf dem Campus von Yale, als Ölvertreter oder Gouverneur von Texas, bis man der halben Welt etwas vormachen kann, um danach Krieg zu führen; oder einen verschwindenden Teil der Welt für seine Geschichte gewinnt.

Meine Stationen waren natürlich weniger spektakulär, haben aber auch weniger Jahre beansprucht. Nach dem Abitur Ersatzdienst, wie damals üblich, dann einige Reisen von der eher unüblichen Sorte, fast schon die Qualifikation für meine jetzige Tätigkeit, davor ein Studium, Politik und Benachbartes in Berlin, mit Praktika an Goethe-Instituten, zuletzt in Frankfurt, meiner Heimatstadt, mit Aussicht auf eine Laufbahn im weltweiten Netz unserer Kulturbotschaften, auch wenn man im Auswärtigen Amt dieses Wort nicht gern hört. Mein Schwerpunkt war von Beginn an politische Bildung, mein eigentliches Pfund aber ein Vater, auf den ich noch komme, damals Landesminister, und mein Fürsprecher wurde dadurch kein geringerer als jener Präsident aller Institute, der selbst etwas von Goethe hatte, nicht dem Dichter, aber dem Fürsten, lange Kulturdezernent in dessen Geburtsstadt, angeblich der Erfinder dieses Amtes. Mit seiner Hilfe kam ich nach Lissabon, meinem Wunschziel, ein Assistenzposten am hiesigen Institut, die vorerst letzte Station und somit der Ort, an dem ich dies schreibe, auf einem Gerät, das dem deutschen Steuerzahler gehört, einer der drei Vorteile des Postens. Die beiden anderen Vorteile sind die Umgebung, also Lissabon, und die Zeit, die mir bleibt.

Meine Tätigkeit ist eine mehr organisatorische als lehrende, ich sorge für den glatten Ablauf aller Abendveranstaltungen, ob Lesung, Diskussion oder Filmvorführung, und kann in der Regel über die Vormittage verfügen. Und diese hellsten Stunden des Tages nutze ich – meist im Büro, selten in den zwei Zimmern, die ich bewohne –, um für das damals Geschehene genau die Worte zu finden, die den zwar verschwindendsten, aber dafür lesegewohnten Teil der Welt auf meine Seite ziehen könnten, wobei auch diese Arbeit wieder drei Vorteile hat. Erstens steht vieles, was ich erzählen will, bereits da, in Form von Notizen meines alten Lehrers, angelegt nach jedem unserer Gespräche (siehe Kapitel eins), ja, ich habe den Verdacht, daß manche der Gespräche eher vorhandenen Notizen *gefolgt* sind, statt umgekehrt, was ein Beleg meiner früheren Hörigkeit wäre. Zweitens erleichtert mich die Arbeit; jede von Branzgers Notizen, alle geschrieben in winziger, aber lesbarer Schrift, wandert nach ihrer Verwendung – Eingabe in mein Gerät einschließlich meiner Sicht der Dinge – ins Feuer, ohne daß ich mich schlecht fühle, im Gegenteil, womit ich schon bei Punkt drei bin: Die Arbeit richtet mich auf. Denn mein alter, langjähriger Lehrer (Deutsch und Latein, plus Philosophiekurs) hat mich benutzt; er zog mich nicht, er stieß mich in eine Geschichte, die nicht meine war, und allein der Stoßende ist bekanntlich frei, der Fallende fällt nur, er kann nicht anders. Nun aber falle ich zurück, angestoßen von mir selber, und die einzige Bremse bei diesem Rückfall ist die Zeit, die ich an mich ziehe. Jede Geschichte, glaube ich, hat ihren unantastbaren Ernst – für den hat *er* gesorgt – und ihre spielerische Seite, für die sorge ich oder versuche es, wie ich auch versuche, den Veranstaltungen am hiesigen Institut, je schwerer mir die Thematik erscheint, eine um so leichtere Seite zu geben, und sei's nur durch Blumen oder eine bestimmte Musik, wenn sich der Vortragssaal füllt.

Seit Anfang des Jahres – jetzt haben wir September, der schönste Monat in dieser Stadt – bereite ich, auch unter dem Gesichtspunkt des Leichten, einen Abend mit dem Titel *Das traurige Ich* vor. Von portugiesischer Seite werden eine junge Sängerin und ein junger Romanautor das unvermeidliche Thema *fado* und *saudade*, also wehmütiges Erinnern, durch Lieder und Texte nahebringen, und von deutscher Seite erwarten wir einen renommierten Hirnforscher, der die neuronalen Grundlagen romantischer Gefühle vorstellt und daraus Schlüsse für die Freiheit des Ichs zieht. Wenn ich seinen letzten Aufsatz richtig verstanden habe, hält er das Gefühl der Traurigkeit für einen bestimmten Molekularzustand auf Basis chemischer Verbindungen wie etwa Acetylcholin, das heißt, für eine gutgläubige Selbsttäuschung, gekoppelt an Erinnerungen, die in Prioneneiweißen verschlüsselt sind, eine Auffassung, die mir einerseits entgegenkommt, weil sie gewissermaßen eine untätige oder faule Seele unterstellt, die faule Seele, die ich oft auch bin und die mir andererseits zutiefst widerstrebt, weil meine Erinnerungen überwiegend wehmütig *sind.* Hätte dieser Mann recht, bekäme unser berühmtes *Ich weiß nicht, was soll es bedeuten* – das eine nicht ganz so junge deutsche Schauspielerin neben weiteren Gedichten auf meine Anregung hin lesen wird – einen ganz neuen Sinn: daß man es nämlich durchaus wissen könne, wenn man sich nur auf der Höhe der Hirnforschung befände. Und weil ich mich nicht dort befinde, habe ich auf Heine und Hölderlin und diese Schauspielerin und zuletzt auch auf mich gesetzt, ein Effekt meiner langen Vorbereitung dieses Abends, nicht der einzige. Denn im Zuge dieser Vorbereitung – Frau Dr. Weil, die hiesige Leiterin, hat mir zum ersten Mal, vom Thema abgesehen, auch inhaltlich freie Hand gelassen – haben sich zwei Dinge ergeben, ohne die ich nie angefangen hätte, all das zu erzählen.

Je mehr ich über Traurigkeit und den Stand der Hirnforschung las, um mich einzuarbeiten, desto trauriger wurde ich, oder anders gesagt: desto mehr meiner wehmütigen Erinnerung an eine Klassenfahrt nach Lissabon und meine Geschichte mit Tizia und Dr. Branzger kehrte zurück, verbunden mit dem Wunsch oder Willen, aus dieser Erinnerung und den Notizen meines alten Lehrers, die seit damals in einer Tüte von Schade & Füllgrabe, heute Tengelmann, aufbewahrt waren, etwas zu machen, das jeden widerlegt, der uns nur als gefangene Zuschauer des eigenes Körpers sieht. Und zweitens suchte ich nach einer Schauspielerin, die mir den Heine und Hölderlin vortragen sollte, gratis am besten wegen des knappen Budgets, nur für Flug und Hotel, also kein Star, und dennoch erfahren, eher dreißig als zwanzig. Und als auf meine entsprechenden Anfragen bei deutschen Bühnen die ersten Antwortfaxe kamen, sah ich den Namen Tizia Jentsch, Staatstheater Saarbrücken – einer der Augenblicke, die wir gern umwerfend nennen, zu Recht. Ich hatte seit damals nichts mehr von Tizia gehört, schon gar nicht, daß sie Schauspielerin geworden war, auch wenn sie mit mir die Szene aus dem Sommernachtstraum geprobt hatte, und doch war ich sicher, daß sie Heine und Hölderlin so gut wie jede andere vortragen könnte, das heißt, ich *woll-*

*te* sie engagieren, also hier haben oder überhaupt haben, und überzeugte unsere Leiterin davon, daß nicht ich, sondern sie die Kandidatin anrufen müßte, was sie noch am selben Tag getan hat, mit Erfolg. Und gegen *dieses* Wollen, füge ich ausdrücklich hinzu, war beim besten Willen *nichts* zu wollen, der Hirnforscher hätte seine Freude daran.

Nur wenige Tage darauf – Mitte Februar, es war kalt und feucht in Lissabon – hatte ich dann Branzgers Notizen in der welken Plastiktüte vom Grund eines Umzugskartons voll altem Zeug geholt und in meiner sowohl elektrisch wie auch ofenbeheizten Zweizimmerwohnung am unteren, geraden Ende der Rua da Atalaia – einer Straße, von der noch zu reden sein wird – mit der Arbeit begonnen, angefangen mit dem Abend, als die Geburtstagsrunde der Cordes im Keller des Hölderlin aufgetaucht war, vor dem Raum, in dem ich mit Tizia lag, auf einer Luftmatratze, links und rechts die erwähnten Kerzen, und die Tür erst aufging und dann wieder zu … Fast atemlos hatte mein alter Lehrer das alles erzählt, und so schien er es später auch festgehalten zu haben, in einem Zug, einschließlich meines ersten Einwands: Bisher sei das ja nur die Story einer geplatzten Feier zum Vorteil der Gäste gewesen und nichts über das, was sich zwischen Tizia und mir abgespielt habe, also fehle da wohl doch Phantasie. Worauf der krankgeschriebene Dr. Branzger – für viele auch nur *Der Doktor*, weil er der einzige am Hölderlin mit diesem Titel war und überhaupt seine Person nur wenig Persönliches durchblicken ließ – die Augen geschlossen und den Gürtel um einen abgewetzten Hausmantel enger gezogen hatte, zum Zeichen, daß er gleich mit einem Vortrag käme; aber derartige Feinheiten sind mir erst nach und nach aufgegangen.

## – 3 –

»Wer etwas erzählt, Haberland, sollte sich fragen, für wen er das tut und warum und wer noch aus ihm spricht, außer er selbst, und ob er es nicht auch anders erzählen könnte, als es geschieht. Was mich nun betrifft: Ich erzähle *dir* etwas, einem beurlaubten Schüler, damit du regelmäßig hierherkommst und am Ende mehr von mir hältst als am Anfang. Und wenn ich das tue, sprechen alle aus mir, die ich je geliebt habe und liebe, die übrigen murmeln nur im Hintergrund. Schließlich Punkt vier: Ich könnte schon anders, wenn nicht gerade du mein Zuhörer wärst. Und jetzt zum Allgemeinen: Wer etwas erzählen will, muß einen Berg versetzen. Erst trägt man ihn nach und nach ab und lernt dabei alles kennen, was später in der Geschichte vorkommen soll, dann richtet man ihn unter noch ungleich größerer Mühe anstelle der Wirklichkeit wieder auf. Und das nicht in der Reihenfolge, in der man ihn abgetragen hat, da hätte man sich die Plackerei sparen können, sondern nach den Gesetzen der Schönheit; und wenn ich von Schönheit rede, meine ich damit weder, daß es an jeder Stelle gut klingt und dazu noch gut endet, noch daß man alles verstehen muß oder durch Tricks bei der Stange gehalten wird. Ich meine damit eine eher verborgene Schönheit, die sich erst im Bogen des Ganzen zeigt, aber so weit sind wir noch lange nicht; wir stehen noch am Anfang, und nun trink erst mal den Kaffee ...«

Gemeint war eine Tasse des überaus schwarzen, selbstgemahlenen Bohnenkaffees, die erste von vielen in Branzgers Wohnung – für mich zu diesem Zeitpunkt nur ein Tisch mit unseren zwei Stühlen, mehr antik als bequem, ein Mobiliar, das ich nicht weiter beachtet hatte, denn meine Aufmerksamkeit hatte damals ganz woanders gelegen, bei einem Stoß von Blättern in der Mitte des Tisches, dem Protokoll der erwähnten Konferenz, auf das mein alter Lehrer mit dem Finger zeigte. Nicht alles im Leben sollte auf Papier hinauslaufen, aber das Wichtigste schon, sagte er und kam dann auf das Datum des Protokolls (das ich in meinem Sinne verändert habe), es sei identisch mit dem Kriegsbeginn im Irak. »Was sich aber am Abend dieses Tages, als über Bagdad der Teufel los war, im Konferenzraum des Hölderlin abgespielt hat, hält das Protokoll höchstens in Umrissen fest. Alles andere will erzählt sein.«

Der Doktor beugte sich über den Tisch, rund und aus altem Holz, und hielt seine Tasse, als sei er bereit, ihren schwarzen Inhalt komplett auf das weiße Papier laufen zu lassen, doch dann kam es ganz anders. Er zeigte mir die erste Seite, schön gegliedert und sauber gedruckt, unverkennbar das Werk von Pirsich, versehen allerdings mit Bemerkungen in Branzgers winziger Schrift. »Ich habe mir auch eigene Notizen gemacht und sie hier übertragen«, sagte er. »Meine Geschichte von dieser Lehrernacht wäre also, wenn ich noch die Erinnerung hinzuziehe, annähernd vollständig. Da bleibt dann nur die Überlegung, warum ich mir derartig viel Arbeit machen soll ...« Er setzte die Tasse ab und sah mich abwartend an, bis ich ihn fragte, was der Preis dafür sei, der Preis für seine Arbeit, und er eine Hand vor den Mund nahm, wie es die Kressnitz tat, wenn sie ihr Lächeln versteckte.

»Der Preis? Ich erzähle dir, mit Hilfe dieser Unterlagen und der Erinnerung, was in der Konferenz über dich gesagt wurde, und du erzählst mir, nur mit Hilfe der Erinnerung, was an dem Abend nach der Theaterprobe zwischen dem Mädchen und dir wirklich passiert ist. Meine Geschichte aus dem Besprechungsraum, Haberland, gegen deine Geschichte aus dem Keller. Wir können heute noch damit anfangen oder erst beim nächsten Mal, es ist mir egal. Ich bin krank geschrieben, ich habe Zeit, und soweit ich weiß, ist deine Hauptbeschäftigung im Moment das Nichtstun. Aber man kann eine Beurlaubung auch besser nutzen; immerhin bist du meiner Einladung hierher gefolgt ...«

»Dann fangen wir heute an.«

Und mit einem *Gut* oder *Bestens*, jedenfalls einem Ausdruck seiner Zufriedenheit, der damals keinerlei Mißtrauen in mir erregt hatte, war seine Hand über den Tisch gekommen, als Faust, die er zweimal gegen meine Hand stieß, während er schon zu reden anhob.

## – 4 –

»Die Konferenz über deinen Fall – für die meisten längst geklärt: als Fall von Gewalt – begann damit, daß wir alle im Besprechungsraum froren wegen der ungewöhnlichen Kälte an diesem Tag und auf Klopfgeräusche aus den Heizrohren hörten, verursacht durch Zimballa. Unser Hausmeister drosch im Keller gegen eine rostige Schraube, weil die Heizung wieder einmal nicht lief, ja nahm den Schaden geradezu persönlich, wie es seine Art ist, und keuchte wohl so etwas wie, Schraube, dich krieg ich herum!, während zwei Stockwerke über ihm die gute Cordes in ihrem Rektorinnenlammfellmantel den Raum betrat. Sie nahm am Kopfende Platz, gegenüber ihrer Stellvertreterin, der ewig gesunden Kahle-Zenk, bei euch Schülern, wie du weißt, eher bekannt unter dem Kürzel *Ka-Zett*, natürlich ungerecht, was die Person betrifft. Aber zurück zur Cordes, sie führte also den Vorsitz, diese stattliche und doch im Innersten eher kleine Person, und links von ihr klappte Pirsich sein neues Schreibgerät auf, sicher im Inneren stattlicher als von außen und doch ungeeignet, sein halbgeheimes Projekt, einen Lehrerroman, voranzubringen; er wird an ihm scheitern, keine Frage, wie auch schon, Jahre zuvor, an einer Doktorarbeit über Sexualerziehung, worauf er seinen Namen einfach um einen Buchstaben mit Punkt erweitert hat und als Rolf C.

Pirsich dennoch oder erst recht dieses Spezialgebiet unterrichtet. Und so saß er der Cordes nicht nur als Protokollführer zur Seite, sondern wohl auch als Fachmann für das Geschlechtliche. Ihm vis-à-vis, und das heißt, auf der anderen Seite der Cordes, also rechts von ihr, saß Leo Blum. Er trug an dem Tag seinen gefütterten Trenchcoat, der mehr noch als seine italienischen Schuhe das Gerücht um Nebeneinkünfte nährt – bin ich zu schnell?«

»Nein.«

»Und der Kaffee? Ist er gut?«

Es schien ihm wichtig zu sein, wie ich seinen Kaffee fand, und ich trank einen Schluck, obwohl ich gar kein Kaffeefreund bin, schon gar nicht der eines solchen Höllengebräus, und sah dabei zu einem kleinen Sofa in Nähe des Fensters, einem Möbel, das sicher geeigneter war, einer längeren Geschichte zu folgen, als mein Stuhl ohne Armlehne, aber da fuhr der Doktor schon fort.

»Kein Gerücht«, sagte er, »ist dagegen Blums gehabte Affäre mit der Cordes, die bei ihm nur einen traurigen Blick auf sie hinterlassen hat, einen Blick wie beim Thema Israel, für Blum ja seit langem Ziel einer Klassenfahrt, die er immer wieder verschiebt, während er die Sache mit der Cordes auch zum schlechtesten Zeitpunkt durchgezogen hatte, wenige Monate nach dem Tod ihres Mannes. Blum ist ja gerade mal fünfzig, wirkt aber älter – wozu auch das Mantelfutter beiträgt, es gibt ihm den Anschein einer bedrohten Art –, und in diesem Mantel befand er sich in krassem Gegensatz zu seinem Nachbarn, dem einzigen mit bloßen Armen im Raum, nämlich dem Sportlehrer Graf, immerzu und von keinem bemerkt in der Form seines Lebens, doch selbst für dieses Stück Tragik zu dumm. Sein Kapital sind gewisse Muskeln und eine Tätowierung am Hintern, von der die ganze Schule weiß, seit er bei einem Fitneßheftwettbewerb, Deutschlands schönster Lehrer, auf Platz drei kam – ich erwähne das hier nur der Vollständigkeit halber –, mit einem Foto ohne Badehose, schräg von hinten, was seinem Namen, wie du weißt, eine nette Vorsilbe eingebracht hat. Und ausgerechnet er saß zwischen Blum und, pikanter noch, der Kressnitz, die ihm im Lehrerzimmer schon ausdrücklich verboten hatte, sie mit Kristine anzureden oder gar zu duzen, eine reizvolle Maßnahme, wie ich finde. Sie ist übrigens mit keinem per du, jedenfalls nicht in Gegenwart anderer, eine Frau, die kaum über dreißig ist, aber schon Umgangsformen einer Mitvierzigerin hat! Und für eine Kunsterzieherin, die auch noch Musik unterrichtet und eine Theater-AG leitet, mehr als passabel aussieht, wenn ich das sagen darf. Jahrelang hatten wir auf diesem Posten nur Frauen, die sich von Nüssen und Tee ernährt haben und mit einem Bein in der Psychiatrie standen, während die Kressnitz in der großen Pause sogar ein Wurstbrot ißt, ohne der Typ einer Wurstesserin zu sein, und auch nicht auf Kunst und Theater macht, obwohl es ihr stünde: als hellhäutige, immer sehr angezogene, hochgeschlossene Person, die nur gern ihre Fesseln zeigt und ihre Ohren. Und so stellt man sich mit Hilfe des Wenigen, das man sieht, immerzu das Viele vor, das man *nicht* sieht – angeblich auch ihr Stil beim Inszenieren, du kannst mich verbessern. Wie dem auch sei: Sie hatte seit Monaten Szenen aus dem Sommernachtstraum geprobt und dich für eine der schönsten besetzt, zusammen mit dem Mädchen Tizia, eine Szene, die an dem fraglichen Abend sogar aufgezeichnet worden ist, mit der Videokamera der Schule, und das Band hatte die Kressnitz bei sich, um es im geeigneten Moment vorzuführen. Es lag schon auf dem Tisch, als die Cordes ihre Einleitung machte, und sie hatte uns kaum begrüßt, da fragte Blum nach der Heizung, von Pirsich in Stichworten festgehalten wie jeder Einwurf, aber auch bestimmte Äußerlichkeiten, etwa daß die Kressnitz in einer Garderobe wie für ein geistliches Konzert erschienen sei oder ihr Nachbar zur Rechten – und das war ich – offenbar an fiebriger Erkältung leide, *Kollege Branzger, mit Taschentuch, hustend*, was ich nur bestätigen kann. Es ging mir dreckig an diesem eisigen Freitag, ich hatte die Krankschreibung schon in der Tasche, ja wäre fast im Bett geblieben, und all die verlorenen Worte auf dieser Konferenz hätte das Schicksal der meisten verlorenen Worte ereilt, nämlich nie zu einer Geschichte zu werden. Noch Kaffee?«

Es war seine Standardfrage an den ersten Abenden, Noch Kaffee?, und von meiner Seite fast immer eine erhobene, verneinend hin- und herbewegte Hand, und an diesem ersten Abend kam er noch damit, daß jede Tasse Kaffee ein Tribut an das beredte Wesen der Frauen sei, in unseren Breiten, ebenso das Ausholen zu einer Geschichte, jedes Es-war-einmal: ein Tribut an die Frauen. Und ob ich es mit dieser Art Verbeugung jetzt einmal versuchen wollte, nicht gleich mit der ganzen Geschichte, aber dem Anfang, »Wie wär's?«

»Bitte«, sagte ich, »es begann auf der Klassenfahrt. Israel war mal wieder ins Wasser gefallen, und so mußte es wenigstens mehr sein als Paris oder Rom, und man entschied sich für Lissabon. Sie selbst waren dabei ...«

»Eine unvergeßliche Woche, Haberland. Mit wem hast du das Zimmer geteilt?«

»In der lausigen Pension? Mit Hoederer.«

»Und eure Themen, nachts? Die jungen Damen?«

»Wir sprachen nur einmal über die Kressnitz.«

Der Doktor strich sich über die Lippen, dann hob er den Finger. »Ich denke, das reicht«, sagte er, »sonst verlieren wir den Faden. Ich saß, wie gesagt, mit Husten und Fieber am Tisch, um die Schultern meinen alten Kamelhaarmantel und vor dem Mund ein Taschentuch, was nichts daran ändern konnte, daß sich die Bakterien gerecht auf meine Nachbarinnen verteilten, zur Linken auf die Kressnitz – die mich beschäftigt, wie du gemerkt haben wirst – und zur Rechten auf die Zenk, die mich immerhin nicht zum Wechseln der Straßenseite veranlaßt, was ich weder von der Stubenrauch und schon gar nicht von der Cordes sagen könnte ...«

»Aber die Cordes hat doch was.«

»Wenn man nur ihren geschlossenen Mund betrachtet, ja. Ich habe aber nichts dagegen, daß Frauen den Mund auch öffnen, und zwar zum Sprechen. Und Cornelia Cordes, um das gleich abzuschließen, zählt zu den Frauen, die größten Wert auf weibliche Wirkung legen, sich jedoch den üblichen Folgen entziehen, indem sie mit viel Gefühl das Klima vergiften – was auch zu ihrem Kürzel unter den Schülern geführt haben mag, Tse-Tse, dem Klang der Initialen angelehnt und in jedem Fall gerechter als Ka-Zett, auch wenn die Kahle-Zenk jeden Morgen mit einem Familienbus, satellitengesteuert wie die Bomben auf Bagdad, am Hölderlin vorfährt und direkt neben der Cordes parkt. Natürlich wäre sie selbst gern Rektorin und hat auch gute Aussichten, aber noch saß sie gewissermaßen am Fußende, mit mir als Nachbarn zur Linken und dem einzigen offiziellen Paar in der Runde rechts von ihr, nämlich den Stubenrauchs, er in alarmierend gelbem Anorak, bei sich einen Rucksack, der Königspudel Holger mit grauem Lockenbusch, eine Frisur, die ich schon vor zwanzig Jahren verabscheut habe. Und sie mit kurzem Henna-Haar und einer Reihe von Accessoires, um den Anorak wettzumachen, nehme ich an, die rostrote Heide; und vor beiden auf dem Tisch eine Thermoskanne mit Bechern. Sein Fach ist die Geographie, wie du weißt, dazu der Politikkurs, wo es auf alle Probleme der dritten Welt eine Antwort gibt, speziell auf die afrikanischen, aufgrund seiner Reisen in den Kongo et cetera, zusammen mit Heide, deren Fotos aus Busch und Urwald unsere Flure um den letzten wilhelminischen Charme gebracht haben, was allerdings nur auf ihren Mann zurückfiel, mit der trefflich schmerzenden Verkürzung seines Namens, an die er sich gewöhnt hat, Kongo-Holger; so wie er nicht vom afrikanischen Elend loskommt, kann Heide sich nicht vom Henna und auch nicht von ihm befreien. Ihr Fach ist ja Englisch, die Sprache des Weltpolizisten, aber viel wichtiger ist ihr die Supervisionsgruppe, die sie ins Leben gerufen hat. Kollegen, die von sich selbst nicht genug kriegen können, treffen sich dort einmal pro Woche zur Aussprache unter ihrer Regie; nie geht es ohne Tränen ab, wie man hört. Und natürlich war ihr Platz während der Konferenz an Holgers Seite, oder umgekehrt, seiner an ihrer, wie sie auch immer in der großen Pause aus einer gemeinsamen Brotdose das zweite Frühstück einnehmen, aus einem Freßnapf, Haberland, man mag das glauben oder nicht ...«

Und soweit ich weiß, war von meiner Seite ein Ausdruck der Ungläubigkeit gekommen, obwohl der Pausennapf der Stubenrauchs quasi Allgemeingut war, sonst hätte Branzger kaum in einer Demonstration reagiert, die ich noch vor mir sehe in ihrer traurigen Komik. Er spielte auf einmal, wie die Stubenrauchs aus ihrem Napf aßen, wobei er sich Mühe gab, der Sache gerecht zu werden, indem er nicht übertrieb, ja, er zeigte sogar noch, wie sie die Pausenhappen kauten, nämlich bewußt, eher die Augen als den Mund bewegend. Und auch seine Augen hatten sich bewegt, als verfolgten sie das Geschehen im Gaumen, Augen wie die von Paul Newman, ebenso blau und ebenso alt, wenn man an den Film denkt, wo er den Lebenslänglichen spielt, der einen Schlaganfall vortäuscht, um freizukommen (während Branzger, denke ich, ein Leben lang den Mann vorgetäuscht hat, der nur sich selber begehrt, um seine Freiheit zu wahren).

Der Doktor beschloß die Vorführung mit einem knappen Lächeln, und sein Blick verlor sich irgendwo über meinem Haar, bevor er leise fortfuhr. »Neun Personen saßen also um den Tisch, als die Cordes ihren Lammfellmantel auszog, obschon es immer noch kühl war, und die Konferenz über dich eröffnete. Der Schüler Viktor Haberland, neunzehn, stehe im dringenden Verdacht, die noch nicht volljährige Tizia Jentsch nach einer abendlichen Theaterprobe im Keller der Schule vergewaltigt zu haben, begann sie. Die Anwesenden, um ein Haar Zeugen des Vorfalls, hätten am nächsten Tag, vertreten durch die Schulleitung und einen Vertrauenslehrer, Herrn Blum, mit den Betroffenen geredet, und der Beschuldigte habe erklärt, von seiner Seite sei keinerlei Gewalt im Spiel gewesen, worauf Tizias Mutter, Frau Dr. Jentsch, bekannt als engagierte Ärztin, bereits am folgenden Morgen anhand einer schriftlichen Aussage der Tochter, in der gleich mehrfach das Wort Vergewaltigung vorgekommen sei, darauf bestanden habe, daß Haberland, wenn auch Sohn eines Politikers, die Schule verlassen müsse, anderenfalls mobilisiere sie sowohl den Beirat als auch die Medien. Ein Kontakt mit dem Vater des Beschuldigten, derzeit in China, habe nicht hergestellt werden können, sagte die Cordes, und Haberlands Mutter habe die Dinge nur zur Kenntnis genommen, während mit der Dame Jentsch kaum zu reden gewesen sei, und das zu einem Zeitpunkt, als der Beirat bereits Wind davon bekommen habe, so daß man nun von zwei Seiten unter Druck stehe und in der Konferenz auf jeden Fall ein Beschluß über Haberlands Zukunft gefaßt werden müsse, Punkt. Das waren ihre Worte, gemäß Protokoll. Keine so unfaire Darstellung des Sachverhalts, oder was denkst du? Wenn ich davon ausgehe, daß du denken kannst …«

## – 5 –

Einer der Lieblingssprüche der neueren Hirnforschung, der im übrigen schon ein Spruch meiner Schulzeit war, lautet: Wenn du denkst, daß du denkst, dann denkst du nur, daß du denkst. Im Grunde ein Wortspiel, aber ohne den Pfiff des Bonmots, eher etwas in der Art von Fischers Fritz, an dem wir uns die Zunge oder in diesem Fall den Verstand abbrechen sollen, und beides war mir damals passiert (denke ich), während es heute, bei meiner Vorbereitung auf den deutsch-portugiesischen Abend unter dem Titel *Das traurige Ich* – inzwischen soll ich auch die anschließende Diskussion leiten –, eher drohend vor mir steht.

Meine Zunge war in Gegenwart von Dr. Branzger so gut wie gelähmt oder eben abgebrochen, jedenfalls was die ersten Abende anging, und mein Verstand hatte sich darauf beschränkt, ihm zu folgen, wobei mir immerhin klar wurde, daß die Geschichte von der Konferenz über mich nur aus seinem Mund interessant war, so wie unsere Träume erst Bedeutung erlangen, wenn wir sie wiedergeben. Und vermutlich war das auch der wahre Grund meiner Besuche bei ihm: daß er mir etwas erzählt hat. Und auch wenn ich mich heute – vor mir den Stoß seiner Notizen und all die Artikel zur Vorbestimmtheit des Denkens, neben dem Fax aus Saarbrücken, die Schauspielerin Jentsch betreffend – frage, ob ich anders gekonnt hätte, als mich immer wieder von ihm einnehmen zu lassen, bis zum bitteren Ende, gibt es darauf nach wie vor keine vernünftige Antwort, nur die Antwort: offenbar nicht. Und ich konnte wohl auch nicht anders, als auf Tizia zu fliegen, mit allen Folgen für sie und für mich, so, wie ich immer wieder auf gewisse Frauen fliege, ohne wirklich bei ihnen zu landen; und wenn die Ursachen dafür bei den Molekülen liegen, warum nicht. Denn wie es aussieht, scheint es ihnen keineswegs gleichgültig zu sein, wie sie gelagert sind, oder käme es sonst, wieder und wieder, zu der Hinwendung an eine bestimmte Mundform und Haarfarbe à la Tizia, oder jede leuchtende Wade? Keiner könne anders, als er ist, sagt einer der Oberhirnforscher, und ich sage: meinetwegen.

Die Besuche bei Dr. Branzger mögen für mich die bestmögliche Verhaltensoption gewesen sein, gestützt auf eine Unzahl von Variablen, zu der ich auch das Elternhaus rechne, auf das ich gleich komme; und von mir aus und im nachhinein sollen all diese Optionen ruhig einem Wettbewerb verschiedenster Erregungsmuster entspringen, ohne den höheren Schiedsrichter meines Ichs, doch Branzgers Notizen und Nachträge, die vor mir liegen, tun das mit Sicherheit nicht. Sie sind nicht Folge einer maximalen Kohärenz aller Variablen, die seine und meine Geschichte betreffen, sondern bringen diesen größtmöglichen Zusammenhang überhaupt erst hervor, als Fiktion, wie die Hirnforschung ein wenig geringschätzig meint, ich sage: als Geschichte, eine Geschichte, die ich nach Kräften zu meiner mache, nicht nur durch die zeitliche Nähe. Ich erlaube mir auch auszusprechen, was ich damals nur gedacht habe oder nicht einmal das, seine Fiktion also fortzusetzen und mit mir selbst zu durchdringen, in der Weise wie mich Branzger, mein alter Lehrer, durchdrungen hatte; und auf sein Schlußwort an unserem ersten Abend, Oder was denkst du?, wenn ich davon ausgehe, daß du denken kannst, antworte ich erst heute mit einer gewissen Freiheit, nicht ihm gegenüber, sondern mir.

Ich hatte in dem Moment an meinen Vater gedacht, damals wie gesagt Landesminister, dem das Ganze nicht nur wegen der Chinareise verspätet, sondern vor allem, Einfluß meiner Mutter, verwässert zu Ohren gekommen war, so daß er mich erst als Auftakt eines Kurzurlaubs, also schon zu Erholungszwecken, zur Rede gestellt hat, und zwar in einem Garten am Gardasee, seinem Garten samt Haus und Boot zum Überstehen aller höheren Feiertage. Und ich erinnere mich noch recht gut an unser kurzes und angenehmes Gespräch am Ostersonntag, wie aber eigentlich jedes Gespräch mit meinem Vater kurz war und vielleicht deshalb auch angenehm. Er habe gehört, sagte er, ich hätte irgendeinen Mist mit einem Mädchen gebaut, nun, so etwas komme vor, und wir sollten da auch gar nicht zurückschauen, sondern jetzt lieber nach vorn – eine andere Richtung kennt er ja gar nicht –, die Frage sei also, ob das meinen schulischen Zeitplan gefährde und ob da womöglich etwas klebenbleibe an mir, das später zur Belastung würde – denn die Medien, sagte mein Vater, wühlten in jedem Fall. Seine Sorge bei dieser Bemerkung hatte fast etwas Überzeugendes, und es war nicht leicht, ihn zu beruhigen; man schaukelt sich ja auch immer hoch bei solchen Gesprächen, zumal unter freiem Himmel. Wir hatten überlange Olivenzweige beschnitten, mein Vater führt eine Art Krieg gegen sie, nach wie vor, auch als friedliebender Hauptstadtpolitiker. Das Zittern ihrer tausend Blättchen während der Augustglut macht ihn verrückt, als seien die Bäume ein Spiegel, durch den er noch tiefer ins Sommerloch stürzt, jedenfalls stutzten wir Zweig um Zweig und waren bald von meiner Sache zu seiner gekommen: wie er es denn nun, parteiintern, halten sollte mit den Amerikanern …

Es war der übliche Gesprächslauf, mein Vater findet immer einen Weg, um von der kleinen Welt in die große zu biegen, im Grunde hat er sein Privatleben mit der Politik abgeschafft, ja, ich glaube sogar, daß dort sein wahres Motiv für die ganze Karriere liegt, und nach vierzehn Tagen in der Augustglut, wenn die Zweige voll Blättchen schon wieder nachgewachsen sind, bleibt ihm nur noch ein Pendeln zwischen Despotie und Lethargie; entweder unterdrückt er meine Mutter oder döst im Schatten. Und bei der Gelegenheit gleich ein Wort zu ihr: Obwohl ohne Titel und Würden, ist sie ihm an Bildung klar überlegen – zwischen Politiker und Ehefrau durchaus normal – und hat auch noch mit ihrer eigenen kleinen TV-Produktion, spezialisiert auf Menschenporträts, einen Ausgleich. Allerdings stürzt sie sich nur auf Leute, die noch depressiver sind als sie selbst, die übrige Zeit verbringt sie mit Büchern und Rotwein und ihrer Migräne, ein Eigenleben, das mein Vater mühelos übersieht, auch weil es seine Frau kaum davon abhält, ihm die Krawatten zu kaufen, die dann bei Fernsehauftritten als *lebhaft* auffallen. Zwei Personen also, die für mich, ihr einziges Kind, noch heute eher durch Abwesenheit glänzen. Unsere Doppelhaushälfte im sogenannten Malerviertel von Frankfurt, eine Lage mit Blick auf die Hochhäuser ohne Belästigung durch die Stadt, hatte praktisch mir gehört, dazu die ganze Arbeitskraft einer blonden Polin. Und so stammen meine Kenntnisse über die beiden – das Wort Eltern würde ich gern vermeiden – aus den Tagen in dem erwähnten Ferienhaus, allerdings bevor sie das Golfspiel entdeckt hatten oder besser gesagt, die Beschäftigung mit

Schlägern, Bällen und Löchern. Denn seitdem flüchten sie auf den Platz oberhalb von Garda, bei unterschiedlichem Handikap, also jeder für sich, während ich auch heute noch in den Ferien das Motorboot meines Vaters bewege, dreihundert PS, die er selber kaum nutzt, allenfalls nachts, um nicht als Luftverpester fotografiert zu werden.

Bei jenem kurzen und angenehmen Gespräch über den von mir gebauten Mist hatten wir, wie gesagt, noch vereint die Oliven beschnitten und waren dann doch, nach einem Streit über die Methoden der Amerikaner, jeder seiner Wege gegangen, er zu den achtzehn Löchern, ich zu den acht Metern Boot. Es war ein kleiner, nur von meiner Seite geführter sinnloser Streit, der viel weniger mit Amerika als mit meinem Vater zu tun hatte, der wieder einmal mit den Gebärden des Großahnen seiner Partei auf mich einsprach, ja fast schon mit derselben rauhen Stimme, wäre da nicht eine frische Halsentzündung gewesen, Strafe für Abschlagen bei Regen; also das ganz und gar Gewöhnliche statt des ganz und gar Besonderen, das ich inzwischen, zu meinem Glück und Unglück, woanders gefunden hatte.

## – 6 –

Das Eßzimmer meines alten Lehrers gehörte zum vorderen Teil einer großen Altbauwohnung – deren wirkliche Größe zu Beginn meines zweiten Kaffeeabends, genau zehn Tage nach dem ersten, noch reine Vermutung war. Ich hatte ja bisher nur den einen Raum gesehen (geräumiger als meine ganze Bleibe im Bairro Alto von Lissabon, wenn ich hier so hin und her gehe zwischen all den Notizblättern), und ich war auch wieder in diesem Raum empfangen worden, mit frischem Kaffee und einem Kommentar zum Krieg.

Der Doktor sprach von der Beherztheit der jungen US-Soldaten, die ja eigentlich am Leben hingen, aber ihr Leben in die Waagschale schmissen, wovon leider ein herzloser Präsident profitiere. Ohne mich aus den Augen zu lassen kam das, gefolgt von einer Mischung aus Lachen und Husten, schon der Sprung vom Weißen Haus in den Keller des Hölderlins, und noch ehe ich auf das lockere Thema des Kriegs zurückkommen konnte, pochte Branzger plötzlich auf etwas, das beim ersten Mal noch ganz anders geklungen hatte, jedenfalls nicht wie ein Appell: als sollte auch ich in die Schlacht ziehen. »Und nun zu dir, Haberland. Erzähl, was an dem Abend passiert ist.«

Sein Husten legte sich, wie auf Befehl nach erfolgter Attacke, und meine Antwort war kurz: Darauf sei ich nicht vorbereitet. »Oder was haben Sie erwartet?«

»Vermutlich zuviel«, sagte Branzger und schloß den Gürtel seines Hausmantels für eine neue Lektion, diesmal nur mit der Frage, wie man vom berühmten Satz Nummer eins zum weniger berühmten Satz Nummer zwei kommt, wofür er gleich ein Beispiel gab, während ich mich zum ersten Mal umsah. Das Zimmer war unter Umständen gar kein Eßzimmer, auch wenn dort der Tisch stand, an dem wir saßen, unter einem maßvollen Kronleuchter, der sein Licht noch auf einen Paravent und das erwähnte kleine Sofa warf.

Von diesem Sofa, auf dem wir leider nicht saßen, ginge der Blick – falls es doch noch soweit käme – durch eine offene Doppeltür in einen Arbeitsraum mit großem Teppich und Stößen von Büchern neben dem Teppich, als hätte er nie von Ikea oder überhaupt von Regalen gehört, sowie ein paar Bildern an der rückwärtigen Wand, alle im Dunkeln.

Nur ein ganz allgemeiner Eindruck war da beim Nippen an dem schwarzen Kaffee und gleichzeitigen Zuhören entstanden (oder entstand erst jetzt, beim Sichten der alten Notizen, ich weiß es nicht), der ganz allgemeine Eindruck, daß mein Lehrer Dr. Branzger nicht nur nicht der war, für den wir ihn immer gehalten hatten, ein einsamer Versager, sondern ein gänzlich anderer sein könnte.

»Und wenn ich vom Erzählen rede«, kam er auf den Ausgangspunkt zurück, »meine ich damit nicht bloß ein Bergeversetzen, sondern auch das Sichaufschwingen zu einem Ton, der nicht deiner ist, Haberland, höchstens vorübergehend: solange es dir gelingt, auf den Zehenspitzen zu stehen und die Finger zur Decke zu strecken. Wer sich beim Erzählen zurücklehnen möchte, braucht gar nicht erst damit anzufangen. Alles Bequeme reicht nur zum Schildern der Dinge, und ich will von dir nicht hören, daß dieses Mädchen schön war oder, schlimmer noch, sinnlich und, als einfallslosester aller Fälle, faszinierend, wie ich auch nichts von irgendwelcher Lust hören will. Das alles sollte nur entstehen, wenn du erzählst, ohne daß man gleich merkt, wodurch es entstanden ist. Denk einfach an die Musik, Haberland: nicht die Noten interessieren, sondern der Klang.«

Eine leichte Röte stieg in ihm auf, als geniere er sich für

den etwas vollgenommenen Mund, und ich sah wieder in den Nebenraum zu den Bildern im Dunkeln.

»Die zeige ich dir noch früh genug.«

»Was sind es für Bilder?«

»Landschaften.«

»Landschaften?«

»Ja. Aber man könnte auch Körper sagen. Oder Körperteile. Und im übrigen sind es Zeichnungen, keine Bilder.«

»Wer zeichnet denn heut noch?«

»Gute Frage – deshalb sind es auch alte Zeichnungen. Ich hörte allerdings von der Kressnitz, *du* würdest zeichnen ...«

»Kritzeln.«

»Mach dich nicht klein, Haberland.«

»Sie kennen mein Gekritzel nicht.«

»Bist du da sicher?«

Ich war mir nicht sicher, denn ich hatte der Kressnitz eins meiner Blätter verehrt, und schwieg also, und immer noch sah er mich von der Seite an, jetzt wie ein Blick auf meine Landschaft, Wüste wäre das bessere Wort. Denn in jenen Wochen nach dem Scheitern an Tizia befand ich mich auf einem Höhepunkt der Öde; es gab ja nichts zu tun während meiner Beurlaubung, nichts außer zu warten, auf die nächsten Nachrichten mit Bildern vom Krieg und die Besuche bei Dr. Branzger. Ich selbst war gewissermaßen die einzige Erhebung in dieser Öde, daher der Ausdruck Höhepunkt, und was mich erhob oder aufgerichtet hatte, das waren der Krieg im Fernsehen und die Stunden in dieser Wohnung, mehr als alles Friedensgerede von Leuten, die nur auf den Nobelpreis scharf sind und sich dafür die Verachtung

Amerikas einhandeln, wie ich mir die Verachtung Tizias eingehandelt hätte, wäre ich an dem fraglichen Abend nach Hause gegangen statt in den Heizungskeller. Es gab einfach diese Idee, nach der Probe noch etwas weiterzumachen mit unseren Rollen, sie mit ihren Seufzern als Thisbe, ich mit meinen als Pyramus, und dafür brauchte sie den Schutz der Schule und wohl auch der Zeit, sie wußte, wann Zimballa abschloß. Eine Stunde waren ihr und mir geblieben, um uns irgendwie Gutes zu tun oder auch nicht.

»Bitte«, sagte der Doktor auf einmal, »wenn du noch nicht soweit bist, Haberland, und lieber vor dich hinstarrst, als den Mund aufzumachen, dann öffne wenigstens die Ohren!«

## – 7 –

»Die Cordes hatte kaum den Sachverhalt dargestellt, da kam Blum schon mit einer Ergänzung: Zwei Tage nach dem Vorfall sei Haberland in einer Bar, die von älteren Schülern besucht wird, durch Sprüche aufgefallen, Sprüche über das Theaterspielen und Sprüche über Frauen; der Vertreter der Oberstufe, Herr Balz, werde das vor der Konferenz bestätigen und auch ein Votum abgeben. Dazu komme die Meinung des Elternbeirats, und der sei überwiegend für den Ausschluß, also die erste Stimme gegen den Jungen, bei noch neun offenen Stimmen der Anwesenden, gemäß Satzung reiche die einfache Mehrheit für eine Entscheidung.

Und darauf gleich unser Protokollführer: Wieso Junge? Haberland sei fast zwanzig, die Tizia werde achtzehn, also mindestens Männchen und Weibchen! Pirsich echauffierte sich, und Stubenrauch, sein Nachbar zur Linken, heizte die Sache noch an, er sagte so etwas wie: Nix da, Leute seien das, denen es zu gut gehe, da gebe es doch bei dem Typ nur die Sorge, He, wie komm ich irgendwo rein, und bei der Kleinen, He, wie komm ich groß raus. Außerdem sei Vergewaltigung im Prinzip das Letzte! Beifall von seiner Frau, die dann sofort den Bogen vom Täter zum Opfer schlug, zu dem Mädchen, von dem bisher noch keiner geredet habe, wie das ja immer bei Opfern so sei.«

Der Doktor holte Luft und begann im Protokoll zu blättern, er fand die Stelle und hob einen Finger: »Zwischenruf Graf: Für ihn sei Tizia kein Opfertyp! Woraufhin sich Stubenrauch nun endgültig an die Frauen ranschmiß: Ein hübsches Mädchen sei also selber schuld, wenn man im Keller über es herfalle, ja? Die Reaktion ein allgemeines Durcheinander, bis sich die Cordes an die Kressnitz als Leiterin der Theatergruppe wandte: Ob da auf den Proben etwas gewesen sei zwischen den beiden. Und was glaubst du, was unsere mit Shakespeare liierte Kristine gesagt hat? Sie sagte: Ja, da war etwas, aber nur an Kleinigkeiten zu erkennen. Und schon hatte die Stubenrauch einen Grund, um auf ihre Selbstbetrachtungsgruppe zu kommen: Solche Kleinigkeiten herauszuhören sei nicht einfach, das lerne man eigentlich nur in einer Supervision, nicht wahr. Und dabei ging ihr Blick auch noch zu mir, während Kristine, also die Kressnitz, nur kopfschüttelnd dasaß, dann aber erwiderte, sie mache lieber mit den Schülern richtiges Theater. Ein Affront gegen Henna-Heide oder das Stubenrauchsche Konzept im allgemeinen – offenbar soviel Theater, ereiferte sich ihr siamesischer Mann, daß es danach zur Vergewaltigung gekommen sei. Und an der Stelle vermerkt das Protokoll: zunehmende Lautstärke. Ich nutzte die Gelegenheit, um zu husten, und spürte, wie mir das Fieber in den Kopf stieg, während die Kressnitz rief: Wo fange denn die Gewalt an, wenn zwei sich liebten? Und schon war ein neues Faß aufgemacht, und Blum kam mit dem Vorschlag, sich erst einmal über Begriffe zu verständigen: Waren die zwei ein Pärchen, gingen die miteinander? Und was das heiße, miteinander gehen. Ob da nur einer den anderen liebte oder jeder den anderen ein bißchen? Und wer aber liebte dann mehr? Und wo fange die Vergewaltigung an, wenn einer den anderen mehr liebe? Und was das überhaupt sei, wenn man dabei nicht an Krieg denke, sondern an zwei gutaussehende Halbwüchsige, die vermutlich nur eine einzige Not kennen würden: sie selbst zu sein. Und so weiter.«

»Blum ist ein Schwätzer.«

»Vorsicht, Haberland. Klären wir lieber, ob er mit seiner Einschätzung richtiglag.« Der Doktor schaute ins Protokoll, ohne Lesebrille, dafür leicht zurückgebeugt, einen Finger auf dem Papier, und ich sah ihn über seine Notizen streichen, als seien sie aus Fleisch und Blut und er hätte etwas mit ihnen. Dann richtete er den Finger auf mich, wobei er die Augen schloß. »Natürlich kann Liebe auch Not sein«, sagte er, »oder der Zustand unseres jeweils gültigen Irrtums, aber unter solchen Gesichtspunkten hatten wir nicht über dich zu befinden. Es ging um Gewalt – es sei denn, deine Partnerin im Sommernachtstraum hätte gelogen. Um dir zu schaden. Doch warum sollte sie das tun? Oder gab es einen Grund? War die Liebe vielleicht zu einseitig? So was kommt vor, ich gebe es zu; oder war sie schon etwas abgekühlt, wie dein Kaffee …«

Mein alter Lehrer legte jetzt die Fingerspitzen aufeinander und sah mich wieder an, wobei er fragend die Brauen hob, legitimer Versuch, mich zum Erzählen zu bewegen, ich aber trank den Kaffee, der auch lauwarm noch höllisch genug war, und schwieg.

»Wie du willst – dann mußt du *mir* eben zuhören. Die Zenk mischte sich jetzt ein, sie sei nicht bereit, sagte sie, hier über Aussehen zu reden – weil Blum ja das Wort gutaussehend gebraucht hatte, im Hinblick auf dich, wobei ich ihm recht geben muß, das nur nebenbei. Sie habe Tizia in Physik, fuhr die Zenk fort, und könne nur feststellen: Die kapiere Physik mit einer Leichtigkeit, die die Jungs mindestens so nervös mache wie alles andere an ihr, und natürlich nahm Pirsich diese Bemerkung zum Anlaß, um auf sein Lieblingsthema, die Sexualkunde, zu kommen und dabei gleich zu erwähnen, daß die Jentsch in dem Fach schon von sich aus zwischen Fortpflanzungstrieb und Verlangen unterschieden habe, während du nicht einmal zur Fraktion der Witzereißer gehört hättest. Dieses Mädchen, sagte Pirsich, habe eine Sprache für das Sexuelle gehabt und Haberland kaum ein Schulterzucken. Das waren seine Worte, der Versuch eines Bonmots, vielleicht schon ein Teil von Pirsichs Lehrerroman, an dem er seit Jahr und Tag sitzt, sein großes offenes Geheimnis. Und Sprache war dann das Stichwort für die Cordes, sie begann aus Tizias Aussage zu zitieren, als Beispiel für deren verbales Vermögen, die Stelle steht im Protokoll, ich suche sie rasch, wenn du noch Kaffee willst, bedien dich, du kannst auch Konfekt haben, wenn du so etwas magst, ein Freund hat das mitgebracht, aus Paris. Da ist die Stelle, hör gut zu ...«

Der Doktor beugte sich wieder über den Tisch und begann aus dem Protokoll vorzulesen, während ich an den Konfektfreund aus Paris dachte (oder höchstwahrscheinlich an ihn gedacht hatte – bestimmt ein Studienkollege, mag mir durch den Kopf gegangen sein, demnächst auch in Pension, oder ein früherer Schüler, inzwischen Familienvater, aber warum sollte der ihn mit Süßigkeiten verwöhnen? Also unter Umständen mehr als ein Freund, einer, mit dem man gemeinsam nascht – auch ein möglicher Gedanke).

»He, was ist? Träumst du?« Branzger bewegte eine Hand vor meinen Augen, er schien sich Sorgen zu machen, und ich spielte noch etwas den Träumer, bis er Tizias Aussage angeblich zum zweiten Mal vorlas. »Das war seine Idee, nach der Theaterprobe noch einmal allein die Szene zu proben, im Keller. Er führte mich in einen Raum, und da lagen eine Luftmatratze und eine Decke, und der alte Schulplattenspieler stand auf dem Boden. Und wir fingen auch wirklich an mit der Szene, bis der Vigo plötzlich zwei Kerzen ansteckte und das einzige Licht löschte und mir versprach, daß nichts passieren würde, wenn ich zu ihm auf die Matratze käme. Und darum legte ich mich zu ihm, angezogen, und er fiel über mich her. Ende des Zitats.«

»Alles falsch«, sagte ich.

»Aber sie hat dich Vigo genannt – auf diese Taufe komme ich noch. Und ihr wart dort unten. Und habt geprobt.«

»Ja.«

»Also nicht alles falsch.«

»Der Keller war ihre Idee, nicht meine.«

»Der Name Vigo – *das* war ihre Idee. Und vielleicht auch der Ort, um diesen Namen zu testen. Aber woher kam die Luftmatratze? Wer traf die Vorbereitungen?«

»Dieser Raum ist immer vorbereitet.«

»Also ein frequentierter Ort, interessant. Und die Kerzen, der Plattenspieler?«

»Auch ihre Idee, jedenfalls die Kerzen.«

»Und die Musik kam von dir?«

»Die hatte ich besorgt, ja. Nur, was beweist das?«

»Nach Beweisen hat auch Blum gefragt. Diese Aussage, meinte er, beweise doch gar nichts. Blaue Flecken, Spermaspuren, das seien Beweise. Er wurde ziemlich direkt. Worauf die Stubenrauch in die Luft ging – später hat sie völlig die Nerven verloren. Eine Frau, die vergewaltigt worden sei, dusche hinterher, bis ihr die Haut runterfällt, rief sie. Stille, bis auf ein Knacken im Heizungsrohr, und dann die Zenk: Man solle hier nicht Polizei spielen, nach Beweisen suchen, man habe über einen Schüler zu befinden. Und über eine Situation, die entstanden sei. Man stelle sich nur mal vor, sagte sie sinngemäß, der Haberland bleibe hier, begegne Tizia im Flur, und im Hintergrund pfiffen seine Freunde über den tollen Hecht, der sich die Jentsch geschnappt hat. So was hält doch kein Mädchen aus! Entgegnung Blum: Sofern das

Mädchen die Wahrheit gesagt habe und Haberland nicht. Folglich sollte jeder einmal seine Erfahrungen mit Haberland auf den Tisch legen … Und schon kam Kongo-Holger mit der berühmten Klassenfahrt nach Lissabon, mit der Woche, in der sein Freund Klaffki von dir so fertiggemacht worden sei, Haberland, daß er nach der Rückkehr nur noch vom Goetheturm springen konnte. Und ausgerechnet die Cordes hat dich bei dieser Sache in Schutz genommen. Der Klaffki habe getrunken, sagte sie, und sei depressiv gewesen, und man rede hier auch nicht über den Fall Klaffki, das sei genug geschehen, man rede über den Fall Haberland: Ob man den Jungen halten könne oder nicht, nur darum gehe es. Darauf Blum: Ihm gehe es nur darum, was da im Keller wirklich passiert sei, um die Wahrheit. Zwischenruf Heide Stubenrauch: Und die sei psychologisch – Ergänzung ihres Gatten: Plus Gesellschaft –, Fortsetzung Blum, mit Blick zur Cordes: Und es gehe auch darum, was Liebe sei. Stumme Zustimmung von der Kressnitz, mit der Spur eines Lächelns, und, soweit ich mich erinnere, ein Halbsatz von Graf: Nee, es gehe um einen Typen, der auch ihn schon angemacht habe. Und das Fortissimo von Kongo-Holger: Es gehe um Krieg oder Frieden am Hölderlin, Schluß, aus. Beifall Pirsich, Beifall Cordes, leises Pfeifen von Blum; und nach kurzer Stille, ich glaube, zu aller Erstaunen, das erste Wort von mir. Es gehe hier um Scham. Und um nichts weiter.«

Mein alter Lehrer schloß die Augen, wieder mit einem Anflug von Röte, als geniere er sich für den eigenen Beitrag. »Das fiel mir nur so ein«, setze er leise hinzu. »Ich halte dich jedenfalls für schamhaft, Haberland. Sonst hättest du längst hier mein Bad benutzt nach soviel Kaffee.«

## – 8 –

Von meiner Seite war es damals eher eine grundsätzliche Scheu, daß ich während der ersten beiden Besuche in der großen, auch tagsüber durch die geschlossenen Vorhänge von der Außenwelt getrennten Wohnung kein einziges Mal das Bad oder auf deutsch die Toilette benutzt hatte, obwohl der Kaffee und überhaupt die ganze Situation den Tribut dieser Benutzung, und das hieß, der Bitte darum, gefordert hätten. Doch bei meinem dritten Besuch, wiederum zehn Tage später, ließ sich diese Bitte nicht mehr aufschieben, auch wenn mein Gastgeber ebensoviel Kaffee getrunken hatte und ganz entspannt in seinem Hausmantel dasaß, in der Hand einen Teller, darauf die Süßigkeiten aus Paris, die er mir in gewissen Abständen anbot. Also blieb mir nur, die Scheu vor dem intimsten Raum der Wohnung vorübergehend abzulegen, nachdem meine Frage, wo denn das Bad sei, mit triumphaler Knappheit beantwortet worden war: »Auf dem Flur die Letzte links, Haberland.«

Die Tür war angelehnt, und in dem Raum brannte Licht, ein überraschend warmes Licht von einer Lampe mit ovalem Seidenschirm und schwarzem Marmorfuß; sie stand auf dem Fensterbrett wie auf einem Nachttisch und verbreitete eine Atmosphäre, die es fast unmöglich machte, hinter sich abzuschließen. Außer dieser Lampe gab es kein weiteres Licht, nicht einmal über dem Waschbeckenspiegel. Entweder wollte er sich nicht genau sehen, oder er kannte sein Gesicht gut genug, um sich auch so zu rasieren, mit Pinsel, Seife und Klinge, griffbereit auf dem Beckenrand. Es war ein geräumiges Bad, mit einem Stuhl vor der Wanne, über der Lehne ein Pyjama, und einem hüfthohen Buchregal gegenüber der Kloschüssel, alle Bücher in Reichweite, hauptsächlich alte Sachen, die Umschläge blaß und rissig, einige mit Lesezeichen. Streifen von Toilettenpapier in einem Robert-Walser-Bändchen, ebenso bei E. T. A. Hoffmann und Joseph Conrad; darunter Simenon und Capote, Originalausgaben, und zwei Franzosen, von denen ich noch nie gehört hatte, Guibert und Bataille; neben den Simenons der Platz für die Klorolle. Die eigentlichen Dinge des Bades dagegen auf dem Regal, Kamm und Rasierwasser, Handcreme, Nagelschere und einige Medikamente, Schmerz- und Hustentabletten vor allem, und inmitten der Schachteln und Röhrchen eine flache Packung Kondome, wie man sie aus Automaten ziehen kann. Ich wollte das alles nicht im einzelnen sehen, aber ich sah es, weil ich gewohnt bin, Dinge im Sitzen zu tun, die Männer normalerweise im Stehen verrichten, und die Brille mußte ich dazu gar nicht herunterklappen, das fiel mir auch noch auf.

Als ich zurückkam, saß Dr. Branzger auf dem kleinen Sofa und verfolgte die Tagesschau mit neuen Bildern aus dem Irak, während der Paravent, der als Schirm vor dem Schirm diente, jetzt mitten im Raum stand, als sollte beim Fernsehen nur ja keine Gemütlichkeit aufkommen. »Stell dir vor, Haberland«, rief er, »sie erschießen sich gegenseitig, die Verbündeten. Das freundliche Feuer könnte in diesem Krieg riskanter sein als das unfreundliche.« Er bot mir den Platz neben sich an, indem er mit der Hand auf das Polster klopfte, rückte aber keinen Zentimeter, sondern sah nur auf die Bilder. Ein Panzer brannte; dann ein paar Leute mit erhobenen Händen am Straßenrand; dann der Reporter mit wehendem Haar, im Hintergrund Rauchsäulen; zuletzt eine deutsche Menschenkette gegen den Krieg, die längste bisher, mit Aussicht auf das Guinness-Buch. »Wenn sie begreifen würden, daß Gut und Böse in derselben Brust wohnen, würden sie wenigstens nicht in die Kameras grinsen. Stehst du bequem?« Er wiederholte seine Geste, und ich quetschte mich neben ihn, er machte den Fernseher aus. »Um das klarzustellen, Haberland: Ich bin *für* die Beseitigung von Diktaturen. Daß es auf dem Weg dorthin Tote gibt, ist normal, ebenso die Härtefälle. Den Amerikanern sind diese Tatsachen bekannt, die Deutschen haben sie aus den Augen verloren, sie reisen nur aus touristischen Zwecken in die Wüste, ansonsten Mallorca. Man muß Amerika nicht lieben, um die Überlegenheit seines Systems zu erkennen.«

Der Doktor stand auf und rückte den Paravent wieder vor das Gerät. Ob man das zwischen Tizia und mir wohl auch als *friendly fire* bezeichnen könne?

»Könnte man«, sagte ich, »ja.«

»Dann halten wir diesen Punkt fest.« Branzger kehrte auf das Sofa zurück. »Und wie gefällt dir mein Bad?«

»Gut.«

Ich sagte nichts weiter, nur Gut, doch in dem einen Wort

lag genügend Respekt vor seiner Gleichgültigkeit, was die übliche Gestaltung dieses Raumes betraf, aber auch jene unübliche, die sich längst eingebürgert hatte, wie die gewisse künstlerische Ausschmückung etwa durch meine Mutter, die auf eine Verbindung zwischen Bad und Surrealismus setzt, oder das sympathische Chaos rings um die Kloschüssel wie bei Freunden meines Vaters, die an Fachhochschulen versauert sind, von Fix-und-Foxy-Heftchen bis zu Adorno als Raubdruck. Bei meinem alten Lehrer dagegen nichts von alldem, nur die Bücher mit den Klopapierlesezeichen und das spartanische Häuflein kosmetischer und medizinischer Dinge, dazu die heruntergeklappte Klobrille und das zum Lesen eigentlich ungeeignete Licht.

»Mit anderen Worten«, sagte Branzger und zog dabei eine Birne aus der Tasche seines Hausmantels, »ihr habt euch gegenseitig verletzt, ohne es zu wollen.«

»Ja. Vermutlich.«

Er nahm einen Zipfel des Hausmantels und polierte damit die Birne, ein helles Knie kam zum Vorschein. »Und das wiederzugeben wird schwierig. An deiner Stelle würde ich mich auf die Körper konzentrieren, nur von ihnen erzählen, nicht von euch, aber keinesfalls im Ton einer Sportreportage, sondern dem eines Forschungsberichtes, wie in den Zeiten ohne Fernsehen. Deine Sprache, Haberland, sollte trockener sein als ihr Gegenstand.« Er bedeckte sein Knie wieder und hielt mir die Birne hin.

»Für dich.«

Obst war noch nie mein Fall, nicht als Kind und nicht mit neunzehn und auch heute, mit Anfang Dreißig, nicht.

Jedes Obst hat ja verborgene weiche Stellen, aus denen Säfte treten, sobald man hineinbeißt oder nur fest genug zupackt, und trotzdem hatte ich die Birne genommen, vermutlich aus Höflichkeit, während der Doktor fortfuhr, nicht ganz so ausgefeilt wie in den späteren Notizen, aber schon geschliffen genug, um mich zu beeindrucken: »Du mußt den Kern der Geschichte, warum und unter welchen Umständen ihr euch da unten vereint und entzweit habt, erzählen: ohne daß dir etwas dazwischenkommt von all dem, was über ein Geschehen vergleichbarer Art, nämlich Sex, schon einmal gesagt worden ist. Wer erzählen will, muß sich erinnern lernen, was damit beginnt, sich jede Erinnerung auszutreiben, die nur aus zweiter oder dritter Hand stammt, ohne Rücksicht auf den eigenen Schrumpfungsprozeß, ohne Rücksicht auf andere, die dadurch in trüberem Licht erscheinen. Keine Genauigkeit ohne Blutverlust, Haberland. Jedes Bemühen, gleichzeitig gut zu sein und gut zu erzählen, führt nur zu schlechten Geschichten. Und wenn du die Birne aus Höflichkeit angenommen hast, dann gib sie zurück.«

Ich stand auf und biß hinein, der Saft spritzte mir ins Auge, eine dieser Birnen, deren Überreife nur noch eine dünne Haut bedeckt, ein Wunder, wie er sie polieren konnte, vermutlich hatte er nur so getan. »Wollen Sie mich prüfen?«

»Das tut man klassischerweise mit einem Apfel. Ich hatte die Birne noch übrig vom Frühstück und wollte sie dir einfach geben. Da ich sonst wenig Gelegenheit habe, jemandem eine Birne zu schenken.« Er kam nun ebenfalls vom

Sofa und trat vor ein Radio mit Digitaluhr, das auf dem Fensterbrett stand; es war kurz vor neun, eine der zwei Tageszeiten, mit denen ich nichts anzufangen weiß, die andere ist drei Uhr nachmittag, meine Todesstunde, denke ich manchmal, zehn nach drei, dazu der Geruch einer Birne. »Wollen wir Musik hören, ein Konzert?« Ich zuckte mit den Achseln und kaute, und der Doktor kam auf mich zu. »Diese Theaterprobe an dem kritischen Abend, wie war die?«

»Sie war etwas kürzer als sonst«, sagte ich mit dem letzten Stück Birne im Mund. »Die Kressnitz wollte ja noch auf die Geburtstagsfeier der Cordes, und Tizia und ich übernahmen das Aufräumen. Normalerweise fuhr sie gleich nach der Probe per Taxi nach Hause, ihre Mutter wollte das so, aber an dem Abend blieb sie und half mir, den Raum wieder herzurichten, die ganzen Requisiten in den Keller zu bringen, immer noch in ihrem Kostüm als Thisbe, und auf einmal kam dieser Vorschlag, doch noch etwas zu proben, weil ja die Aufführung bald kam und wir an dem Abend Blödsinn gemacht hatten, das sieht man auf dem Band ...«

»Was für einen Blödsinn?«

»Kann man nicht erzählen.« Ich suchte eine Ablage für den Birnenrest, Teller oder Aschenbecher, und Branzger nahm ihn mir ohne ein Wort aus der Hand.

»Versuch's.«

»Es waren so Wortspiele, zum Lachen, wir konnten gar nicht mehr aufhören. Da gibt es einen Namen in der Szene, Nickel, daraus wurde Fickel.«

»Von allein?« Er schob sich meinen Birnenrest hinter die Zähne, kaute und schluckte ihn.

»Nein, es kam von ihr. Durch das Loch in der Wand.«

»Dem Text nach müßte es von dir gekommen sein.«

»Sie hat mir souffliert. Ich hab das auch schon bei ihr getan. Jeder kannte den Text des anderen.«

»Souffliert, das klingt gut.« Der Doktor griff sich in den Mund, er zog den kleinen Birnenstil unter seiner Zunge hervor und legte ihn auf den Konfektteller. »Setzen wir uns doch an den Tisch, Haberland.«

»Warum haben Sie das mit der Birne getan?«

»Auch eine Birne kann eine Prüfung sein. Ihr habt euch also gegenseitig Worte vorgesagt …«

»Ja.« Ich nahm wieder auf dem harten Stuhl Platz. »Es war aber nicht so ernst gemeint, dieses eine Wort.«

»Wie dann?«

»Ich weiß es nicht. Es fiel einfach. Irgendwer sagte statt Nickel Fickel.«

»Ich denke, sie war's?«

»Vielleicht war's auch ich.«

»Aha. Noch Kaffee, Haberland?«

»Soll ich die ganze Nacht wach liegen?«

»Warum nicht.« Branzger lächelte. »Also warst du es wohl …«

»Aber nur auf dem Video, vorher war sie's. Und das Ganze hatte ein Vorspiel. Eigentlich fing es schon in Lissabon an.«

»Wir hatten nur über die Stunde zwischen dem Ende der Probe und unserem Erscheinen bei euch zu befinden. Diese Stunde war das Resultat, das gezählt hat.« Mein alter Lehrer lehnte sich zurück und lockerte seinen Gürtel. »Aber das ist die Zahlenseite der Geschichte, die jetzt keinen mehr interessiert. Jetzt interessieren allein die Werte: *wie* du von dieser Stunde erzählst und *was* du von dieser Stunde erzählst. Oder hast du unsere Abmachung vergessen?«

»Nein.«

»Dann bitte beim nächsten Mal den Anfang, Vigo.«

## – 9 –

Namen sind, neben dem Gesicht, das die Natur oder Gott uns verpaßt hat, die dicksten Stempel, die wir herumtragen, nur daß sie nicht von oben oder aus den Genen kommen, sondern aus den Köpfen der Eltern. Sie entspringen einer Mode oder ewigen Sehnsucht, dem Spiel mit Vokalen und Konsonanten oder zufälliger Urlaubslektüre (siehe Tizia); bestenfalls bringen sie einen Mangel an Phantasie zum Ausdruck, schlimmstenfalls das Gegenteil; und nie mehr wird man sie los. Der verdammte Name ist so verbunden mit einem, daß man zerfließt wie die Kugel Eis in der Sonne, wenn man ihn ablegt, und für andere zum Täuscher oder Verbrecher wird. Und so trage ich seit annähernd zweiunddreißig Jahren den Stempel *Viktor*, als Ausdruck der Erinnerung an einen Hund, mit dem meine Mutter als Kind mehr Zeit verbracht hat als mit ihrem Vater, Kapitän eines Vergnügungsdampfers, dessen strenges Porträt im Schlafzimmer nie die Ruhe jenes gleichnamigen Dobermanns bedrohte, dafür aber häufig die meiner späteren Mutter, wie sie gerne erzählt. In Gesellschaft von Viktor, dem schlafenden Hund, hatte sie sich jedenfalls früh ans Alleinsein gewöhnt und mußte sich später, als sie mein Vater – auch eine Art Kapitän, Vergnügungsflotte Deutschland – mit blonden Fernsehmäusen aus seinem Troß zu betrügen begann, gar nicht mehr groß umgewöhnen, während ich noch heute damit beschäftigt bin, einen Namen anzunehmen, ohne auf den Hund zu kommen. Wenn etwa unsere Leiterin, Frau Dr. Weil, je näher die Abendveranstaltung unter dem Titel *Das traurige Ich* rückt, im Zuge unserer Abstimmungen auf einmal Viktor zu mir sagt, Viktor, könnten Sie noch dies und das tun, mache ich gleichsam innerlich Männchen, zu jeder Art von Apportieren bereit, und seit sogar unser Botschafter seine Anwesenheit an dem Abend in Aussicht gestellt hat, häuft sich diese Anrede, neuerdings verbunden mit der Idee, doch einmal gemeinsam essen zu gehen, Da können wir in aller Ruhe über den Ablauf nachdenken, Viktor! Eine Direktheit, die mich ebenso berührt wie in die Zange nimmt, wahrscheinlich der Grund, warum mich die Weil an die Cordes erinnert, im Guten wie im Schlechten und im übrigen auch äußerlich; und je öfter sie meinen Namen in den Mund nimmt, ja sich die zwei Silben von Viktor auf der Zunge zergehen läßt, desto dankbarer bin ich im nachhinein für jedes *Haberland* aus dem Mund des Doktors.

Er hatte mich von Anfang an beim Nachnamen genannt; erst hieß es *Haberland* und *du*, in jeder Form, bis in der Mittelstufe über Nacht das *Sie* kam und schließlich, bei ihm in der Wohnung, wieder das *Du*, aber anders als früher: von der Anhöhe seines Alters fast heiter auf mich herabschwebend, ein Papierflieger, den man nicht zurückwerfen kann. Und dann, auf einmal, dieses *Vigo*, todernst.

Natürlich war das ein Versuch gewesen, denke ich heute, mich an unseren Handel zu erinnern – seine Geschichte von der Konferenz gegen meine Geschichte aus dem Keller, jedenfalls spricht der Erfolg dafür. Nach meinem dritten Besuch bei Dr. Branzger hatte ich mir tatsächlich über den Anfang meiner Version jener Stunde zwischen der Theaterprobe und dem Hereinplatzen der Geburtstagsrunde die ersten Gedanken gemacht. Die Tür vom Heizraum war kaum zu hinter uns – sie ließ sich nicht richtig abschließen, der einzige Planungsfehler –, als Tizia, noch im selbstentworfenen Kostüm als Thisbe, auf dem Kopf eine blonde Faschingsperücke und um die Schultern ein rotes, mit Gänsefedern beklebtes Wams, immerhin die Perücke gleich abwarf, dabei aber noch mit Wörtern aus der Szene jonglierte, O mein schönster Pyramus, komm, du gefällst mir, also nimm mich, und letzteres findet sich weder bei Shakespeare, noch war es je beim Blödsinnmachen während der Proben gefallen. Erst in dem Moment fiel es sozusagen vom Himmel, wie ein verirrtes Stück aus dem Sommernachtstraum, also ein Satz aus ihrem Mund und doch nicht, von höherer Wahrheit vielleicht, wie ein Naturgesetz, das von der Schwerkraft der Liebe, und ich war entschlossen, dieses Gesetz zu verstehen.

Mit dieser Entschlossenheit zum Verstehen hatte es angefangen, einem verrückten Willen wie in den Tagen danach, in meinem Bett vor dem Fernseher, als ich verstehen wollte, was es mit den Feuersäulen über Bagdad auf sich hat, und wie besessen auf den Schirm starrte, auf alle Bilder vom Krieg, sogar die im ZDF, das mich sonst nur erreicht hat, wenn das Gerät im Wohnzimmer lief, und inzwischen wieder erreicht, weil ich in Lissabon das Zweite besser als das Erste empfange und folglich die *heute*-Sendung um neunzehn Uhr verfolge, wie ich sie damals während des Golfkriegs allein oder mit meiner Mutter verfolgt hatte, und in diesem Frühjahr beim Showdown in Bagdad nun allein verfolge, nicht aber allein gelassen sondern gewissermaßen an der Hand gehalten von einer majestätischen Moderatorin, der ich nachträglich auch die damaligen Sendungen anvertrauen möchte, hat sie doch für mich etwas Zeitloses, in der Art einer Nofretete, durch ihr Aussehen, aber auch durch das, was sie anhat: In diesem besonderen Fall, aus Anlaß des Kriegsbeginns an einem bei uns eisigen Abend, war sie bekleidet wie für ein Staatsbegräbnis, passend zu dem Moll ihrer Stimme, aus der ganz Deutschland zu sprechen schien, mit seiner Sorge um das Wohl der Welt, damit alles so weitergehe wie gewohnt und keine Unordnung herrsche wie in eben dieser Sendung, Beispiel für das, was uns droht, wenn schon ein Krieg in der Ferne das Schema des ZDF von den Schienen zu stoßen vermag und die Moderatorin für Momente ihrer übermenschlichen Ruhe beraubt. Ich habe sie an jenem ersten Kriegsabend bewundert, diese Frau, wie sie die aquariumgrünen Bilder, ihr in die Sendung hereingeschneit wie ein unliebsamer Besuch, in der gebotenen Ruhe kommentiert hat, ohne die peinlichen Verwandten, unsere Verbündeten, zu verleugnen, aber auch ohne jeden Unterton der Begeisterung für ihre Feuerkraft oder gar einem ehrerbietigen Vergrößern ihrer ohnehin schon beachtlichen Augen, wenn der Name des amerikanischen Präsidenten aus ihrem Mund kam. Nein, da war nur eine leichte Verwirrtheit, die einem das eigene Gefühl beim Anblick der Bilder wie eine ganz persönliche Botschaft zurückgespielt hat, wenn sie die Live-Bilder ad hoc und ohne militärische Vorbildung, als Zivilistin Petra G., mit den eigenen Worten abfederte, Jetzt sind da wieder starke Abwehrfeuer zu sehen, diese Lichtblitze am Himmel über der Stadt, und da scheint gerade ein Marschflugkörper zu kommen, jawohl, und jetzt gleich die Explosion in einem der Paläste, nehme ich an, und da sehen Sie auch schon die Stichflamme, die Rauchwolken, aufgenommen von unserer Kamera auf dem Hoteldach – die in dem Moment offenbar ausfällt, das Bild ist schwarz und bleibt schwarz, Frage an die Regie: Was haben wir als nächstes ... Und dazu ein kurzes, fast verlegenes Lächeln, und das gewissermaßen mitten im Krieg, ein Lächeln wie das von Tizia, als sie mit diesem Satz kam, Du gefällst mir, also nimm mich, ebenso unschuldig wie der gerade ankommende Marschflugkörper aus dem Mund der Moderatorin: als ob nicht in allem ein bißchen Gutes, ja Familiäres steckte, selbst in den Nachrichten; mein verrückter Wille zur Klarheit sagte mir allerdings etwas anderes. Das nette ZDF, sagte er mir, ist nicht Deutschland, und das nette Deutschland ist nicht die Welt, und die Sprache, wie nett sie auch daherkommen mag – das hatte mir Branzger schon sehr bald beigebracht –, ist auf keinen Fall unschuldig. *Nimm mich*, das war das Geschoß, das in mir explodiert ist; dazu die Musik, die wir hörten, eine Platte, die uns die Kressnitz vorgespielt hatte, Beispiel für den Standard unserer Eltern, die Technik von damals, der Gebrauch des Plattenspielers, sorgsames Auflegen der Nadel, das Knistern vor dem ersten Ton, der harte einfache Klang zu Zeiten des Vietnamkriegs, Tell Me von den Rolling Stones: Da war bei mir die Kamera ausgefallen. Und keine Regie, die gesagt hätte, wie es weitergeht.

## – 10 –

Also sagte ich gleich am Anfang der vierten Kaffeestunde, noch vor dem Hinsetzen im ewigen Dämmerlicht der Branzgerschen Wohnung, folgenden Satz, um anzudeuten, daß ich bereit sei, auch meinen Teil unserer Abmachung einzuhalten: »Tizia und ich gingen in den Keller und hörten von dem alten Schulplattenspieler eine ebenso alte Platte, auf die uns die Kressnitz aufmerksam gemacht hatte, nämlich Tell Me von den Stones. Das war der Anfang.«

»Aha«, der Doktor trat an unseren Tisch, »und ein Imperativ«, sagte er mit Blick auf die vorbereitete Kanne, »geht ja oft dem Sex voraus. Aber das war nicht irgendeiner, ich kenne Tell Me, eine einzige Aufforderung, die Zeit zurückzudrehen. Erzähl mir, daß du mich noch liebst ... Drehen wir also die Zeit etwas zurück, Haberland«, er setzte sich, und ich nahm auch Platz, »und gehen wir chronologisch vor, bleiben wir bei der Konferenz über dich, die ja nicht soweit zurückliegt, wo waren wir stehengeblieben?« Er goß mir Kaffee ein und ließ mich nachdenken, ich nahm ihm die Tasse ab. »Wir waren bei Ihrem Satz über die Scham.«

»Richtig, da waren wir, genauer gesagt, bei einer kurzen, allgemeinen Lähmung auf diese Bemerkung hin, einer Art Starre, die man sich vorstellen muß. Ein letztes Abendmahl in Wintermode saß da am Tisch, nein, schlimmer noch: lauter Tote, die alle während dieser Konferenz auf ihre Auferstehung hofften, mich eingeschlossen. Wir müßten nach der Schamverletzung fragen, sagte ich schließlich, auch nach unserer eigenen durch diesen Vorfall, und überhaupt gebe es keine Antwort außerhalb dieser Runde – es gebe nur uns, neun frierende Lehrer. Daraufhin bot mir die Stubenrauch von ihrem Tee an, für mich als Kaffeefreund eine echte Herausforderung – du weißt, Haberland, der Kaffee stärkt unsere analytischen Fähigkeiten, während ein Tee dich mit der Welt versöhnt, daher auch seine vielen Farben, um die Anpassung zu erleichtern; und so ist guter Kaffee immer nur schwarz, alles andere sind bereits Annäherungen an die Tee-Welt und das Gerücht der Entspannung. Dennoch nahm ich die Herausforderung an, der Husten ließ mir keine Wahl, obwohl mich schon das lichte Grün ihrer Eigenmischung, wie sie betonte, abstieß. Es war die Farbe der Impotenz, ein Getränk ohne Blut, dazu das ganze Drumherum, ihre Art des Einschenkens, mit verstecktem Lächeln und einer abscheulichen, weil durch nichts begründeten Langsamkeit, und als Beigabe, beim auch noch verzögerten Herüberreichen des Bechers, ein Vortrag über Herkunft und Zusammensetzung des Tees sowie dessen beruhigende Wirkung: die sogar eintrat, ich gebe es zu. Der Husten legte sich etwas, und beide Stubenrauchs nickten in meine Richtung, ein Triumph der billigsten Sorte, zumal heißes Wasser denselben Effekt gehabt hätte; ich konnte also wieder atmen, bis die Cordes plötzlich, Tizias Aussage schwenkend, auf dem Wort *Vergewaltigung* herumritt. Drei-, viermal stieß sie es förmlich aus und brachte mich damit auf die einfache, aber zu neuen Komplikationen in meiner Brust führende Frage, warum die Sache dann nicht, schon um sich rechtlich abzusichern, bei der Polizei gelandet sei, zuständig für Gewaltdelikte. Schweigen im Raum, und ich ergänzte: Um Tizias nacktes Leben scheint es also nicht gegangen zu sein ...«

Der Doktor zog ein Taschentuch aus dem Hausmantel und hielt es sich vor den Mund; mit beiden Händen stoppte er einen Hustenanfall, und quer über der Stirn erschien eine Ader, fast noch beunruhigender als die erstickten Laute. Erst als sich sein Atem wieder beruhigt hatte, sah er mich an.

»Oder ging es um Leben und Tod?«

»Nein.«

»Das dachte ich mir. Und das war auch mein Argument. Dem hielten allerdings beide entgegen, daß es dennoch ein Opfer gebe, Tizia, und man nicht bereit sei, den Täter, also dich, zu entschuldigen. Graf schloß sich dieser Version an, während Blum, gefragt, ob er sich ebenfalls anschließe, nur über die Kälte im Raum sprach und auf der Tischplatte herumtrommelte – du weißt, er hat früher Schlagzeug gespielt, und das bleibt dann übrig. Er enthielt sich also, und Pirsich zog eine Zwischenbilanz: drei Stimmen gegen dich plus ein Unentschiedener – für die Cordes der Anlaß zu einem diplomatischen Vorstoß. Sie suche nach einer Lösung, bei der keiner auf der Strecke bleibe, weder das Opfer noch der Täter, worauf Blum vernünftigerweise sagte: Und wir auch nicht. Aber statt diesen Gedanken zu verfolgen, forderte er die Kressnitz auf, von den Theaterproben zu erzählen, und fragte, was da überhaupt zwischen Opfer und Täter geprobt worden sei, und unsere Kristine schilderte die Liebesszene von Pyramus und Thisbe als ein Theater im Theater, das ihr beide mit Ironie und auch dem nötigen Ernst gemeistert hättet – für Graf leider die Gelegenheit, um sich und uns allen auszumalen, wie es dann nach der Probe weitergegangen sein könnte, ohne die berühmte Wand mit dem Loch zwischen euch. Sein Beitrag war wie der ganze Kerl, aber glücklicherweise drangen neue Klopfgeräusche aus der Heizung, worauf wir wieder zum Thema Kälte kamen, bis Blum plötzlich von einer Begegnung mit dir in einem Antiquariat erzählt hat, dem Antiquariat Rüger neben dem Harmonie-Kino. Du hättest dort nach einer alten Ausgabe des Sommernachtstraums gesucht, für eine Bekannte angeblich, also Tizia, nehme ich an, im übrigen auch Blums Ansicht, aus der er die Stärke deines Gefühls für sie abzuleiten versuchte, während ich den Besuch eines Antiquariats vor allem als Beleg für ein starkes, heutzutage völlig ungewöhnliches Interesse an Wort und Schrift gewertet wissen wollte. Dieser Gedanke ließ sich in das Gespräch aber leider nicht einführen, zumal die Zenk schon mit anderen Details kam, die dich betrafen: Welchen Neid du wecken würdest durch gewisse Privilegien, sie erwähne in dem Zusammenhang nur deinen Umgang mit allerlei Größen …«

Nach diesem Stichwort, Privilegien, hatte der Doktor eine Pause gemacht (in den Notizen nur als *Pause* vermerkt), als sollte ich nachdenken und mich dann irgendwie äußern zu einem Umgang, der soviel Neid weckte, aber es gab nicht viel nachzudenken, was die angeblichen Vorteile meines Lebens betraf (woran sich auch nicht viel geändert hat). All diese Größen waren mir mehr oder weniger gleichgültig, soweit sich mein Vater mit ihnen umgab wie mit Büchern, die er nur aufstellt. Ja, manche dieser Leute blähten sich überhaupt erst zu einiger Größe, wenn sie an ein und demselben Tisch in unserer Doppelhaushälfte saßen, vor sich ein Menü von Feinkost-Meyer, das meine Mutter nicht einmal abzuschmecken vermochte, während mein Vater immerhin für den südlichen Wein geradestand, Amarone, wenn er nur auf Beifall aus war, bei Sport- und Kulturleuten, und Sassicaia, wenn es hart auf hart ging (wie kürzlich, bei meinem letzten Routinebesuch in Frankfurt, als er die Oberbürgermeisterin für eine Angelegenheit seiner Partei, also ihrer Gegenpartei, zu gewinnen versucht hat, eine Frau, die zu den Größen zählt, die ich schätze, attraktiv, aber schnörkellos, wie unsere hiesige Leiterin, der im übrigen auch ein Name zu schaffen macht, ihr Vorname Kathrin, das hat sie mir gestern erzählt; fragt sich, warum).

»Umgang mit Größen ist eine Strafe, kein Privileg«, sagte ich schließlich und griff nach der Kanne aus Porzellan mit dem Höllenkaffee, der mir verträglicher erschien, wenn ich ihn selber eingoß. Mein alter Lehrer sah mir dabei zu, und in seinen Augen blitzten Stolz und Freude, weil ich nun endlich bereit schien, mich auf sein analytisches Niveau zu begeben, selbst um den Preis der Schlaflosigkeit, und wie zum Lohn für diesen Einsatz fuhr er mit der Geschichte der Konferenz über mich fort.

»Mir gelang es dann«, erzählte er, »von den negativen Seiten deiner Person wieder auf die Vorzüge zu kommen, indem ich, an die Stubenrauchs gewandt, hervorhob, daß zu jedem Strahlen eines Menschen, zu jedem Talent, eine andere, dunkle Seite gehöre, gleichsam der Nährstoff, ohne den kein Talent über die gute Absicht hinauskäme. Aber genau das wollten sie wohl, sagte ich: den Schüler, der zu ihrer eigenen Stalltemperatur beitrage, das biedere Glied einer Menschenkette … Die Empörung der Stubenrauchs ließ natürlich nicht auf sich warten, und dein alter Lehrer schürte das Feuer noch, Haberland: Mir sei diese Sorte Schüler zuwider, ad eins, und mit dem Neid auf die Talentierten käme ich auch zurecht, ja sogar mit dem Neid auf das Jungsein an sich. Und letztere Bemerkung hatte wohl so ins Mark getroffen, daß Königspudel Holger in seinem alarmierenden Anorak die Ebene der Gürtellinie verließ und dich ein Paradiesgewächs nannte, dem einiges zu Kopf gestiegen sei – der Vater, die Mädels, der Beifall –, und das alles mit einem Grinsen, daß mir der Gedanke kam, ihm sein Maul mit meinen Taschentüchern zu stopfen, aber für solche Vorstöße bin ich leider zu alt, daher auch der Neid. Ich stopfte ihm also nicht das Maul und sagte statt dessen, ihm sei ja sicher bekannt, welche Gerüchte es um mein Privatleben gebe, da von diesem Leben bekanntlich gar nichts bekannt sei. Gerüchte, die nur einer ausgesprochen habe, nämlich Haberland, als er mit mir eines Abends vor derselben Lebensmittelkasse stand – du erinnerst dich –, verbunden mit einer Entschuldigung wegen seines schöpferischen Anteils an diesen Gerüchten, Mea culpa, sorry, Sir – das seien so

Worte, die man nicht missen möchte, sagte ich. Daraufhin allgemeines Schweigen, wie man sich denken kann, die Blikke Richtung Wand oder Boden, nur nicht zu mir, und die Stubenrauch in die Stille: *Sie* könne auf so was verzichten. Eine sogenannte spitze Bemerkung, die nichts als stumpf war; ich hätte ihr dafür liebend gern den Tee zurückerstattet, gleich ins Gesicht, aber er war schon getrunken. Mir blieben also wieder nur Worte, und ich setzte noch das gefährlichste drauf: Für mich sei das – bitte versteh mich nicht falsch – die versteckte Sprache der Liebe gewesen. Und das hatte ich kaum zu Ende gesprochen, da war schon die Hölle los. Welcher Liebe denn, rief die Stubenrauch, der könne doch gar nicht lieben, der habe das Mädchen vergewaltigt!, und Graf rief etwas vom Mondkalender dazwischen, das Pirsich lautstark aufgriff: Natürlich spiele auch der Zyklus des Mädchens eine Rolle, erklärte er hinter seinem Gerät und kam mit irgendeinem Paarungsverhalten, bis die Kressnitz aus ihrer Versenkung hochfuhr: Ob wir hier Tierpfleger seien oder Lehrer, er solle sich mal das Band von den Proben ansehen, da könne er zwei Menschen erleben, falls er wüßte, was Menschen seien … Ein echter Ausbruch für unsere stille Kristine, aber Pirsich reagierte nur mit einem dümmlichen Lächeln, dem Lächeln der Ordensträger, die ihren Stolz nicht verbergen können. Er glaubt ja, uns allen überlegen zu sein mit seinem Lehrerromanprojekt, das nur scheitern kann, und während er immer noch lächelte, meinte die Stubenrauchsche auf einmal, daß junge Leute generell nichts von Liebe verstünden, was Graf, obwohl schon dreißig, als Angriff auf sich verstand, aber auch mit Sex durcheinanderbrachte. Jedenfalls pochte er auf seine entsprechenden Fähigkeiten, und Königspudel Holger nahm das zum Anlaß, den neuerdings gebräuchlichen Namen von Graf zu erwähnen, nämlich *Porno*-Graf, seit jenem Halbnacktfoto in dem Fitneßmagazin, das er gleich mit erwähnte. Graf aber schlug sofort zurück und gab den Namen Kongo-Holger zum besten, man rede überhaupt nur mit diesem Namen von ihm, und damit war ein Damm gebrochen, es kam zu Selbstanzeigen. Die Kahle-Zenk sprach davon, daß sie Ka-Zett genannt werde, sogar schon von Schülern der Neunten, weil sich das Silbenspiel eben anbiete – ihre Flucht in die Phonetik, während sie sich unter vier Augen bitter beklagte –, und Cornelia Cordes präsentierte ihre nicht sehr liebevolle Abkürzung Tse-Tse als Spielerei mit Initialen, und da meldete ich mich zu Wort. Derartige Namen, sagte ich, fielen nicht vom Himmel, mein Name, Romy, eingeschlossen. Er sei die Karikatur meines eher weiblichen Wesens oder der Ablehnung aller männlichen Zeichen, auch wenn ich diese Haltung nicht vor mir hertragen würde, weder durch wiegenden Gang noch gekünstelte Stimme und schon gar nicht durch Lider, zitternd wie Kompaßnadeln ... Nun aber, sagte ich, wäre es sinnvoll, meinen speziellen Blick auch einmal offen anzuwenden. Nicht nur vom angeblichen Opfer, auch vom angeblichen Täter – also von dir – gehe, für mein Gefühl, ein Reiz aus, der gut und gern zu dem geführt haben könnte, was Gegenstand dieser Konferenz sei ...«

Der Doktor wollte noch etwas hinzufügen, aber es ging nicht. Er preßte sich das Taschentuch auf den Mund und begann zu husten, wobei er mich aus Augen, wie in einer

Lösung schwimmend, ansah, während seine Lider infolge des Hustens genau jenes Zittern zeigten, von dem er sich eben noch distanziert hatte. Ich trank einen Schluck, aber ohne jedes Verlangen; es geschah einfach, und ich sah dabei zu, ein Akt wie gesteuert von seinem Blick, seinem Husten, der ganzen Geschichte zwischen uns beiden; immer noch hustend, die glänzenden Augen auf mich gerichtet, sprach er weiter.

»Ich wollte diesen Gedanken über dich gerade erläutern, da fragte Pirsich schon, ob er mich nun zu den Haberland-Fans zählen dürfe, und natürlich ging ich darauf nicht ein. Die Folge war ein allgemeines Schweigen, Anlaß für die Kressnitz, ihr Videoband in die Höhe zu halten: Das würde sie jetzt gern vorführen. Der Zeitpunkt war gut gewählt, und so wurde Zimballa geholt, und während er die Vorbereitungen traf, den alten Recorder mit dem noch älteren Fernseher verband und beide Geräte auf dem Tisch plazierte, gab es eine Zigarettenpause, die der nichtrauchende Teil von uns dazu nutzte, in dem schon angeschlossenen Fernseher die neuesten Kriegsmeldungen zu verfolgen, im Grunde nur hilflose Kommentare zur Feuer- und Rauchentwicklung, die noch viel hilflosere bei unserer Zuschauerrunde nach sich zogen. Und so war der Beginn der Vorführung, dein Auftritt als Pyramus, weiß abgepudert, das Anpirschen an die künstliche Wand mit dem Loch, die reinste Erlösung. Ich war etwas vom Tisch abgerückt und saß wie im Kino neben der Kressnitz, ihre Gespanntheit sprang auf mich über, während die ersten Worte fielen, ein Hohn auf den billigen Lautsprecher. O Wand, o süß' und liebenswerte Wand! Zeig deine

Spalte mir, daß ich sehen mag dadurch mein' liebste Thisbe, hör ich sie nicht schon nahen ...« Branzger schnappte nach Luft, er suchte jetzt meinen Blick, ich aber drehte mich weg und sah zu Boden, ein Moment, der sich eingeprägt hat wie das erste Erröten nach einem Du mit Gewicht.

»Und das alles«, fuhr er fort, »beglückend schlecht ausgeleuchtet, ein Hohn auch auf die ganze Fernsehwelt, und doch erkannte man die Bühne im Probenraum, im Hintergrund die Tür zum Keller, und von der Decke hängend über der Wand zwischen euch den Mond aus Papier, ein wenig schwankend, als die herangeschwebte Thisbe mit blonder Perücke und Federn nach einer Drehung um die eigene Achse, ihren Platz vor dem Loch einnahm, ohne Puder oder Farbe im Gesicht, im Gegensatz zu dir, der du auch Lidschatten hattest, hübsch anzusehen. In gewisser Weise also die nackte Tizia, ihr blankes Gesicht mit überraschend klaren Augen, fast türkis, und den Lippen junger Ägypter, die sich zu Führungen anbieten, umrissen bis in die Mundwinkel, ohne diese Zone zwischen Haut und Schleimhaut, die weder das eine noch das andere ist und uns eher abstößt als anzieht ... Sie nahm also, nach der lieblichen Drehung, ihren Platz an der Wand ein und legte auch schon los, mit einer Stimme, die mir eine Spur zu tief klang, als spreche die Frau von Welt aus ihr, die sie zu sein wünschte. O Wand, du hast schon oft gehört das Seufzen mein, begann sie – ich zitiere hier frei –, Mein'n besten Pyramus, weil du so trennst von mir. Und mit einem Griff in den eigenen, gefiederten Nacken: Mein roter Mund hat oft geküsset deine Stein' – endlich das Stichwort, für dich: Ein' Stimm ich sehen tu, ich will zur Spalt und schauen, ob ich nicht hören kann, der Liebsten Antlitz klar – die ganze Kunst der schiefen Verse, die schöne Shakespearesche Verwirrtheit des Verliebten, die wohl auch deine war, dazu, in Nahaufnahme, noch ein Haberlandscher Finger, durch das Loch gesteckt, ein leises Thisbe, Thisbe ... Und sie, Wange und Schläfe jetzt an der Wand, als sei's deine Schulter: Dies ist mein Schatz, mein Liebchen ist's, fürwahr! Und du hättest sie sehen müssen, wie sie sich da an der Wand rieb, mit Lidern, zittrig wie die erwähnte Kompaßnadel, deine erste Reaktion war fast etwas matt: Denk, was du willst, ich bin's, du kannst mir sicher trauen. Dann aber, erneute Nahaufnahme, dein Mund an dem Loch, und ich rede jetzt wieder von der Vorführung in dem Besprechungsraum – Herrgott, wo läuft das hin, war mein Gedanke, in bezug auf deinen Mund, während die anderen, allen voran Kollege Pirsich, nur um lauteren Ton baten, und so kam es dann überdeutlich: O küss mich durch das Loch von dieser garstgen Wand!, was die gute Thisbe oder so aparte Tizia auch gleich versuchte, freilich vergebens: Mein Kuß trifft nur das Loch, nicht deiner Lippen Rand ... Eine gespielte Verzweiflung, gar keine Frage, doch nur zum Teil gespielt, da klang auch etwas anderes durch, ein Verlangen nach deinem Mund, und als hättest du's herausgehört, Haberland, kam die Antwort wie der berühmte Return beim Tennis, mehr instinktiv als geplant, mit einem einzigen Buchstaben als Ball: Willst du bei *F*ickels Grab heut nacht mich treffen an? Daraufhin mahnend aus dem Off dein Name aus dem Mund der Kressnitz, und auch in unserer Runde vor dem Bildschirm Gemurmel, doch da ging es schon weiter. Sei's lebend oder tot, erwiderte Thisbe und brach als Tizia, hinter vorgehaltener Faust, in ein Lachen aus, das dich nicht kaltlassen konnte. Wir alle hörten dein leises, im Grunde begeistertes *Scheiße*, Haberland, und gleich darauf, mit einem hervorgezauberten Charme, der die private Version selbst in der Richtigstellung noch einmal aufblitzen ließ: Willst du bei Nickels Grab heut nacht mich treffen an? Und Thisbe oder Tizia, sich immer noch ins Fäustchen lachend, wollte – Sei's lebend oder tot, ich komme, wenn ich kann! rief sie dir durch das Loch zu, und da half auch die Hand vor dem Mund nichts mehr, die Worte gingen mit ihr durch, Ich komme, wenn ich kann, und die arme Tizia konnte sich nur noch, vor lauter Doppelsinn, an die Wand aus Pappe klammern, ein Lachkrampf schüttelte sie, Tränen schossen ihr in die Augen, fast flehend fiel im Hintergrund ihr Name, die Kressnitz glaubte, noch etwas retten zu können, während du – und ich war der einzige, der diesen ersten kleinen Gewaltakt bemerkt hat – die Kraft der Sprache sofort vor deinen Karren gespannt hast, auf der anderen Seite der Wand zu improvisieren anfingst, Und ich, o Thisbe, bin dabei, worauf Tizia, noch immer von Lachen geschüttelt, jetzt schon mit dem Mund am Loch, sogar ein zweites Mal, Ich komme, sagte, nunmehr eindeutig, womit sie sich wieder in den Griff bekam, den Worten die Zügel anlegte und sich so zur Person machte, die man beim Wort *nehmen* kann, was auch von deiner Seite, ironisch versteckt, auf der Stelle geschah – Jetzt reiß dich mal zusammen, hörte man dich rufen, und ihre Antwort war schon ein Sichfügen in dein Sprechspiel: Für dich doch immer, Pyramus!, was du geschickt zur Hintertür für euch beide gedreht hast, mit einer Entgegnung Richtung Kamera, als Reim: Und du, mein Guter, machst mal Schluß! Und schon war der Bildschirm schwarz, und Zimballa knipste das Licht an, sekundenlang herrschte Sprachlosigkeit, die Leere wie am Ende eines Kinofilms, der noch ewig hätte weitergehen können …«

## – 11 –

All diese Verse waren mir noch im Gedächtnis (und sind es heute mehr denn je, dank ihrer guten Aufgehobenheit in den Prioneneiweißen), als ich spät nachts auf die Straße trat, und ich murmelte sie vor mich hin, mal in meiner Rolle, mal in ihrer; und das nicht nur in dieser Nacht, auch in den folgenden Nächten. Es war ein einziges Beschwören, als könnte die geplatzte Aufführung auf die Weise doch noch stattfinden, nicht in der Aula des Hölderlin, aber in irgendeinem Kellertheater, mit nur zwei Zuschauern, dem Doktor in seinem Hausmantel, ein Taschentuch in der Hand, und der Kressnitz in ihrem Konzertkleid, den Text auf dem Schoß, bereit, mit ihrer schönen, ganz vorn im Mund gebildeten Stimme, einer Stimme wie auf Zehenspitzen, die richtige Souffleuse zu spielen … Ich hatte es geliebt, ihr leises Vorsagen, und mich manchmal noch dumm gestellt, als schon alles in meinem Kopf war, aus dem es jetzt nicht mehr herauswollte – vielleicht war das einer der Gründe, warum ich am ersten warmen Tag des Jahres zum nächstbesten Friseur ging und mir einen Schnitt machen ließ wie all jene, die solche Dinge gar nicht erst aufnehmen.

Und mit dieser Frisur, die keine mehr war, erschien ich dann – zwei Wochen nach Branzgers Version der Rüpel-Szene zwischen Tizia und mir, so war es verabredet – wieder in der Wohnung meines alten Lehrers, und unser erneuter Kaffeeabend begann mit einer Klarstellung von seiner Seite. Kaum saßen wir an dem runden Tisch, vor uns die Tassen mit dem lakritzeschwarzen, viel zu starken Gebräu, sagte der Doktor nach einem Blick auf mein Haar, daß heute alles Ironie sei – nur er sei keine. Danach ein Lächeln, das meiner Nichtfrisur oder mir insgesamt galt, und ich dachte schon, es bleibe dabei, da erklärte er meinen Schnitt und damit meine ganze Person für Ironie: gemessen an dem, was Männerhaar früher, noch in seiner verspäteten Jugend, den Fünfzigern, bedeutet habe, ob lang oder kurz.

»Aber Ironie ist keine so allgemeine Angelegenheit, wie du und deinesgleichen meinen«, schweifte er noch weiter ab, »sie ist ein Sonderfall, auch wenn gewisse Fernsehunterhalter daraus eine Welt machen. Dein geschorenes Haar, Haberland, ist ein Kommißschnitt, und wenn ich Leute wie dich schon morgens im Laufschritt sehe, so ist und bleibt das die Körperertüchtigung, die man auch zwei Generationen vor dir bei der Jugend gesehen hat. Dazu die wachsende Bereitschaft, vor laufender Kamera sein Innerstes offenzulegen, unser Fernsehen als lustiger Blockwart, und ein stetig abnehmendes Interesse an Büchern: deren Verbrennung sich von selbst erledigt. Und wie mir Eltern erzählt haben, ziehen ihre Jungs, kaum ist die Schule aus, in die elektronische Schlacht, um per Klick das Gesindel zu eliminieren, bis sie ins Bett sinken, wo sie vermutlich von Waffen träumen statt von ihresgleichen oder von Mädchen. Bei welchem Friseur warst du?« Der Doktor beugte sich zur Seite, er versuchte meinen Nacken zu sehen.

»Bei irgendeinem«, sagte ich.

»Mann oder Frau?«

»Ein junger Typ.«

»Das sind die schlimmsten, sie ertragen kein Schweigen. Ich gehe am liebsten zum Bahnhofsfriseur. Aber inzwischen ist mir der Weg zu weit. Also wachsen die Haare – hinten sind sie schon zu lang. Nicht, daß ich *deine* Frisur möchte, aber ich möchte auch nicht die Stubenrauchsche Wolle über den Ohren. Oder diese Fäden von Pirsich im Nacken. Oder noch schlimmer, Blums angedeuteten Bart. Ich sah seinen Blick, als das Band von der Probe lief und du plötzlich groß im Bild warst, den Blick auf das Haar des Pyramus, das er sich, wie nebenbei, aus der Stirn hob, bevor sein Mund an das Loch kam und mein Blick dann eher dort lag, auf dem Mund, der später im Keller zu weit ging: die Geschichte, die noch aussteht, aber ich will gar nicht drängen, Haberland, ich will dich nur auf die Spur führen. Denn wer die Spur einer Geschichte einmal aufgenommen hat, kann den Faden ruhig wieder verlieren ...« Und erst hier machte Branzger eine Pause und trank den ersten Schluck Kaffee, seine Hand vermochte kaum die Tasse zu halten; Schweißtropfen standen ihm auf der Stirn, und seine Lippen waren so weiß, als hätte das Reden alles Blut aufgebraucht.

Mir war nicht klar, was er mit Spur und Faden gemeint

hatte (erst heute, wo ich die eigenen Spuren zurückverfolge, wird es mir nach und nach klar), aber ich wollte mir auch keine Blöße geben und fragen. Ich wollte zu diesem Zeitpunkt eigentlich nur gehen oder mich seinem Blick entziehen – der damals schon im Begriff war, über die Wohnung hinauszureichen –, doch da schlug er bereits das Konferenzprotokoll an einer durch Klopapierfetzen markierten Stelle auf, eine Seite voll mit Randnotizen, und erklärte, daß die Stubenrauch, meine Englischlehrerin, als erste auf das Probenvideo reagiert habe, falls mich das interessiere … Er sah mich an, bis ich ihn bat, doch weiterzureden, und er zum Sofa ging und seine Lesebrille holte.

»Es war ein Kommentar, scheinbar ohne jede Verbindung zu eurer Szene aus dem Sommernachtstraum, von Pirsich auch nur stichwortartig festgehalten, von mir dagegen um so genauer; meine Notizen habe ich später ins Protokoll übertragen.« Der Doktor kam an den Tisch zurück und legte mir eine Hand auf die Schulter. »Aber ich muß das nicht heute erzählen, wenn du lieber nach Hause willst.« Ich hielt die Luft an, und seine Hand wurde für einen Augenblick schwerer, dann nahm er sie weg und setzte sich wieder.

»Sie erinnere sich noch gut, sagte die Stubenrauch plötzlich zur Kressnitz, daß Holger und sie auf ihrer allerersten Kongo-Reise in einem Kaff bei Bangui eine Laienaufführung gesehen hätten …« Er beugte sich über das Blatt und sah in die Notizen. »In Lokumo, sagte sie, und ihr Mann rief: Falsch, das Dorf hieß Lokomo, und die Stubenrauch wiederholte den Namen, das O jetzt betonend: Ja, in Lokoomo, daß sie dort ein Stück gesehen hätten – das war die

Verbindung zu dem Video –, bei dem es nur um Sexualität gegangen sei, alle Männer hätten solche phallischen Dinger getragen. Erneuter Zwischenruf Holger: Nein, nur einer, dieser Zauberer. Darauf die Kressnitz, trocken zu beiden: Shakespeare ging es um die Liebe – das Stichwort für den Schwerenöter Blum: Er frage sich, ob die zwei bei der Probe nur gespielt hätten oder ob da mehr gewesen sei. Antwort Kressnitz: Das war ernst und nicht ernst, wie es die Szene verlangt. Und von mir der Einwurf: Für mein Gefühl *nur* ernst, verborgen hinter Witzen und Lachen. Und an der Stelle, leider, eine Unterbrechung durch Zimballa, nachdem die Geräte weggeräumt waren: Falls später noch etwas gebraucht werde, er stehe zur Verfügung, und schon hob Graf die Hand und sprach von Pizza, ein Vorschlag, der allgemein Anklang fand, außer bei mir. Man werde darauf zurückkommen, sagte die Cordes, worauf Zimballa den Raum verließ und Leo Blum, an mich gewandt, meinte, für ihn sei das eine einzige Anmache gewesen, diese Szene mit der Wand und dem Loch. Ein Eindruck, Haberland, den ich prinzipiell teilte, auch wenn er den Kern der Sache für mein Gefühl noch nicht traf. Hinter alldem, sagte ich, verberge sich wohl ganz einfach Liebe, und noch im selben Moment kam es von zwei Seiten dick. Dann sollte ich doch mal erklären, warum ein Mädchen am anderen Tag derartige Vorwürfe erhebe, rief die sonst ruhige Kahle-Zenk, und nach einer Zwischenfrage meinerseits: Vorwürfe ja, aber warum dann keine Anzeige?, schrie die Stubenrauch, Weil sie vergewaltigt worden sei, deshalb. Es gebe keine größere Schande, jede andere Schande sei nur eine Annäherung!

Aber das könne sich ein Mann gar nicht vorstellen, oder sei ich etwa schon selbst vergewaltigt worden – Ausrufezeichen, Fragezeichen; peinliche Stille. Ich preßte mir das Taschentuch auf den Mund, mußte aber dennoch husten und erwiderte hustend, sie müßte mich in diesem Punkt nicht belehren, und im übrigen sei die Vergewaltigung nicht erwiesen, wohl aber gebe es Hinweise auf ein ungeklärtes Gefühl zwischen den beiden, das zeige jede Sekunde des Probenvideos. Reaktion Kongo-Holger, schäumend: Wir hätten ihn doch alle selbst gesehen, *über ihr*, was mich nur entgegnen ließ, dies sei die gebräuchlichste Position der Liebe – und ihn erst recht in Rage brachte: Der Typ könne doch gar nicht lieben, rief er mir zu, und ich wandte noch ein, daß man dich dazu vielleicht selber befragen sollte – was ich hiermit tue.«

Mein alter Lehrer setzte die Brille ab, und ich sah in den Raum mit den Zeichnungen und überlegte mir eine Antwort oder besser gesagt, eine Erwiderung anstatt einer Antwort; aber nicht einmal die war mir offenbar eingefallen. (Sie wäre ja sonst aufgetaucht in den Notizen, wo einfach alles auftaucht, was ich gesagt habe, *er* war der Blockwart, wenn auch auf meiner Seite, ein Mithörer, der das Gehörte verbessert hat, aber in dem Fall gab es nichts zu verbessern; oder wer kann mit zwanzig schon sagen, ob er zu lieben vermag, ich kann es nicht einmal mit Anfang Dreißig. Ich weiß nur, daß ich es will, und muß selbst das noch seit neustem mit Vorsicht behandeln, denn wer weiß schon, was er will, und will schon wissen, was er weiß; die Dinge geschehen, und wir selber verflüchtigen uns, aber das mußten mir weder die Seelen- noch die Hirnforscher erzählen, das war mein wiederkehrendes Brot mit Branzger.)

Nichts fiel mir also ein auf die Frage nach meinem Liebesvermögen, und ich wollte ihm das schon servieren: daß in diesem Punkt der Ofen aus sei, da beugte sich der Doktor über den Tisch. Schüler, sagte er im Plauderton, seien eben Menschen, die noch nichts von Menschen und also auch nichts von Liebe wüßten, während Lehrer zwar Erfahrungen hätten, jedoch von der wahren Unkenntnis ihrer Schüler nichts wissen wollten! Und damit hatte er mich immerhin zum Widerspruch gereizt: »Und wenn ich doch schon etwas weiß?«

»Dann raus damit.«

Branzger nahm meine Tasse und füllte sie mit Kaffee, er gab mir Gelegenheit zum Nachdenken oder tat so, wie ich überhaupt den Eindruck eines gewissen Theaters hatte, mit ihm als Regisseur und mir als einzigem Darsteller, nur daß die Rolle nicht klar war, ja nicht einmal das Stück feststand. Er reichte mir die volle Tasse, noch immer geduldig, und ich suchte nach irgendeinem Wissen über die Liebe in mir, einer einzigen kleinen, mitteilenswerten Erfahrung, über das Küssen zum Beispiel: diese vielen verschlungenen Pfade zu einer am Ende fast lächerlich einfachen Sache, aber mein Kopf war wie leer, es hätte höchstens zu ein paar Filmtiteln gereicht oder den Farben von Tizias Wäsche nach einer Skala, die uns die Kressnitz beim Besuch einer Rembrandt-Ausstellung beigebracht hatte. Ich schwieg also, und mein Gegenüber, inzwischen die Hände im Nacken, sah lächelnd in Richtung des Stucks an der Decke. »Auch wenn's dir nicht schmeckt«, sagte er, »niemand weiß weniger über die Liebe als Gymnasiasten – bekannte Sache. Und kaum einer anderen Gruppe fällt sie gelegentlich so in den Schoß – von Lehrern gern übersehener Umstand.«

»Sie gehen also davon aus, daß bei dieser Kellergeschichte auch Liebe im Spiel war.«

»Von beiden Seiten – nur wohl etwas mehr von ihrer.«

»Sie können sie ja fragen, ich hab die Nummer.«

»Aber ich kein Telefon, Haberland.« Der Doktor legte den Kopf schräg, er genoß seinen Status als Unerreichbarer. »Ich besitze auch kein Schreibgerät und keinen Führerschein. Ich schreibe mit der Hand und lasse mich im Taxi fahren.«

»Sie haben keinen Führerschein?«

»Nein, warum, Taxifahren ist bequemer. Und bildet – wie oft lernt man im Taxi eine neue Nation kennen!«

Ich stimmte ihm zu und zog meine Tasse näher heran, ich sah in den schwarzen Kaffee.

»Oder gibt es sonst Bedenken?«

Ich nahm die Tasse und führte sie an den Mund. Ob Taxifahren nicht auf die Dauer zu teuer sei, fragte ich, und mein alter Lehrer beugte sich abermals über den Tisch.

»Du glaubst, ich könnte mir das nicht leisten – ich kann es mir leisten. Aber das ist eine andere Geschichte.«

»Die würd ich gern hören.«

»Eins nach dem anderen, Haberland – für den Moment nur soviel: Ich habe Geld.« Der Doktor lehnte sich wieder zurück und nahm sein Gesicht zwischen die Hände; er machte es sich regelrecht gemütlich beim Betrachten meiner Verblüffung und holte mich damit aus einer Reserve, von der ich gar nicht gewußt hatte, daß es sie gab (die Reserve, von der ich heute noch lebe, der Hirnforschung fehlen dafür leider die Worte). Von mir aus könne er Pferdekutschen benutzen, alles über die Liebe wissen und geheime Schätze in seiner Wohnung haben, rief ich ihm zu. Aber die Zeit des Liebens, die sei vorbei für ihn, während sie für mich erst anfange!

Branzger schlug auf den Tisch und lachte. »Ausgezeichnet, bravo, so kommen wir endlich weiter!«

»Sie haben gar nicht zugehört.«

»Und wie ich zugehört habe, mehr als du dir selbst, Haberland – Liebe und Zeit, darüber reden wir hier. Dieses verdammte Gefühl besteht aus der Erinnerung an sein Zustandekommen und aus dessen Vorwegnahme; sein Jetzt ist selten. Ich habe es erlebt, und ich lebe davon. Und vermutlich hast du's auch erlebt, in jener Stunde, über die du bisher nur schweigst – ist es Verkrampfung? Brauchst du Musik?«

Der Doktor stand auf, bevor ich ihm antworten konnte. Er ging durch die offene Flügeltür in den Raum mit den immer geschlossenen Vorhängen und blieb dort auf dem Teppich stehen, die Arme leicht ausgebreitet, als müßte er balancieren, irgendwie beunruhigend, und ich wollte schon fragen, was mit ihm sei, da ließ er die Arme fallen und trat vor eine schmale, garderobenartige Ablage an der Wand zwischen den Fenstern, seinem Platz oder Versteck für die Musikanlage. »Vivaldi«, sagte er, »das Gloria – oder ist das zuviel für dich? Wir müssen nicht zuhören, ich kann dabei weiterreden.« Er kam an den Tisch zurück und sah mich an, als müßte ich jeden Augenblick singen, und es schien ewig zu dauern, bis die Musik schließlich anfing, leise, aber voll.

»Es ging also um die Frage deiner Liebesfähigkeit«, fuhr er fort, »und ich erzählte von deinem berühmten Versprecher, der keiner war. Wir hatten vor einiger Zeit die Humanisten, sagte ich, die legendären Märtyrer, und Haberland hielt ein Referat, das er mit den Worten eröffnete: Ich rede heute über den großen Orgasmus von Rotterdam ... Worauf die ganze Klasse brüllte, er aber rot wurde: über das Billige seines Erfolgs. Und sich auf die Zunge biß. Und dann vom Martyrium des Erasmus erzählte – das im Herauswinden der Gedärme bestanden hat. Bis es ganz still war im Raum. Und er blaß war statt rot. Soweit meine Worte, zu allen, und darauf die Stubenrauch: Was das denn nun mit Liebe zu tun habe? Und ich nur: Manches müsse man nichts weiter als aufnehmen. Das saß einigermaßen, sie hielt vorübergehend den Mund, aber Kollege Graf bestand darauf, daß ich seinem Verständnis auf die Sprünge helfe, und ich tat ihm den Gefallen – deinetwegen, Haberland, damit er am Ende nicht gegen dich stimmt, sondern für dich –, ich sagte also: Passen Sie auf, Herr Graf, ich helfe Ihnen. Es ging um die Vergewaltigung eines Wortes, Erasmus. Bei der gleichzeitigen Liebe zu der Idee, die hinter diesem Namen steckt. Ein Beispiel dafür, daß Gewalt ein Bestandteil von Liebe ist. Würden Sie mir da recht geben? Antwort Graf: Er sei imstande, mir jederzeit recht zu geben, der schnellste Weg, um nach Hause zu kommen – und *nach Hause*, das war das Stichwort für Blum: Er habe auch noch etwas vor, und am besten sei es, wenn beide, Haberland und das Mädchen, die Schule verließen, worauf ihm die Stubenrauch mit der Verwechslung von Täter und Opfer kam und Blum – etwas künstlich, wie ich fand – in die Luft ging. *Sie* müsse ihm nicht erklären, was Opfer und Täter seien, keiner müsse das, und dann zitierte er Shakespeares Thisbe, Ich komme, wenn ich kann – und fügte leise hinzu: Und sie konnte. Indem sie mitkam. Weil sie wußte, wozu. Daraufhin Stille, bis Graf irgendein Wort in die Runde warf, ich glaube, es war nur ein Laut, der dem Gespräch jedoch eine Wendung gab, hin zur Figur deiner Geliebten, wenn ich sie so nennen darf, einer Figur, die allgemein als gut bis sehr gut eingestuft wurde, was wiederum die Stubenrauch in Harnisch brachte: Rechtfertige die Figur einer Frau etwa ihre Vergewaltigung? rief sie, Oder was habe sich sonst dort unten im Heizungskeller abgespielt? Vielleicht könnte die Kollegin Kressnitz aufgrund ihrer Inszenierung einer Liebesszene der beiden darauf eine Antwort geben! Heide Stubenrauch spuckte das förmlich aus, und die Kressnitz wurde blaß und stand auf, ich sah sie von der Seite an. Kristine trug an dem Abend ihren engen cremefarbenen Strickrock, der mir schon im vorigen Winter aufgefallen war, ein Kleidungsstück, das alles Darunterliegende so fein betont, wie es nur teure über der Haut gespannte Wolle vermag. Ich sah, wie ihre Beine zitterten, und wollte gerade etwas Beruhigendes flüstern, da rief die Cordes: Niemand geht hier, und Blum sagte nur, Soll sie doch – während die Zenk auf den Tisch schlug und deine junge Theaterleiterin, Haberland, jäh über sich hinauswuchs, das würde ich gern wörtlich wiedergeben …«

Branzger blätterte im Protokoll, die Seiten auf dem Schoß, er ließ sich Zeit, wie mir schien. Er tat nur so, als würde er lesen, und hörte in Wahrheit auf die Musik aus dem Nebenraum, das Gloria, aus dem für mich eine ständige Mahnung klang, daß alles auf Erden zu Ende gehe, feierlich streng der Chor – das war nicht der Vivaldi, den meine Eltern sonntags zum Frühstück hörten, das war Branzgers Begleiter, wenn der viele Kaffee ihn nicht schlafen ließ – eine zum Sterben schöne Musik, dachte ich, als der Doktor die Stelle gefunden hatte. »Mein Gott, rief die Kressnitz, die haben's gemacht da unten nach der Probe, hätt ich das etwa auch noch aufnehmen sollen mit der Kamera, wie sie's da machen, auf dem Boden? Die wollten es wissen, und sie haben es erfahren! – Das rief sie mit erstickter Stimme, und ausgerechnet die Cordes hakte nach: Was die zwei denn erfahren hätten?, und da kam ich der Kressnitz, die sich wieder hingesetzt hatte und ihre Beine festhielt, zu Hilfe: Daß Sex kein Streichelzoo sei. Daraufhin heftiges Murmeln, Widerspruch, Kopfschütteln, aber auch leise Zustimmung, besonders von Blum, und nach dieser Woge Totenstille.«

Der Doktor klappte das Protokoll zu und sah über meinen Kopf hinweg in den Nebenraum, wo der Chor jetzt kaum mehr zu hören war, als hätte Vivaldi den Faden verloren. Aber er hatte ihn nur losgelassen, so wie ihn Branzger für einen Augenblick losließ, vom Ablauf der Konferenz in eine ganz andere Geschichte zu gleiten schien, um dann plötzlich meinen Arm zu packen. »Ich weiß nicht, wie gut du die Kressnitz kennst«, sagte er, »aber alle am Hölderlin unterschätzen sie, auch ich habe das lange getan … Sie hatte tatsächlich vom *Wissenwollen* gesprochen, und das ging der Stubenrauchschen nicht aus dem Kopf – warum gerade sie, als Frau, für einen wie Haberland Entschuldigungen erfinde und ihn damit verteidige, fragte sie in die Stille hinein, und Kristines Antwort hätte nicht klarer ausfallen können: Weil er mein Schüler ist und weil ich meinen Schüler nicht verlieren will – darum. Wundert dich das, von ihrer Seite?«

»Ja. Während der Proben wirkt sie eher kühl.«

»Und im Unterricht?«

»Wenn sie uns Musikbeispiele vorführt, steht sie gern in meiner Nähe. Sie lehnt dann an der Heizung, und ich sehe die Falten in ihrem Rock – sie trägt ja meistens Röcke. Und in Kunst vermeidet sie es, mir über die Schulter zu schauen wie den anderen. Sie glaubt, daß ich zeichnen kann.«

»Sie mag deine Zeichnungen – das ist kein Geheimnis.«

»Im ganzen letzten Jahr hab ich nur eine gemacht.«

»Dann mochte sie eben die eine. Was war das Thema?«

»Das Zeichnen selbst – es gab kein Thema. Ich habe ein Paar gezeichnet, im Bett. Ein Haufen Striche und noch ein Haufen Striche. Dazwischen ein gewisser Kontakt.«

»Also die Schwierigkeiten des Liebens …«

»Schon möglich. Aber das ließ sich höchstens herauslesen. Und das hat ihr wohl gefallen – Oh, oh, sagte sie nur. Ich habe ihr das Blatt geschenkt.«

»Und sie hat es mir gezeigt, Haberland. Und ich konnte es ausleihen – deine Zeichnung hängt nebenan.«

»Meine Zeichnung?«

»Ja. Als Leihgabe. Und hinter Glas, wenn du erlaubst. Sie hängt zwischen dem Porträt eines Knaben von Cézanne, ebenfalls gezeichnet, sowie einer italienischen Landschaftsskizze von Tischbein und einigem mehr, jedenfalls in bester Gesellschaft, das wirst du noch sehen – machen wir erst einmal weiter, der Abend ist noch jung. Mit der Bemerkung der Kressnitz, daß sie dich als Schüler nicht verlieren wolle, kam Bewegung in die Konferenz, denn auch Blum sagte, er möchte keinen Schüler, dich eingeschlossen, verlieren, worauf Pirsich zu der Feststellung kam, daß damit seine, also Blums, Enthaltung ende, er ein Votum abgegeben habe – ob er das zu Protokoll nehmen dürfe? Antwort: Ja –, Zwischenruf Königspudel Stubenrauch: Da lacht der Vigo sich tot, wenn der hört, daß man ihn nicht verlieren will! Und erst da griff ich wieder ein, Haberland – Dieser Schüler, sagte ich, heiße mit Vornamen Viktor. Und nur für einen einzigen Menschen, den Menschen, den er vergewaltigt haben soll, sei er offenbar ein anderer. Ob das nicht bedenkenswert sei … Und diese Frage geht gleich an dich weiter.«

Mein alter Lehrer stand auf; er ging in den Nebenraum und drehte die Musik etwas lauter. »Warum hat sie dich überhaupt so genannt«, rief er, »wie kam sie auf Vigo?«

»Klingt nach Shakespeare, sagte sie. So mußt du heißen.«

»Und du hast das akzeptiert?«

»Was sollte ich machen.«

Der Doktor ging nun auf und ab in dem dunklen Raum, und ich wäre gern aufgestanden, um die Bilder zu sehen, meine Strichzeichnung zwischen den Größen, aber die Art seines Auf-und-ab-Gehens signalisierte mir, daß ich zu bleiben hätte, wo ich war. Schließlich erschien er in der offenen

Flügeltür, während die Musik leise ausklang. »Tizia sagte also: Ab jetzt heißt du Vigo. War es so?«

»Genau so.«

»Und wann war dieses Jetzt?«

»Während der Klassenreise, letzten Oktober, in Lissabon. Als alle noch dachten, man könne den Krieg verhindern.«

»Nicht alle«, Branzger verschwand noch einmal und kam mit einer Flasche und zwei Gläsern zurück, »nur die Übergeschnappten.« Er setzte sich wieder, er verteilte die Gläser. »Du erzählst mir also, sie habe dich von einem Moment zum anderen so genannt?«

»Ja. Sie sah mich an und sagte Vigo.«

»Und du?«

»Ich sagte, lustig.«

»Und sie?«

»Boxte mich sanft gegen die Schulter.«

»Und du?«

»Nichts. Ich schob ihr einen Teller mit Chips hin.«

Der Doktor öffnete die Flasche, in der irgendein farbloses Zeug schwappte. »Der Name ist ein Traum«, sagte er.

»Nein, nur ein Kürzel.«

»Da gäbe es ein Dutzend andere Möglichkeiten. Die aber alles versaut hätten.«

»Jetzt übertreiben Sie.«

»Nein – wenn man in Märchen und Gedichten erkennt die wahren Weltgeschichten, dann fliegt vor *einem* geheimen Wort das ganze verkehrte Wesen fort. Novalis. Tizia hat dich durchschaut, Haberland. Irgendwann in dieser warmen Oktobernacht hat sie dich durchschaut. Und vielleicht erkannt, daß du's mit der Liebe hast, ohne zu lieben. Du weißt: Kein Geständnis kommt einem leichter über die Lippen als das einer nicht empfundenen Liebe.«

»Ich habe ihr gar nichts gestanden.«

»Auch das ist eine Art Geständnis.« Branzger nahm mein Glas und die Flasche. »Magst du Whisky?«

»Ich dachte, es sei Grappa.«

»Guter Whisky ist genauso hell. Und schmeckt nach Medizin, nicht nach Fässern. Man genießt ihn nicht, man trinkt ihn« – er füllte das Glas – »aber du kannst ihn auch stehenlassen, nachdem du probiert hast. Ich schütte ihn dann einfach zurück. Und trinke ihn später selbst.«

»Ich wußte gar nicht, daß Sie trinken.«

»Manchmal kommt es vor.«

»Aus Kummer?«

»Nein. Ich betrinke mich, damit ich an Gott glauben kann. Wollen wir jetzt weitermachen?«

»Ja – sprechen wir über Lissabon.«

»Du meinst, über die Klassenfahrt?«

»Genau das meine ich.«

»Also über die Frauen, die auf dieser Fahrt eine Rolle gespielt haben ...«

»Das war nur *eine* Frau, was mich betrifft.«

»Mag schon sein«, sagte Branzger. »Du bist aber nicht allein auf der Welt. Vielleicht hat ja für mich dort auch eine Frau eine Rolle gespielt ...«

## – 12 –

Die Pension oder Pensão Atalaia (während der Klassenreise damals von uns komplett belegt) gehört schon zum schäbigeren Teil der Rua da Atalaia, die das berühmte Bairro Alto stetig ansteigend durchquert, mit ordentlichen Lokalen an ihrem geraden Anfang – wo ich die beiden elektrisch und ofenbeheizten Zimmer bewohne – und engen, von Trinkern und Huren besuchten Bars an ihrem viel interessanteren krummen Ende. Wenn ich am späten Abend, nach einer Veranstaltung im Institut, in die Rua da Atalaia biege, zieht es mich oft noch dorthin, selbst wenn ich Hunger habe und etwas essen will, was es dort oben, am interessanteren Ende der Straße oder Gasse, nicht gibt. Und so sitze ich, pro Woche mindestens einmal, in einem kleinen, gänzlich schwarzweiß gekachelten und zum Gehsteig hin offenen Schankraum auf wackligem Schemel an einem liliputanischen Tisch, mit einem Fuß im Freien, an der stärksten Linkskrümmung der Gasse, bergan gesehen, und vertreibe den Hunger mit Chips und einem Puppenstubenglas rostrotem Port, und zwar genau an *dem* Tisch, bilde ich mir ein, an dem ich in einer milden Oktobernacht vor zwölf Jahren ganz überraschend Vigo genannt worden war.

Der Ausschank hat nach wie vor keinen Namen, nur den Namen, den Tizia ihm, in einem Aufwasch mit meinem Namen, verpaßt hatte, *Schachkästchen*, wegen der schwarzweißen Kacheln; immer wieder waren wir an diesem Tisch, auch ihr gefiel das krumme Ende der Straße mehr als das gerade. Unser Innerstes, denke ich, das einem oft selber verborgen bleibt, weiß offenbar nachtwandlerisch, was es will, und bezogen auf die zwei Möglichkeiten der Rua da Atalaia haben wir beide in jedem Punkt zusammengepaßt, bis hin zur Auswahl der Getränke und der Geschmacksrichtung der Chips (ohne Paprika), ja selbst bei der Musik waren wir uns einig – alles, nur kein Fado, nichts, das typisch gewesen wäre. Das Glas Portwein war die einzige Konzession, vielleicht weil seine Süße das Küssen ersetzt hat, und so war auch der überraschende Name zwischen zwei Schlucken gefallen. »Eins interessiert mich, Vigo, warum schläfst du mit diesem Typ in einem Bett?«, womit sie natürlich Hoederer gemeint hatte, mit dem ich allerdings mehr als ein schäbiges Pensionszimmer teilte – das bloß das eine Bett enthielt –, weitaus mehr sogar. Wir teilten die Abneigung gegen unsere phantomhaften Väter, die nur an höheren Feiertagen ansprechbar waren, wie auch die Abneigung gegen phantomhafte Mütter, die mehr von ihren Ärzten wußten als von ihren Söhnen; und wir teilten die Zuneigung zu einem Fußballverein, nämlich der Frankfurter Eintracht, also zum glücklichen Ende in letzter Sekunde, wenn andere schon, verfrüht, die Arme nach oben rissen. Hoederer und ich hatten selten ein Heimspiel versäumt und, wenn es sein mußte, sogar den Einfluß unserer Väter genutzt, um noch auf die Ehrentribüne zu kommen; wir waren Freunde, ohne je dieses Wort zu bemühen, und die Gegebenheiten in der Pension Atalaia hatten dem allenfalls Rechnung getragen. Das gemeinsame Bett war uns am Arsch vorbeigegangen, wie man sagt, so waren er und ich: immer imstande, die Gefühle in Schach zu halten.

Eins interessiert mich, Vigo, warum schläfst du mit diesem Typ in einem Bett?, das war und ist für mich der Satz, mit dem alles angefangen hatte, ein Dutzend Worte um einen Namen, der aus dem Nichts entstand, wie es schien, als Liebe auf den ersten Laut, bei genauerem Hinhören der Sprung von einem harten K, das ehedem einen Hund geehrt hatte, hin zu einem zärtlichen G, das nur für mich bestimmt war, Kern jenes geheimen Worts, das der Doktor darin entdeckt haben wollte, während sich Tizia darauf verlegt hatte, daß *Vigo* nur die Referenz an Shakespeare war. Eine zu theatralische Erklärung, für mein Gefühl, eine, der es an Geheimnis fehlte, auch wenn ich in der Nacht, in der mir Branzger den Whisky serviert hatte, noch vor dem ersten Schluck auf diese Erklärung zurückkam: der kürzeste Weg, um von Shakespeare auf die Proben zum Sommernachtstraum und folglich auf die Leiterin der Proben, das heißt die Kressnitz, überzulenken. »Und damit wären wir wieder bei Ihrer jungen Kollegin«, sagte ich und kippte mir das scharfe Zeug in den Rachen (zu dem ich bis heute nicht gefunden habe), während der Doktor, über sein Glas hinweg, in den Nebenraum mit den Zeichnungen sah.

»Du glaubst also, die gute Kristine habe euch das alles eingebrockt, ja?«

»Diese gemeinsame Szene war ihre Idee. Traut euch was, sagte sie, ihr habt ja die Wand dazwischen. Und das haben wir dann getan, jede Woche, abends im Probenraum.«

»Und in Lissabon wollte Tizia wissen, warum du mit Hoederer in einem Bett schläfst? Was war deine Antwort?«

»Weil es so billiger sei. Und weil er weder schnarche noch stinke. Und sie erwiderte nichts darauf, sie rauchte und sah mich durch den Rauch hindurch an. Sie hat mir etwas vorgespielt, die Gekränkte oder Überlegene, eins von beiden. Aber vielleicht war auch alles echt.«

»Ja, was denn nun?« rief Branzger, und von meiner Seite nur eine Ausrede, ich könne mich nicht mehr erinnern, und schon kam sein Einwand, als hätte er bloß auf das Stichwort gewartet: Es gehe hier ums Erzählen, das Erinnern geschehe eher nebenbei. »Aber die Frage ist, Haberland: Läuft die Erzählung von selbst, oder müssen wir sie in Gang halten? Ist dein Hirn ein Papagei im Käfig oder wenigstens ein Pfau im Garten?«

»Mein Hirn ist nur müde.«

»Darum bekommst du hier auch Kaffee. Und nun mach weiter. War sie gekränkt oder überlegen?«

»Ich weiß nur, wie sie ihre Zigarette hielt, zwischen zwei ganz gestreckten, schon leicht nach außen gekrümmten Fingern, alles andere als entspannt, aber das sagte mir zu dem Zeitpunkt noch nichts. Oder anders ausgedrückt: Alles an ihr sagte mir an dem Abend in unserem Schachkästchen am krummen Teil der Rua da Atalaia, daß sie in mich verliebt war. Sie, die ich für unerreichbar gehalten hatte, sah mich aus ihren großen Augen an, die auch noch blau waren, blau bis grau. Dazu das halblange blonde Haar, das sie sich beim Rauchen hinter die Ohren strich, und ein weicher, den Zigarettenfilter ganz umschließender Mund, der mir immer noch – trotz der Taufe mit diesem Namen – unerreichbar erschien. Wir saßen im rechten Winkel zueinander, unsere Füße berührten sich, so eng war der Platz unter dem Tisch, und zwischen ihrem und meinem Gesicht konnte sich kaum der Rauch ausbreiten, der nur aus einem Spalt zwischen den Lippen kam. Ich weiß nicht mehr, wie lange wir so gesessen haben, man zählt ja solche Minuten nicht, ich weiß nur, daß in dem Zeitraum etwas geschehen ist, was sich nicht mehr rückgängig machen ließ, nicht für mich. Wie ein besonders schnell um sich greifender Krebs – mir fällt kein anderer Vergleich ein – wuchs in mir das Gefühl, diese rauchende, schweigende, ein Jahr jüngere und doch so viel ältere Person unter allen Umständen in die Arme schließen zu müssen. Mein Leben, dachte ich, wäre vorzeitig zu Ende oder käme gar nicht erst in Gang, wenn ich nicht mit ihr schlafen würde, mein Körper müßte in Stücke zerfallen, wenn nicht das eine Stück seinen Platz in ihr fände, zwischen zwei hellen Beinen, die unter einem Jeansrock hervorsahen, als sie mit ihrem Schemel etwas vom Tisch abrückte, um bequemer zu sitzen, ein Knie über das andere gelegt, so daß der Schenkelanfang leicht in die Breite ging, mit einer Rundung, auf die ich mich fast gestürzt hätte. Nicht meine Hände darum zu schließen und sie zu kneten wie Teig kostete mich alle Kraft, nicht den Mund auf ihren Mund zu drücken ebenso. Mir blieb nur die Tischkante, an der ich mich hielt, bis die Handknöchel weiß waren, und die Lippe, die küssen wollte, nahm ich zwischen die Zähne, bis ich mein Blut schmeckte, während Tizia auf einmal selbst die Rundung berührte, wie zum Beweis ihrer Hoheit darüber, und mich dabei ansah und mit ruhiger Stimme, Was jetzt?, sagte, und ich nichts, aber auch gar nichts darauf antworten konnte, als hätte ich tatsächlich das Herz und auch gleich das Hirn eines Hundes …«

## – 13 –

Keinen einzigen unserer gesprochenen Sätze, so habe ich bei der Vorbereitung auf die Diskussion zum Thema *Das traurige Ich* gelernt, können wir direkt aus unseren Hirnzellen ablesen, die Vorgänge sind unendlich vielschichtiger als das, was sich, biochemisch oder sonstwie, ablesen ließe. Ein einmal ausgesprochener Satz ist also für immer verloren, wenn ihn nicht vergleichsweise simple Systeme außerhalb des Hirns – Tonträger oder Stift und Papier – festhielten, und nur weil dies geschehen ist, in Form von Branzgers Notizen, kann ich hier überhaupt meine Worte wiedergeben, wenn auch mit Vorbehalt. Sie haben ja inzwischen, ehe sie zu Papier gebracht wurden, ein anderes Hirn durchlaufen, nämlich das meines alten Lehrers, und durchlaufen nun, da ich sie wiedergebe und meinen veränderten Umständen anpasse, abermals ein Hirn: das von meinem traurigen Ich als eigenes empfundene.

Und doch ist es *meine* Geschichte, die ich da festhalte, weil mir der Abend mit Tizia im Schachkästchen-Ausschank am krummen Ende der Rua da Atalaia ebenso nahe ist wie der Abend, an dem ich Branzger, mit meinen Worten, davon erzählt habe, ganz zu schweigen von der Gegenwart, wie dem heutigen Abend, den ich zum Voranbringen dieser Arbeit nutze, da die kommenden Abende schon verplant sind. Morgen werde ich mit unserer Frau Dr. Kathrin Weil essen gehen, im Restaurant zum Ersten Mai, schräg gegenüber von meiner Wohnung am untersten Ende der Rua da Atalaia (ich hatte mir auch Wohnungen am oberen Ende angesehen, wäre aber im Winter darin erfroren und im Sommer erstickt), und an den folgenden Abenden muß ich im Institut sein, quasi als Hausmeister. Und dann naht schon der Abend vor dem großen Abend, der Tag, an dem Tizia hier ankommt. Sie hat ein Zimmer im Hotel Borges, nicht weit von hier, und wird dort eine Nachricht finden, die etwa so lautet: Wenn Sie Lust haben, kommen Sie doch nachher, ab acht, in die Rua da Atalaia hunderteinundsechzig (die Nummer des Schachkästchens) auf ein Glas Port, wir würden uns freuen, Ihr Goethe-Institut. Und natürlich wird sie Lust haben, als sei es Goethes Geist selbst, der dort auf sie wartet.

Irgend etwas in mir hat sich das so ausgedacht in den letzten Tagen oder einfach auf diesen alten, billigen Trick zurückgegriffen, um ihn neu anzuwenden; jedenfalls sehe ich mich nicht in der Lage, anders zu handeln, und werde folglich auch nicht behaupten, mich für dieses trickreiche Wiedersehen, das schon mit Tizias Einladung nach Lissabon angefangen hat, je entschieden zu haben. Ja, ich denke sogar daran, dem renommierten Hirnforscher während der Diskussion damit ein hübsches Beispiel für seine Theorie vom unfreien Willen zu liefern, allerdings gleich verknüpft mit dem Einwand, daß auch die wissenschaftliche Erklärung eines solchen Zwangshandelns aus neuronalen Gegebenheiten selbst ein geistiges Phänomen darstellt, wohlformuliert, aber mit einem Verzicht auf Begriffe wie Sehnsucht und Liebe, der mir alles andere als freiwillig erscheint. Mein Argument wäre dann, daß das zu Erklärende im Vollzug des Erklärens ja als Bedingung seiner Möglichkeit bereits still vorausgesetzt wird, mit anderen Worten eine *petitio principii* vorliegt, die Verwendung eines erst noch zu beweisenden Satzes als Beweisgrund, wie ich in Branzgers Philosophiekurs gelernt habe. Was den Abend auf dem Podium betrifft, bin ich also durchaus gewappnet, auch aufgrund dieses Kurses, während mich der Abend davor nichts als beunruhigt, so wie ihr Blick auf mich am allerersten Abend, wie ihr Was jetzt?, auf das es keine Antwort gab.

Aber irgend etwas *müsse* mir doch dabei eingefallen sein, hatte der Doktor auf meinen Hundehirnvergleich hin gesagt, und als ich es abstritt und von einem ganz und gar leeren Kopf sprach, bat er mich plötzlich zu gehen. Es war ein höflicher Rauswurf, wenn ich mich richtig erinnere, und seinen Notizen nach rief er mir noch etwas hinterher, das mein Gedächtnis nur als peinlichen, durchs Treppenhaus schallenden Akt vermerkt: »Und komm mir bitte erst wieder, wenn du jeden Winkel deines Hirns überprüft hast. Denn dieses kleine Was jetzt? ist die große Frage einer Neugierigen, Haberland, und du *hast* sie beantwortet, klipp und klar im Keller des Hölderlin, während wir die Cordes hochleben ließen!«

## – 14 –

Tizias Neugier war sogar legendär, sie wollte immer alles von jedem wissen, auch das Intimste, als sei dies der sicherste Weg, nichts Intimes zu tun, doch das Gegenteil war der Fall, sie sprach mit einem, und man glaubte, mit ihr im Bett zu liegen, saß aber an einem Tisch oder im Bus. Sie konnte einen soweit kriegen, daß man ihre Worte zu seinen machte, ja ihren Ton übernahm und schließlich das Gefühl hatte, nicht nur Teil ihres Geistes, sondern auch Teil ihres Körpers zu sein, es also mit ihr zu treiben, so oder so. Noch lange vor der Stunde im Keller – während eines Ausflugs von Lissabon an ein Kap – hatte sie mich soweit, daß ich ihr sagte, ich sei auf *sie* neugierig, wobei ich unter dieser Neugier etwas völlig anderes verstand. Ich wollte nicht wissen, *wer* sie war, ich wollte wissen, *wie* sie war, und zwar im Bett: Wie ein so kluges, wohlerzogenes Mädchen seinen ganzen Verstand und alle Erziehung über Bord wirft, um sich gehenzulassen, Wörter auf den Lippen, die sie sonst kaum zu denken wagt. Und nichts hätte damals lustvoller sein können als die scheinbare Abwesenheit jeglicher Lust bei ihr, der ich jede Form von Lust zutraute. Bei diesem Ausflug hatte sie neben mir im Bus gesessen, reglos, als hätte sie kein Geschlecht, und ich flüsterte ihr zu, daß sie mich verrückt mache, im Kopf und woanders, aber vor allem woanders, und sie sagte:

Du reduzierst mich, und ich erwiderte, nein, es sei wie bei der Bruchrechnung, ich würde nur kürzen, das Resultat sei dasselbe, immer noch Tizia, aber im Bett. Ich sei einfach scheißneugierig, flüsterte ich, anstatt ihr zu sagen, ich hätte verdammte Lust auf sie, mea culpa, auch wenn die Scheißneugier gar nicht so weit entfernt ist von der verdammten Lust. Ja, im Grunde ist sie sogar eine nahe Verwandte, vor der man sich hüten muß wie vor allen nahen Verwandten, aber das war mir erst in den Tagen nach der Whisky-Stunde in der Wohnung des Doktors aufgegangen, als es keinen festen Termin für den nächsten Besuch gab und sich meine Scheißneugier auf ihn und seine Geschichten schon nach einer Woche als große und gar nicht so verdammte Lust herausgestellt hatte; jedenfalls gab es da plötzlich eine Bereitschaft zu folgendem Zugeständnis: Daß die Überprüfung meines Hirns eine Gedächtnislücke geschlossen hätte, jene Kellerstunde mit Tizia betreffend. Ich war bereit, von Liebe, Sex und Gewalt zu sprechen, nichts anderes sei mir durch den Kopf gegangen auf ihre ruhige Frage Was jetzt?, also eine Flucht nach vorn, für die mir von allen Wochentagen der Sonntag am geeignetsten erschien.

Und diesen weiteren Abend mit meinem alten, noch immer nicht recht gesunden oder an sich kranken Lehrer – den alle Romy genannt hatten, außer mir, dem Erfinder dieses Namens –, lege ich schon in die warme Jahreszeit, auf das Datum, an dem sich unser Kanzler und der amerikanische Präsident nach dem Krieg erstmals wieder richtig die Hand geschüttelt hatten, nämlich während des Treffens der acht reichsten Nationen am Genfer See, am Ort des beliebten

Heilwassers Evian, wo man, nach der Phase des Unfriedens, nun wie gewohnt nach vorn sah (die bevorzugte Blickrichtung meines Vaters), also das verbindend Optimistische von Politik hervorhob, auch wenn der amerikanische Teil des Händeschüttelns nach nur einer warmen Mahlzeit wieder entschwebte, während ich mir vorgenommen hatte, auf den eigenen, kleinen kriegerischen Akt mit maximal zwei Opfern ganz unoptimistisch zurückzublicken; Branzger wollte jedoch von meiner Flucht nach vorne nichts wissen, er hatte sie vermutlich durchschaut und zog es vor, die Schlinge um mich lieber selbst enger zu ziehen, indem er die Konferenzgeschichte weitererzählte.

»Nachdem sich Blum fast auf deine Seite geschlagen hatte«, nahm er schon beim Servieren des Höllenkaffees den Faden wieder auf, »bildeten er und ich, zusammen mit der Zenk und der Kressnitz – beide eher unentschieden als deine Gegner –, eine Art Viererblock, allerdings auf wackligen Beinen. Und die Stubenrauch trat auch gleich gegen das wackligste, indem sie auf Tizias Aussage zurückkam und den Eindruck hinzufügte, daß sich bei dir generell alles um Sex drehe – eine Behauptung, der ich sofort widersprach. Dieses Video sei für mich ein Ausdruck von Leidenschaft; oder könne *sie* etwa behaupten, in den letzten zwanzig Jahren, seit sie an dieser Schule unterrichte, je eine derartige Intensität mit einem anderen Menschen an den Tag gelegt zu haben? Oder könnte das hier irgendein anderer? Daraufhin nur Schweigen, das erst durch ein Klopfen an der Tür beendet wurde. Die Cordes rief Herein, und herein kam unser Oberstufenvertreter, Herr Guido Balz, noch picklig, aber schon im Anzug. Er gab jedem die Hand und bestand auch darauf, seine Ausführungen über die Stimmung unter den Schülern im Hinblick auf deinen Fall stehend vorzutragen, als rede er auf einer Parteiversammlung.« Der Doktor zog ein Taschentuch aus dem Hausmantel und drückte es sich auf den Mund, einen Moment lang zitterten seine Wangen, während der Blick an mir vorbeiging, in den Raum mit den Zeichnungen, darunter meine; gleichzeitig griff er nach dem Protokoll und schlug es an einer vorbereiteten Stelle auf.

»Als gewählter Vertreter der Oberstufe, sagte Balz, gebe er zunächst wieder, was die mehrheitliche Meinung zu dem Fall Haberland sei. Darüber hinaus werde er auch eine eigene Meinung vertreten. Die Schülerinnen der Oberstufe seien mehrheitlich für einen Ausschluß, die männlichen Schüler etwa zu einem Drittel. Er selbst habe den Beschuldigten in einem Lokal hier in der Nähe, einer Bar, Value, in Bemerkungen von dem Vorfall erzählen hören …«

»Stimmt nicht«, rief ich. »Ich sprach nur von ihr.«

»So steht es hier auch.«

Der Doktor hielt mir das Protokoll hin, aber ich wollte es gar nicht sehen. »Lesen Sie weiter«, sagte ich.

»Die Jentsch, das ist der Wahnsinn – so etwas Ähnliches kam da von dir.«

»Nein – ich habe *genau* das gesagt. Weil es der Wahrheit entspricht. Denke ich.«

»Und ich denke, daß man Frauen, die einem ins Bett folgen sollen, gern überschätzt. Die Jentsch ist nicht der Wahnsinn. Sie ist gescheit und ist charmant und sieht appetitlich aus – die Klasse einer Kressnitz hat sie nicht …« Branzger sah mich herausfordernd an, und wieder kam von mir keine Frage, auch keine weniger blöde, dafür von seiner Seite ein leichtes Heben der Brauen, leicht, aber respektvoll, ehe er fortfuhr, über den Oberstufenvertreter Balz zu reden (heute, soweit ich weiß, in leitender Stelle bei Vodafone).

»Guido Balz«, sagte er, »brachte noch ein anderes Zitat von dir: Alte Sachen wie Tell Me machten Frauen viel weicher als das neue Zeug! Und er gab uns den Hinweis, daß du auch momentan, während man hier über dich berate, in dieser Bar seist und Reden schwingen würdest – er habe dort angerufen. Und dann holte er zum Finale aus: Die Mehrheit der Schüler am Hölderlin habe ein Ziel, einen Fahrplan, Haberland dagegen kenne nur sich. Sein Votum wäre ein Votum für den Ausschluß, so bedauerlich das sei.«

Mein alter Lehrer klappte das Protokoll zu, mit der anderen Hand deutete er an, daß ich nichts sagen sollte, ehe er fertig wäre. »Die Cordes dankte Balz und fragte uns, ob irgendwer noch etwas wissen wolle, und zu meinem Erstaunen legte sich Blum plötzlich zu deinen Gunsten ins Zeug. Wie *er* denn zu Tizia stehe, fragte er Balz, ob sie ihm gefalle, und Balz machte fahrige Gesten und kam fast ins Stottern, Ja, sie habe sicher was ... Was für wen? hakte Blum nach, worauf Herr Guido rot wurde, na ja, für Jungs, sie sei eben schön ... Schön, sagte Blum, aha, und auch sexy?, was unseren Schülervertreter zu einem plumpen Logisch! provozierte, verbunden mit einem kaum zu versteckenden Lächeln – Logisch wieso? rief Blum jetzt, und die Stubenrauch schaltete sich ein, Was diese Fragen sollten?, aber da war Balz schon mit einem Fuß auf dem glatten Parkett,

Also, sagte er, sinngemäß, weil sie schön sei und scharf … Ach, was denn nun, fragte Blum, schön oder scharf?, eine von der Cordes sogleich mißbilligte Frage, und schon hatte Balz sich gefangen und wiederholte stur sein Votum, und genau an der Stelle schaltete ich mich ein, obwohl ich diesen Burschen im Frack kaum ansehen konnte, ein Populist im Wartestand. Ich würde nur gern wissen, sagte ich, ob er irgend etwas von Hölderlin kenne. Schweigen. Auch nicht den Hyperion? Wiederum Schweigen. Nun, dann dürfe ich ihm zwei Zeilen aus diesem tiefsten aller deutschen Bücher mit auf den Weg geben. Laß uns vergessen, daß es eine Zeit gibt und zähl die Lebenstage nicht. Was sind Jahrhunderte gegen den Augenblick, wo zwei Wesen so sich ahnen und nahn … Und dem fügte ich leise hinzu, daß sich Liebe an keinen Fahrplan halte, worauf von ihm nur ein absurdes Danke kam und er auch schon den Raum verließ, und erst in diesem Moment, Haberland, war in mir die klare Entscheidung zu deinen Gunsten gefallen, und ich verlangte nun von jedem der Anwesenden eine Prüfung seiner Gefühle. Man spüre nämlich sehr genau, sagte ich, ob man zu diesem Schüler stehen könne oder nicht. Erneutes Schweigen, bis die Stubenrauch mit dem Satz kam, daß sie höchstens spüre, wie kalt es hier drin sei, und da muß ich wohl vorübergehend die Fassung verloren haben. Ich rief nämlich, kalt sei mir auch, trotz Fieber, aber vielleicht spüre sie ja noch etwas anderes, darüber hinaus, nämlich daß Haberland es wert wäre, gehalten zu werden, oder, falls nein: Spüre sie dann wenigstens deutlich das Gegenteil, also Haberlands minderen Wert, dürfte man das bitte erfahren?, und mit dieser Frage, die mehr ein Ausruf war, kam ich von meinem Stuhl hoch und eilte um den Tisch, Dann überzeugen Sie mich, Frau Kollegin, geben Sie mir Ihre Hand, damit ich spüre, was sich da abspielt in Ihnen, fuhr ich sie an, und mit einem Rest von Höflichkeit, einem Darf ich? in bezug auf eine Hand, die nicht meine war, nahm ich die Hand der Stubenrauch einfach und spürte nichts, nur eine feuchte Kühle – Tut mir leid, Frau Kollegin, da ist nichts, rief ich, es überträgt sich mir nicht, dieses Gefühl, daß ein Mensch es nicht wert sei, gehalten zu werden ...«

Und mit diesen Worten hatte der Doktor auch meine Hand gepackt und demonstrierte den Griff, der alles andere als locker gewesen sein muß, fast ein Polizeigriff oder der einer Notmaßnahme, ich hielt jedenfalls still, während er weitersprach. »Was soll das, schnaufte die Stubenrauch, Sie sind krank, Sie haben Fieber, Sie glühen, und ich hielt ihr entgegen, Fieber steigere bekanntermaßen nur die Empfindlichkeit, also müßte ich längst spüren, daß Haberland für sie untragbar sei, ein solches Gefühl würde sich jedoch nicht einstellen bei mir, worauf sie schier in Panik geriet, Sie lassen mich auf der Stelle los, Dr. Branzger!, aber weder ihr Geschrei noch mein Name beeindruckten mich, ich hielt sie weiter, und da keuchte sie, mit Triumph in den Augen: Genauso habe der Typ – also du – Tizia gehalten, sie auf den Boden gezwungen, und die Versuchung, unsere Oberstubenrauchsche tatsächlich auf den Boden zu drücken, war gar nicht so klein ... Statt dessen ließ ich sie los – was du vielleicht auch hättest tun sollen – und setzte mich wieder und sagte: Ich wollte, wir wären hier alle auf dem Boden oder Grund und würden uns dort begegnen, wir bewegen uns doch nur an der Oberfläche der Dinge ... Daraufhin Blum: So sei nun mal das Leben. Welches Leben? fragte ich. Das Leben an sich, murmelte er und sah zur Cordes, seiner Ex-Geliebten – das nun einmal hart sei. Und wieder Schweigen, als hätte er etwas Fundamentales gesagt, was mich auf die Palme brachte. Aber wenn *wir* nicht weicher seien als dieses Leben, wer dann? rief ich, und nach diesem sehr privaten Wort spürte die Cordes offenbar ein Kippen der Stimmung und sah Tizia schon als doppeltes Opfer, als deins, der du sie flachgelegt hast, und eines Kollegiums, das ihre Aussagen in Zweifel zieht, worauf ihr unser Protokollführer Pirsich – nicht überraschend für mich – zur Seite sprang und vom Ruf der Schule sprach: Schließlich stehe man in der Öffentlichkeit ... Daraufhin ich: Wo *er* ja sowieso gern stehe. Jeder verstand diesen Satz, und Pirsich lief schon für einen seiner Ausbrüche an, da klopfte es erneut an der Tür, Zimballa erschien. Er wolle nur mitteilen, es werde jetzt warm, kuschlig warm, und falls er jetzt etwas holen sollte, er sei bereit, worauf Graf zum zweiten Mal an dem Abend nach Pizza rief, nun mit Echo von allen Seiten. Gleich drei Italiener wurden genannt, Da Carlo, Bella Donna und Fellini, und man einigte sich auf Bella Donna, wo es auch Pizzapane mit Rosmarin gebe, so die Zenk, und jeder rief Zimballa Wünsche zu, Capricciosa und Quattro stagioni, Salame piccante oder auch nur der berühmte Boden, Stubenrauchs Wunsch, gegen den Rat seiner Frau, die den Proviant aufzehren wollte, während Blum, wie immer auf etwas größerem Fuß, Frutti di mare bestellte. Das alles war logischerweise der Beginn einer Pause, ehe es, mit oder ohne Pizza im Magen, zum berühmten Schwur kommen sollte ...«

Und erst jetzt, bei dem Wort *Schwur*, gab Branzger meine Hand wieder frei, gar nicht verwundert, wie mir schien, über das Stillhalten seines Zuhörers, viel eher gelassen: einer, der genügend Hände im Leben gehalten hat und sich also davon verabschieden kann; und als hätte er meine Gedanken erraten, ging auf einmal sein Finger hoch. »Du denkst, ich will nichts mehr, Haberland, aber ich will noch etwas, und ob ich noch etwas will. Ich will etwas loswerden bei dir, eine Geschichte, die an deine Geschichte rührt, auch sie hatte in Lissabon ihren Anfang, das erwähnte ich schon. Aber ich will mich auch, mit deiner Hilfe, überhaupt von diesem und jenem verabschieden, sagen wir, von allem, was mich zu lange, gegen meinen Willen oder mit ihm als Komplizen, begleitet hat, wie etwa meine nächste Umgebung, die sogenannten vier Ecken, die ja auch deine vier Ecken sind, und vielleicht sollten wir damit gleich anfangen.« Er nahm den Finger herunter und berührte damit meine Hand, »falls du das Thema nicht zu albern findest ...«

## – 15 –

Er begann mit einer Frage, mehr an sich selbst als an mich: Ob man zu Hause sei, wo man sein Bett stehen habe, und ob es dann, falls ja, eine zweite Heimat gebe, nach der verlorenen ersten der Kindheit – was eigentlich mehr als eine

Frage war, aber nicht für ihn, meinen alten Lehrer, den es achtundsechzig nach Frankfurt verschlagen hatte. Und seine Stimme klang jetzt, als säßen auf jedem Wort noch zwei weitere, wie Parasiten, danach drängend, mitausgesprochen zu werden, was für den Zuhörer, also mich, einen paradoxen Eindruck ergab: daß er nämlich die Dinge, trotz eines vollgenommenen Munds, nur schwer über die Lippen brachte.

»Eine Frage«, sagte er, »die man sich besser gar nicht erst stellt als Bewohner einer Stadt, in der es sogar riskant ist, an die berühmten vier Ecken sein Herz zu hängen, in meinem Fall – und eben auch in deinem – der Schweizer Platz mit Umgebung oder auch nur der Schweizer Platz, schon als solcher falsch bezeichnet, wie ja die meisten Frankfurter Plätze gar keine sind. Die Straßenbahn durchquert ihn, und einmal im Jahr kümmert sich jemand um die Rabatten zu beiden Seiten der Gleise, ansonsten dient er den Autofahrern zum verkehrswidrigen Abbiegen und einem wie mir, um das Nötigste einzukaufen. Wenn ich abends rasch noch einkaufen gehe, dann voll Widerwillen gegen Läden, die mich noch nie verführt haben, eine Sekunde länger als nötig in ihren Gängen oder Schneisen zu bleiben, was auch für den Schweizer Platz gilt: Er lädt nicht ein zum Verweilen, er zischt nur, Mach, daß du weiterkommst, obwohl er rund ist und umstanden von Häusern, also durchaus Voraussetzungen hätte, Voraussetzungen für einen richtigen Platz wie den für den Dichter Camões, Lissabon, ein simples Quadrat mit Denkmal, aber ganz ohne Schnickschnack, für Kinder ein Bolzplatz, oder den alten Savigny in Charlottenburg, wir müssen gar nicht Siena und Prag bemühen ... Oft denke ich, in seiner Mitte – und jetzt rede ich wieder vom Schweizer Platz – müßte mich eine kleine Markthalle locken, und an den Seiten sollte es Lokale geben statt eines Käfigs als Zeitungsstand und den zwei Wäschereiannahmen, in der einen das Bild des unsterblichen Kommissars Derrick, der ja für Ordnung und Sauberkeit steht und einen Blick auf den einzigen Gastronomiebetrieb am Rande des Platzes wirft, das erwähnte Lokal Fellini, das mit alten Filmplakaten sein eigenes Alter vortäuschen will und in Wahrheit so wurzellos ist wie seine ungeschickte Bedienung. Und so meide ich das Fellini, was sonst, ja senke sogar den Kopf, wenn ich im Sommer an seinen angeketteten Blechtischen entlanggehe, weiter zu einer von zwei Apotheken – weshalb eigentlich zwei? – und vorbei an den beiden Bankfilialen und diesem Laden mit italienischem Ambientedreck, vor dem ich hin und wieder stehenbleibe, um wenigstens irgendwo stehenzubleiben, Haberland, und das nicht gerade, wie all meine Schüler, am Hähnchengrill, dem fetten Mund des Platzes. Also ist es der Ambienteladen, sein Auge mit künstlichen Wimpern, während der Po, wenn es ihn gäbe, nur in der Mitte liegen könnte, wo aber die Bahngleise sind, die ich gelegentlich schräg überquere, um mir alles andere zu sparen, eine Abkürzung, die mich noch nie mit Freude erfüllt hat, im Gegenteil. Denn es ist ja doch *mein* Platz, ob ich ihn nun meide oder täglich umrunde, hin und her gerissen zwischen dem Wunsch, das Fellini möge verschwinden, wie alle Lokale in der Stadt früher oder später verschwinden, oder möge bleiben, damit am Ende überhaupt etwas bleibe von meinen vier Ecken, außer der Litfaßäule, die gab es schon, als ich noch jung war und vor ihr stehenblieb, um die wilden Plakate der Leninisten zu lesen und die zahmen für das nächste Spiel der Eintracht … Ich weiß nicht, ob es dir auch so geht, Haberland, aber ich empfinde, eigentlich von Jahr zu Jahr mehr, eine gewisse Sympathie für das Wesen der Frankfurter Eintracht, das für mich im selbstverschuldeten Absturz und begnadeten Wiederaufholen besteht. Nicht daß die Eintracht ein Stück Heimat wäre oder ich etwa eins ihrer Mitglieder, doch kehrt sie, sobald die Saison dem Ende zugeht, stets ein Stück Wahrheit hervor: Wie sehr wir ja alle bangen, unter den Tisch zu fallen, besonders in einer Stadt, die so in die Höhe strebt, auch wenn mir die Hochhäuser, offen gesagt, keinen höheren Herzschlag verursachen. Und doch gibt es eine Regung in meiner Brust, wann immer ich aus einer richtigen Stadt hierher zurückkehre, ob aus Paris, Lissabon oder Prag. Es tut mir weh, vom Bahnhof kommend, die Kaiserstraße hinaufzulaufen, eine Straße, die trotz ihrer Breite und schönen alten Gebäude nicht imstande ist, etwas aus sich zu machen, die lieber Plastikstühle und Sexkinos erträgt als kleine Theater und Spezialitätenlokale. Ich vermisse das alles, ich vermisse es körperlich, als sei die Stadt eine Frau, die sich in Schuhen und Mantel ins Bett legt, um jederzeit aufstehen zu können; ich vermisse es, wie ich woanders, etwa am Main, einen Pavillon vermisse, in dem sonntags Musik spielt, ein Orchester alter Männer, das einen Rollerskater anhalten und sich fragen läßt, was er da eigentlich tut. Und einen Fischhändler in meiner Gegend vermisse ich auch. Statt dessen versorgt uns eine Art Wohnwagen, immer nur freitags, wie auf vatikanische Weisung, mit Kabeljau, Seelachs und Schillerlocken, was in mir ein Gefühl des Erbarmens auslöst, mit dem Fisch an sich, der sich von keiner schlechteren Seite zeigen könnte als in der Auslage dieses Wohnwagens, wie aber auch all unsere Hochhäuser kein anderes Gefühl in mir auslösen, gleichgültig, wie sehr sie in den Frankfurter Himmel ragen und bei schlechtem Wetter die Wolken berühren oder des Nachts auf Weisung von Vorständen strahlen. Ihr Anblick, Haberland, erhebt mich nicht, auch sie lösen, das sagte ich schon, keinen höheren Herzschlag aus, sondern wiederum Erbarmen, bestenfalls Bedauern. Was soll ich mit Häusern, die nicht hoch genug sind, daß einem der Atem stockt, aber schon zu viele Etagen haben, um noch darüber hinwegsehen zu können? Die also hoffnungslos dazwischenliegen, wie der Main zwischen den Anlagen, die er nur alle paar Jahre, in einem Akt der Verzweiflung, für einige Tage leicht überspült. Weder die Banken noch der Fluß werfen mich um und auch nicht unsere U-Bahn ohne Graffiti. Blieben, für einen höheren Herzschlag, noch die Paulskirche, in die normalerweise keiner hereinkommt, und die Buchmesse, bei der normalerweise nichts herauskommt, sowie der Flughafen und der Opernplatz; Flugzeuge aber interessieren mich nicht, und jeder Gang über den Opernplatz – in Sommernächten ein gewisser Puls, ich gebe es zu – ist ein Gang, der Leuten wie mir nur sagt, daß sie zuwenig verdienen und eigentlich unter die Erde gehören. Also gehe ich gleich weiter, durch die Taunusanlage ins Bahnhofsviertel, das die Stadt seit Jahr und Tag trocken zu legen versucht wie die Pontinischen Sümpfe, doch ein Bordell wird nicht besser, wenn es aussieht wie Mr. Clean's Toiletten im Hauptbahnhof, dasselbe gilt für Lokale, und so trinke ich meinen Whisky an einem Ort, der jeder Trockenlegung widersteht – Pizzeria, Kiosk und Nachtcafé, Wartesaal, Wohnstube, Ausguck, alles in einem –, einer Kneipe, die zu Recht La Bella heißt, Die Schöne, ich komme darauf zurück. Einmal in der Woche sitze ich dort und bekämpfe das Heimweh, Ecke Taunus/Elbestraße, immer an einem der großen Fenster, keinen Steinwurf von den Häusern, wo sich Afrika und Mr. Clean begegnen, und nur wenige Schritte von den Bettlern, die an der höheren Temperatur ihrer Hunde teilhaben, und Fixern, die am Bordstein auf den Tod warten oder etwas, das ihm nahekommt, während ich nur auf die Müdigkeit warte, um mir schließlich ein Taxi zu rufen, das mich zurückbringt an meine vier Ecken, die ich leider auch gern haben muß, Haberland, wie der Insasse seine Abteilung. Heimat ist ein Geschwür, über das man besser nicht spricht, aber in deinem und meinem Fall gehört es dazu: Wenn nämlich du und ich, die wir ja beide nach all den Jahren hier nicht einmal den Hauch eines Hauchs der so böse gemütlichen Mundart der Alteingesessenen weiterzugeben imstande sind, uns schon in diesen Räumen treffen, die mehr auf dem Buckel haben als wir zwei zusammen. Wir sind hier in einer klassischen Frankfurter Wohnung, einst im Besitz von Juden, und damit bin ich endlich bei dem, was im Nebenraum an der Wand hängt.«

## – 16 –

Besonders hatte es mich nicht überrascht, dieses Wort oder Reizwort, auch eins von denen, die noch andere Worte mit sich herumtragen, mehr als zwei. Es paßte zu Branzger, daß seine Wohnung eine irgendwie dunkle Geschichte hatte, wie es zu Blum paßte, keine Spur seines Hintergrunds auf sich abfärben zu lassen. Blums Interesse war Israel, nicht Auschwitz, er sprach von Tel Aviv, als lebe er dort, und kannte jede Ecke, an der es geknallt hat, während mein alter Lehrer, wie es schien, weder hier noch überhaupt in der Gegenwart richtig zu Hause war; jedenfalls bekam sein Gesicht – kaum stand er auf, um in den Nebenraum zu gehen – einen Ausdruck, als säßen die einstigen Bewohner an meiner Stelle, und er mache ihnen und nicht mir seine Offenbarung.

»Weiß Blum davon?« fragte ich.

»Nein, wozu«, der Doktor sah über die Schulter, »du bist der einzige. Weil ja auch *deine* Zeichnung dort hängt. Unterhalb eines Menzels, den ich beim letzten Mal, oder war es das vorletzte, gar nicht erwähnt habe, um mir jede Erklärung zu sparen, die Studie zweier betender Mädchen, eine Bleistiftarbeit, die sich samt den übrigen Zeichnungen, abgesehen von deiner, nämlich dem Tischbein und dem Cézanne, aber auch drei Rodin-Skizzen, Vorarbeiten zu den Liebenden, und den beiden Anatomie-Studien von Rembrandt, die ich ebenfalls jetzt erst erwähne, in einer Vertiefung unter der Tapete an der hinteren Wand dieses Raumes befunden hatte, einer rußverschmutzten Tapete mit Blumenmuster, die ich beim Bezug der Wohnung, Mai achtundsechzig, unter Einsatz von Seifenlauge abgelöst habe. Ich hatte ja anfangs nur dieses und das Nebenzimmer gemietet, während die anderen Räume von einem alten Mann bewohnt wurden. Nach dessen Tod – er hatte sein Bett, wo heute das Bad ist, und verweste bei laufendem Fernseher, bis der Geruch durch alle Ritzen kam – überließ mir der Vermieter, ich denke, aus schlechtem Gewissen, auch die übrige Wohnung. Doch an dem Tag, als ich hier die Tapete ablöste, lebte Herr Fodor noch, er starb erst im Herbst. Es war ein lichter, milder Tag, und ich hörte im Radio – was dir vermutlich nichts sagen wird – von der Pariser Revolte, als mir ein neues Stück Putz inmitten des alten auffiel, von eher schlechterer Qualität, mit Zeitungspapier dazwischen, wie die Masse, aus der wir früher Landschaften für die Märklin-Eisenbahn geformt haben. Und während mir erstmals der Name Cohn-Bendit zu Ohren kam – das könnte auch dir etwas sagen –, kratzte und zupfte ich an der Füllung, bis das ganze Stück, kaum breiter als eine Schultasche, plötzlich zu bröckeln begann und mir die Zeichnungen buchstäblich in die Hände fielen, geschützt nur durch eine Lage Wachspapier – neun Blätter, Haberland, deren Wert und Geschichte mir im ersten Moment gar nicht klar waren, erst später, beim Blick in Archive … Die Hausbesitzer, die hier bis achtunddreißig gewohnt hatten, Beletage, Herr und Frau Rosen, Pelzhandel, waren kinderlos, entferntere Verwandtschaft ließ sich keine ermitteln. Damit will ich gar nicht behaupten, daß die Zeichnungen automatisch dem Finder gehören, doch gehören sie auch nicht der jetzigen Besitzerin dieses Altbaus, einer ewig gebräunten Arztwitwe im Taunus, der ich nichts Schlechteres nachsagen könnte, oder der Stadt Frankfurt, vertreten durch unser Stadtoberhaupt, dessen Ruf ebenfalls außer Frage steht, oder gar dem Staat Israel, über dessen Ruf man sich streiten kann; sie gehören eigentlich niemandem, möchte ich meinen, sondern, wenn überhaupt, gehören sie irgendwo *hin*, nämlich in diese Wohnung, in der sie ja schon einmal gehangen hatten, wahrscheinlich nur nicht so vorteilhaft gerahmt – ich habe mir auch Mühe gegeben, was das betrifft, Haberland.«

Und mit diesem Selbstlob durchschritt der Doktor den immer verdunkelten Raum, der mir nun sogar etwas größer erschien als sein Salon oder Eßzimmer, vielleicht wegen der breiten Vorhänge aus moosgrünem Samt, die er im Vorbeigehen noch etwas fester zuzog, bevor er auf den Fußschalter einer Stehlampe trat. Ihr Licht erhellte die ganze rückwärtige Wand, wo die genannten Zeichnungen hingen, angeordnet als Raute mit der zentralen, meiner, in Augenhöhe; sie hingen alle hinter Glas, eingefaßt von einem honighellen, feingemaserten Holz, gut zwei Finger breit. »Es wäre nett, wenn du herkämst«, sagte mein alter Lehrer, »diese Führung findet nämlich nur heute statt. Und man sieht sich ja nicht alle Tage zwischen solchen Größen hängen.«

Ich stand auf und ging durch die Flügeltür in den anderen Raum bis in die Mitte des großen Teppichs aus schimmernder Seide, voll kleiner Vögel in verschlungenen Zweigen.

»Schau sie dir ruhig aus der Nähe an, Haberland – sie hängen nicht mehr lange so, denn deine Zeichnung ist ja nur eine Leihgabe. Eigentlich ist der Platz leer.«

»Was hing vorher dort?«

»Gute Frage – vorher hing dort eine dritte Studie von Rembrandt, ebenfalls Anatomie, sehr kunstvoll, aber nicht appetitlich – ich habe sie verkauft, mit Hilfe des Pariser Freundes, der sich auf solche Dinge versteht –, verkauft, um die anderen Werke erhalten zu können, aber auch für den eigenen Unterhalt, ich gebe es zu. Die Mieten in dieser Gegend sind bekanntlich in die Höhe geschossen, und ich bin nun einmal zu Hause, wo auch diese Zeichnungen ihr zu Hause haben, alles andere, draußen, quält mich nur, das hast du ja gehört. Der Erlös – das Blatt ging nach Japan, fünf Prozent bekam der Freund, ich mußte sie ihm aufdrängen –, der Erlös dürfte übrigens auch jede weitere Mieterhöhung abdecken, dazu steigende Arztkosten sowie die eine oder andere Anschaffung, falls nötig, und natürlich den Aufwand für meine Beerdigung.«

»Und dann? Ich meine, wer bekommt diese Schätze?«

»Das sind Werke, keine Schätze. Und ich überlege noch, was damit geschieht. Willst du deins zurückhaben?«

»Es gehört mir nicht, es gehört der Kressnitz, ich habe es ihr geschenkt. Und sie hätte es nicht verleihen sollen. Dann würde es hier jetzt nicht hängen – wo es nicht hinpaßt!«

Ich war plötzlich laut geworden, aus Ärger über die Kressnitz, vielleicht auch einer Wut auf mich selbst, weil die

Zeichnung so lächerlich aussah zwischen den anderen, und der Doktor legte mir – statt ebenfalls laut zu werden – eine Hand auf die Schulter. Dieses Blatt, sagte er, passe durchaus, ja sei genau richtig. Und damit zog er mich überraschend heran, wie es Väter mit Söhnen tun, nur nicht meiner, und wurde fast leise. »Denn ich halte jetzt nicht mehr den Atem an vor der Wand, ich vertiefe mich in dein Gestrichel und atme durch.«

## – 17 –

Die Zeichnung, die ich der Kressnitz geschenkt oder verehrt hatte, war auf der Rückseite eines Briefbogens der Pension Atalaia entstanden, mit einem in der Tischschublade gefundenen Bleistift, die Arbeit einer halben Nacht, während Hoederer geschlafen hatte und Tizia nur zwei Zimmer weiter – unüberwindbare Strecke – im Bett lag. Mir blieben also nur Stift und Papier, und ich zeichnete uns beide, sie und mich, verborgen in tausend Strichen, ein gewaltiges Chaos, das zweier Anfänger, die mit Liebe nur um sich schmeißen und einander nichts schenken, im Vergleich zu den Rodin-Skizzen gleich ein doppeltes Desaster, künstlerisch wie menschlich, aber wer denkt schon an die Möglichkeit einer solchen Umgebung, wenn er nachts drauflloszeichnet.

Ich hatte nur daran gedacht, wie ich mit meiner Schlaflosigkeit fertig würde (mit der ich nach wie vor kaum fertig werde), und als ich die Kressnitz am nächsten Morgen beim Frühstück traf, bleich und mit Ringen unter den Augen, übernächtigter noch als ich, dabei aber irgendwie aufgekratzt – die naheliegende Ursache war in dem Fall nicht einmal zu ahnen –, da zeigte ich ihr das Blatt, das ich bei mir trug, einmal geknickt, und sie sagte nur, Gefällt mir, und ich schenkte es ihr, schon um es loszuwerden. Und nun hing es also in Branzgers Wohnung, inmitten dieser Kostbarkeiten, die Hitler, den Krieg und jede Sanierung überlebt hatten, in bestem Zustand, wie ich sah, selbst die Rembrandt-Sachen, mit feinster Feder ausgeführt, Hände, Beine und Gesichter, teils geöffnet bis zu den Knochen, aber auch junge Frauen im Schlaf, makellos, während aus meinem Papier und meinem Gestrichel nicht einmal der Knick ganz herauszubekommen war. Er habe das Blatt sogar bei geringer Temperatur gebügelt, sagte der Doktor, als wir wieder in das Zimmer mit dem Sofa und unserem Kaffeetisch wechselten. »Du hättest das nicht tun dürfen, Haberland!«

»Ich hatte auch nicht vor, die Zeichnung zu verschenken, ich wollte sie wegwerfen. Aber die Kressnitz sah so bedauernswert aus an dem Morgen.«

»Daß man ihr etwas schenken mußte? Ich erinnere mich eher daran, daß sie ein wenig wüst aussah.«

»Vielleicht hatte sie getrunken.«

»Kristine trinkt nicht.«

»Woher wissen Sie das?«

Mein alter Lehrer schenkte mir Kaffee nach. »Ich weiß es eben.« Er lächelte etwas, und ich lächelte etwas stärker zurück. Wir hatten uns wieder gegenübergesetzt, die Stühle so gedreht, daß jeder gut in den Nebenraum sehen konnte; die

Stehlampe brannte noch und warf ihr Licht auf die Raute aus Zeichnungen. Ich hob die Tasse an und stellte sie wieder ab. Ob er mit der Kressnitz befreundet sei, fragte ich.

»Da müßten wir zuerst über Freundschaft reden. Warst du mit Tizia befreundet, vor dieser Sache?«

»Ja. Aber nicht richtig.«

»Und wann habt ihr euch zum ersten Mal geküßt?«

»Nachdem die Kellertür hinter uns zugefallen war.«

»Aber auf welcher Grundlage?« fragte Branzger. »Etwa dieser nicht richtigen Freundschaft?«

»Wir waren wohl eher neugierig.«

»Also ein Kuß ohne Grund, nur mit deiner und ihrer Neugier als Ursache. Mehr deiner oder mehr ihrer?«

»Es war so: Ich streichelte ihr Gesicht, nahm es in die Hände, und auf einmal kam ihr Mund, es war das Beste ...«

»Kinoquatsch«, fiel mir der Doktor ins Wort. »Die besten Küsse sind die, die über einen Umweg zustande kommen. Stell dir vor, du bist mit drei Frauen unterwegs, ein Urlaub am Meer, jeden Tag rückt man etwas näher zusammen, und schließlich wird dir klar, welche du küssen willst, während die beiden anderen zwar ebenfalls anziehend sind, aber nicht ganz so, eher zwei angenehme Menschen; nur wären sie nicht mehr ganz so angenehm, wenn du dich auf die eine ganz konzentriertest, es würde die Balance stören. Also mußt du schon alle drei küssen, um den einen Kuß, verborgen zwischen den anderen, plazieren zu können, ein akzeptabler Umweg. Und die eine, die du meinst, sie wird es verstehen, das Verfahren, und die Sekunden, die du jeder gewährst, also auch ihr, in einzigartiger Weise nutzen. Kein

Kuß, denke ich, kann besser sein als dieser eingeschleuste mit doppelter Botschaft, Diskretion *und* Verlangen.«

»Sie wissen es also gar nicht«, wandte ich ein, »Sie erzählen mir hier nur etwas.«

»Offen gesagt, ja. Ich habe diese Erfahrung leider nicht selbst gemacht.«

»Und wer hat sie gemacht?«

»Der Freund aus Paris, übrigens kein Franzose, er stammt aus Frankfurt. Es ist seine Version von den drei Grazien oder überhaupt von der Kunst, die ihm das Leben gerettet hat. Soll ich uns frischen Kaffee kochen?«

»Nein. Wieso hat sie ihm das Leben gerettet?«

»Weil das Leben, das er hätte führen sollen, plötzlich beendet war. Du willst wirklich keinen Kaffee?«

»Nicht im Moment. Was war das für ein Leben?«

Der Doktor beugte sich über den Tisch, er nahm seine leere Tasse zwischen die Hände. »Mein Freund sollte ein bedeutendes Unternehmen weiterführen, bis ihn Intrigen um sein Erbe brachten; nach einer Auszeit auf Bali ließ er sich als Galerist in Paris nieder. Er ist ein Erkenner von Kunst, anderen stets um eine Strömung voraus, aber auch ein Erkenner der eigenen Lage. Wenn man mit dem Vater, der einen verlassen hat, nicht mehr Schluß machen könne, könne man irgendwann nur noch mit sich selbst Schluß machen.«

»Er will sich umbringen?«

»Sagen wir: Er kann diesen Gedanken nicht loswerden.«

»Dann helfen Sie ihm.«

»Falsch, Haberland. Mit solchen Gedanken muß man leben.« Der Doktor stand auf, er ging in den Nebenraum und löschte die Stehlampe. »Oder hast du nicht selbst einen Vater, der viel Platz beansprucht?«

»Ja. Aber er hat nur eine Doppelhaushälfte mit Weinkeller und zweihundert Krawatten zu vererben, für seine Partei eindeutig zuviel, für mich eindeutig zuwenig.«

»Das ist der Unterschied: Mein Freund hat einen Mythos als Gegner, ich sollte dir seine Geschichte erzählen.« Branzger kam in den Wohnraum zurück, er ließ sich auf das Sofa fallen, mit einer Hand hielt er sich den Hausmantel zu, die andere strich über sein Kinn, daß es knisterte. »Und anschließend«, sagte er, »wird es Zeit, mich zu rasieren. Womit ich andeute, daß diese Geschichte lang werden kann. Denn die Freundschaft ist ein komplizierter Sonderfall der Liebe, bei dem es nicht um das Ob geht – ob man mit jemandem befreundet ist –, sondern nur um den Umfang. Für die Liebe, und ich meine damit das Verlangen, spielt der Umfang lediglich im Detail eine Rolle, wenn du dich an die Stunde im Hölderlin-Keller erinnerst, wirst du mir recht geben – du wolltest das Mädchen ja nicht nur betrachten. Und auch mehr als berühren. Was ich verstehen kann. Tizia ist schön. Sie ist weich. Widersprich mir, wenn du willst …«

Er sah mich an, und ich schwieg; es war ein geschickter Versuch, von seiner Geschichte – die er noch gar nicht begonnen hatte – wieder auf meine zu kommen, aber ich wollte darüber nicht reden, nicht im Moment. »Sie wollten von Ihrem Freund erzählen«, sagte ich.

»Das läuft nicht davon, Haberland. Kommen wir lieber auf den zweiten Kuß, auch wenn dir das, von meiner Seite, etwas taktlos erscheinen mag. Aber ich frage nicht aus

Neugier, mir geht es um Aufklärung. Wart ihr bei diesem zweiten Kuß schon auf der Matratze?«

»Ja. Wir schauten uns an.«

»Auch beim Küssen?«

»Sie hatte die Augen jedenfalls auf.«

»Dann mußt du sie auch aufgehabt haben.«

»Aber nicht so weit.«

»Ihr habt euch also beobachtet. Wie die feindlichen Soldaten in ihren Gräben – wer wagt sich zuerst hervor.«

»Irgendwann haben wir die Augen dann zugemacht.«

»Nein, *du* hast sie zugemacht. Und kannst folglich über ihre Augen nichts aussagen.«

»Sie *hatte* sie zu.«

»Also hast du deine wieder aufgemacht.«

»Ja, aber nur kurz.«

»Und dann?«

»War es sehr schön.«

»War das dein Gedanke oder dein Gefühl?«

»Schwer zu sagen. Aber als es vorbei war, als wir uns wieder ansahen, dachte ich, daß mir das Beste im Leben womöglich jetzt schon passiert wäre.«

»Dann wärst du zu bedauern.« Mein alter Lehrer machte eine Handbewegung, ich sollte mich zu ihm setzen, und ich setzte mich zu ihm, ganz an die Ecke und Kante des kleinen Sofas, beide Hände auf den Knien, als könnte mir sonst etwas zustoßen. »Wieso zu bedauern?«

»Weil du nur einmal wirklich liebst im Leben, unter Umständen nur eine Nacht lang. Alle übrigen Male aber messen sich an diesem einen Mal, und es erscheint mir mehr als bedauerlich, wenn jemand in deinem Alter schon zurückblicken muß. Geh lieber davon aus, daß noch etwas Besseres kommt, dafür spricht schon die Statistik.« Und mit diesem väterlichen Trost glitt seine Hand in die Tasche des Hausmantels und kam mit einem Schlüssel wieder hervor, ein zweifellos geplanter Akt. »Nur für den Fall, daß ich einmal verhindert bin und nicht öffnen kann. Und jetzt laß mich allein, Haberland, ich bin heute zu müde für die Geschichte von meinem Freund. Wir sehen uns, wenn du willst, in einer Woche wieder, dann erzähl ich sie dir.«

»Müssen Sie ihn erst fragen?«

»Nicht nötig, ich kenne die Antwort.«

»Dann ist es eine gute Freundschaft.«

»Das kann man sagen.« Und damit stand der Doktor auf und brachte mich zur Wohnungstür, ohne ein weiteres Wort, soweit ich mich erinnere, auch keins des Abschieds.

Ich glaube, er hatte mich einfach ins Treppenhaus geschoben, eine Faust an meiner Schulter, bis er, zwischen Tür und Treppe, die Schulter oder mich gleichsam freigab, frei für die nächsten sieben Nächte, wenn ich tagsüber schliefe, aber wer schafft das schon immer, ich schaffe es ja nicht einmal nachts.

## – 18 –

Die Beobachtung eines Geschehens – wie etwa des eigenen Einschlafens – greift bekanntlich in das Geschehen ein, und dasselbe dürfte auch für die nachträgliche Beobachtung und Darstellung meines damaligen Handelns gelten, das ja eher ein Nichthandeln war. Ich erinnere mich nur schwach an diese sieben Tage und Nächte bis zum nächsten Besuch in der stillen Morgensternstraße, wo sich die Branzgersche Wohnung befand; bestimmt war ich im Kino, nachmittags in der schlimmsten Zeit, zwischen halb drei und halb vier, und abends war ich wohl mit dem Rad unterwegs, bis man ohne schlechtes Gewissen im Bett vor den Fernseher kann, gegen zehn. Dazu das wöchentliche Essen mit meiner Mutter, jeweils am Dienstag, immer italienisch, immer zu früh, immer die einzigen Gäste mit demselben Problem, Trink doch mal einen Wein mit – Danke, ich trinke nicht. Sie gab das nicht auf, mit mir anstoßen zu wollen, und verdrehte die Augen, wenn ich das Colaglas hob, während mein Vater es längst aufgegeben hatte, aus mir einen Gesellschafter zu machen, und schon zufrieden war, wenn ich ihn einmal in der Woche anrief, in der Regel am Freitag, wenn er sich abends zum Flughafen fahren ließ, unter seiner zweitgeheimsten Nummer (ich denke bis heute, daß es noch eine geheimere gibt); dazu die Telefonate mit Hoederer, um schulisch auf dem laufenden zu bleiben, und von meiner Seite dabei nie ein Wort über den Doktor und mich. Ich wollte das alles für mich behalten, wie auch die Dinge zwischen Tizia und mir, ja in gewisser Weise verschwieg ich mein Leben sogar vor mir selbst, und wenn ich manchmal, tief in der Nacht, den Namen Vigo vor mich hinsprach, als flüstere ihn ein anderer mir zu, war es, als hätte man mich beim Ladendiebstahl ertappt.

Und wenn ich all das berücksichtige, würde ich sagen: Ein Spinner – aber wer ist das nicht mit neunzehn – hat da irgendwie eine Woche herumgebracht und stand schließlich wieder vor dem Haus seines alten Lehrers, das einmal dem jüdischen Ehepaar Rosen gehört hatte. Von dem Wohnungsschlüssel machte ich keinen Gebrauch, ich klingelte wie immer, und sofort ging unten die Tür auf, als hätte der Doktor oben neben dem Drücker gewartet, das war neu.

»Los, komm, der Kaffee wird kalt«, rief er mir schon auf der Treppe entgegen und eröffnete dann unseren Abend (der länger als alle vorangegangenen dauern sollte, bis zum ersten Vogelpfiff), noch bevor ich am Tisch saß. »Gestern las ich etwas über deinen Vater, Haberland – er sprach sich dafür aus, die Stadt um ein Denkmal zu bereichern. Auf seinem Sockel stünde dann der Name meines Freundes, von dem ich gleich erzählen werde, oder richtiger gesagt: seines alten Herrn, der keine geringe Rolle spielt in dieser Geschichte. Ich bin übrigens gegen das Denkmal, das kannst du deinem Vater bestellen. Aber kommen wir zu der Geschichte, mach's dir bequem.«

Der Doktor zeigte auf meinen Stuhl, und ich setzte

mich, auch wenn von Bequemlichkeit nicht die Rede sein konnte, während er nur mit dem Nagel des Mittelfingers, die mir zugedachte Kaffeetasse näher zur Tischkante schob. »Der Vater meines Freundes war Produzent; wer gute Filme liebt, kennt seinen Namen, und wer weniger gute Filme liebt, kennt ihn auch. Und vor vielen Jahren kreuzten sich, bei meinem ersten Versuch, eine der Zeichnungen anzubieten, unsere Wege. Es ging um den Cézanne, er wollte ihn haben, ich aber zögerte im letzten Moment und erwähnte dafür die Geschichte des Fundes, ohne jedoch *meine* Wohnung ins Spiel zu bringen, ich sprach von einer Berliner Wohnung, und der Mogul, wie ich ihn nenne, nahm die Witterung eines Stoffs auf, er lud mich ein in sein Haus. Und natürlich könnte ich hier auch mit Namen aufwarten, Haberland, aber das würde der Geschichte etwas von ihrer Zeitlosigkeit nehmen; ich erzähle das alles lieber in der Art eines Märchens, mit einem Personal, das dir bekannt sein dürfte, weil jeder es kennt.

Nur vier, fünf Leute, alle in meinem Alter und alle mit irgendeiner Filmidee im Gepäck, trafen sich bei jener Einladung im Haus des Moguls oder Königs, und wir standen noch mit unserem Begrüßungschampagner herum, während der Gastgeber mit Hollywood telefonierte, als auf einmal ein junger Mann auf uns zukam, groß, mit langem dunklen Haar, den Augen eines Rehs und dem weichen Mund einer Frau, die ihm folgte, zweifellos seine Mutter, dazu die kräftige Nase des Hausherrn, nur ohne die Spuren vom Rotwein, sowie dessen entschiedenes Kinn, wenn auch etwas heimatlos in dem noch jungen Gesicht, mit anderen Worten, der

Königssohn, mit dem mich bis heute jene Freundschaft verbindet, von der ich erzählen will, soweit man von Freundschaft erzählen kann. Der Sohn war damals Praktikant, er lernte das Produzentenhandwerk, und das erste, was mir an ihm auffiel, war die Verteidigung seiner väterlichen Welt auf eine dem Patriarchen bis zuletzt verborgen gebliebene Weise. Er liebte einfach die Kunst und bewunderte folglich jeden, der Kunst produzierte. Aber das Seiltänzerische über dem Abgrund der eigenen Schwäche – sicherstes Zeichen großer Kunst, wenn ich das einfügen darf – war ihm, der mit festen Skifahrerbeinen auf dem Boden zu stehen vorgab, stets näher als seinem Vater, der in der Tat auf dem Boden stand. Wir sprachen an dem Abend über Kafka und Visconti, zwei der Schutzengel meines späteren Freundes, und Kafka oder eine Kunst, die nie mit sich selber auftrumpft, war auch das Thema unserer nächsten Begegnungen; und so umständlich, wie es im Leben des großen Pragers der Fall war, kam das Thema Frauen hinzu. Es brauchte Zeit, bis das erste Kraftwort fiel, denn der Sohn des Moguls, der er damals noch war, litt an den Hemmungen der Romantiker, die sein mächtiger Körper buchstäblich zu sprengen suchte, und auch den ersten offenen Worten zwischen uns kam eine Sprengkraft zu; wir saßen in Apfelweinwirtschaften mit ihrem Altmännergeruch und zu späterer Stunde auch im berühmten Bahnhofsviertel, für mich schon immer vertrautes Terrain, für ihn dagegen Urwald. Und dort gingen wir eines Abends in das Lokal La Bella, von dem ich erzählt habe, Ecke Taunus/Elbestraße, ein Ort, von dem du glaubst, er stamme aus einem Gangsterfilm mit Lino Ventura, doch alles ist echt: die hohe Decke und die alten Säulen, das Chaos von Flaschen in schiefen Regalen, gebaut um eine Garküche für Pizza und Pasta, davor eine Theke mit einer kioskartigen Nische zur Straße, wo andere Preise gelten als im Innenraum, der übrigens niemals voll ist; du siehst nur einzelne Gestalten, die Zeitung lesen, schwarze Huren bei einem Glas Tee oder Typen, die vor sich hin starren, neben rauchenden Paaren, und eins dieser Paare waren wir. Wir saßen auf Hockern am Fenster, mit Blick auf die Straße, auf Fixer und Freier, auf Hütchenspieler und Gruppen von Afrikanern, und mein Freund bestellte Rotwein, im guten Glauben an die staubigen Flaschen in den Regalen, wie er mir auch im guten Glauben hierher gefolgt war; selten hatte ich so große Augen gesehen, als uns zwei der Schwarzen, ihren Tee in der Hand, mit heiseren Stimmen ansprachen, und selten hatte ich ein so höfliches Danke gehört, gleich in drei Sprachen, vorsichtshalber. Es war nicht seine Welt, dieses Lokal, aber er spürte das Besondere in dem Raum, eine verborgene Schönheit, die sich der Zeit widersetzt, und so blieb es nicht bei dem einen Glas, er trank tapfer ein zweites und drittes, obwohl es auch nicht sein Rotwein war, und zum ersten Mal unterhielten wir uns, weit jenseits von seinen und meinen Schutzengeln, über die Frauen und die Liebe und das Verlangen, und wie schwer es ist, alle drei zu vereinen, ohne gleich zu heiraten. Bis in die Morgenstunden saßen wir in dem Lokal, beide nüchtern trotz Wein, und die gar nicht so ferne Verwandtschaft zwischen uns kam an den Tag in dieser Nacht, in der wir, unbemerkt, Freunde wurden. Kurz danach trat er dann ins väterliche Geschäft ein und durchlief dort mehrere Stationen, endend mit einer etwas unklaren Verantwortung für alles Neue, wie auch meine Stellung an der Schule alles andere als klar war; immer wieder trafen wir uns am Punkte dessen, was in seinem und meinem Leben zu geschehen hätte, und in dem Herbst, als ich endlich entschlossen war, am Hölderlin keine Karriere zu machen, hatte er endlich auf einer Klärung der Verantwortung bestanden, die ihm auch prompt bescheinigt wurde, durch seinen Rauswurf …«

Der Doktor schnappte nach Luft, man sah förmlich, wie die Geschichte lebte in ihm; er war kaum bei Atem, da fuhr er schon fort. »Und an dieser Stelle«, sagte er, »muß etwas eingefügt werden, das sich in die Geschichte meines Freundes leider nicht eingefügt hat, sondern zu ihrem Keil wurde. Ich spreche von einer jungen Schauspielerin – gewissermaßen die Fee in dem Märchen, ich sage nicht, welche, denn es gibt ja bekanntlich zwei Sorten –, einer Person, der es von Anfang an nicht genug war, bei dem, was aus dem Haus des Moguls kam, lediglich mitzuwirken, um eines Tages, vielleicht, so berühmt zu sein wie jene letzten Stars, die ihren Glanz auf den Alten warfen, weil er sie einst, begünstigt durch eine große Zeit, in jedes Vorstadtkino und alle Wohnstuben und Herzen gebracht hatte. Weitaus verlockender erschien es der Dame, gar nicht erst darauf zu warten, ob ihr Tun je diese Wirkung hätte, sondern die Wirkung dem Tun gleichsam voranzustellen: durch Liaison mit dem König als Vorstufe einer späteren Ehe und noch späteren Übernahme des ganzen so illustren Reichs. Die Entfernung des Sohns oder Prinzen aus der Umgebung des Vaters, der von ihr betriebene oder nicht verhinderte Rauswurf, war eine weitere Vorstufe, ebenso die Entfernung der Königin. Die von mir hochgeschätzte Mutter meines Freundes – unübersehbar als Mensch, warm versponnen – hat alsbald den noblen Weg des Rückzugs gewählt, wie sie auch, nicht lange danach, still aus der Welt ging und den Sohn im Grunde zum Vollwaisen machte. Zwischenzeitlich hatte er das Jahr auf Bali verbracht und dort gemalt, ich habe ihn besucht und seine Bilder gesehen, die Preise der Farben mit dem Aufwand einer seelischen Behandlung verglichen, ein günstiges Verfahren, geradezu kaufmännisch gedacht, und im übrigen waren seine Bilder gut, geordnete Explosionen, würde ich sagen, Ödipus gesprengt, im großen Format. Wenn du etwas werden willst, hatte ich ihm nach dem Rauswurf geraten, mußt du alles loswerden, sogar deine Schutzengel; er hat es beherzigt. Nach seiner Rückkehr traf er dann selbst zwei Schutzmaßnahmen: Er kaufte eine kleine Galerie in Paris und krempelte sie auf einen Schlag um; und er heiratete eine junge Französin von soviel Format, daß sie sich nicht umkrempeln ließ. Der Erfolg blieb nicht aus, er bekam eine eigene Familie und einen Ruf, und mit der Zeit besuchten alle Kunstliebenden seine neuen Räume, bis auf den Vater, der es vorzog, nicht den Unwillen seiner zweiten Frau zu erregen. Den Sohn aber sah man auf jeder Messe, sein Name gelangte in alle Zeitungen, desgleichen die Empfänge bei ihm, man schrieb über den Gastgeber *und* die Gäste, auch wenn er dabei durch die Anwesenheit schillernder Damen nachhalf – für den Ruhm seiner Künstler lag ihm kaum eine Türklinke zu nahe am Boden, und mit Sicherheit war ihm keine zu hoch. Während der Messen war er im Tag- und Nachtdienst, stets im Gespräch mit Käufern und Künstlern, Agenten und Kritikern, und nie hat dabei ein Wein sein Verhandlungsgeschick getrübt, jedenfalls ist davon nichts bekannt, eher stand er am Ende allein da, weil alle anderen betrunken waren, und machte eine Notiz in sein Protokollbuch, das wohl die Gespräche festhielt, nicht aber ihre Hilfsmittel. Und so wurde er selbst zur Produzentengestalt und letztlich auch zum Vater des Vaters, dessen Hand er ganz am Ende noch mit seiner umschloß; ein überraschender und doch, durch die Dementis der Hinfälligkeit, angekündigter Tod …«

Und wieder machte Branzger eine Pause, kürzer noch als die vorangegangene, sein Atem beruhigte sich gar nicht mehr, von immer neuem Lufteinziehen begleitet, als würde er Treppen steigen, sprach er weiter. »Eingeladen vom Sohn, nahm ich an der Beerdigung teil und sah meinen Freund inmitten eines schlechten Theaters die Würde bewahren. Nachdem die Spitzen von Staat und Kultur – dein Vater, Haberland, nur wenige Stühle neben dem Kanzler – in völliger Stille mit Blick auf den Sarg gewartet hatten, setzte der Absatz der Witwe dieser Stille ein Ende, um damit den Neubeginn zu markieren. Im verlangsamten Stechschritt betrat sie, den Schleier zurückgeworfen, die Kuppelhalle, mit klarem Abstand vor einem Gefolge, das nach den Sekunden des Schocks, den ihr Erscheinen bewirkt hat, nichts als Fragen aufwarf. Und unter den Blicken der Stars von gestern, darunter jene ewigen, die ihr als Vorbild dienen, alle am Platz der Kardinäle, also seitlich vor der Menge, aber auch den Blicken des Kanzlers – nicht ohne Interesse, da es noch etwas zu lernen gab –, nahm sie ihren Platz ein und faßte die ganze Feier gleichsam mit der inneren Zange, die sie vielleicht auch um sich selbst gelegt hatte; ich glaube, sie konnte nicht anders, da läge der einzige Anknüpfungspunkt, um mit ihr ins Gespräch zu kommen, jetzt, da sie die Zange längst um das Werk ihres Mannes gelegt hat, zum Schrecken aller, die sich nicht haben einsalben lassen, selbst einiger der Altstars, die als Rat der Weisen verpflichtet waren, aber niemals zu Rate gezogen wurden. Das Unternehmen, das mein Freund hätte erben sollen, war schon immer ein Treibhaus, das die mäßig Begabten größer erscheinen ließ, als sie es sind, aber noch nie war mir das so deutlich geworden wie auf dieser Beerdigung. Eine Stunde lang verfolgte ich jede Regung der Witwe, und die Fairneß gebietet es, zwischen dem, was ich sah, und dem, was in ihr vorgehen mochte, noch einen Unterschied zu ihren Gunsten anzunehmen. In ihrem Sinne machte sie eine gute Figur, könnte man sagen, wie unglücklich sie dabei war, bleibt offen, während das Unglück meines Freundes zum Greifen war. Reglos, aber nicht starr saß er neben seiner jungen Frau, die im übrigen Teil seiner Würde war, und reglos stand er als letzter am offenen Grab, um am Ende mit kurzer Bewegung, eine abschließende Botschaft hineinzuwerfen, den Brief an den Vater, was sonst. Dann harrte er noch aus, bis die Totengräber ans Werk gingen und den Brief mit begruben, während sich die Witwe schon ihrem Chauffeur überließ und ich zwischen den beiden war, am Friedhofstor, und auf das Leben in all seiner Wucht sah, an der wir gemessen werden, auch du, Haberland … Freunde, denke ich, müssen die Sprache der Tiere verstehen, der

Hasen und Igel im anderen, der Kätzchen und Käuze; der meine – sonst ein Schwieriger ohne die Züge des Schwierigen – war ein flüsternder Elefant in diesem Moment, und seine Lippen sagten mir, daß er zwar noch nicht zu sterben bereit sei, den Tod aber von nun an einkalkuliere, womit sich seine Welt zum ersten Mal mit meiner vermischt hat, wir waren jetzt ein Freundes*paar.*«

Und damit verstummte mein alter Lehrer, den Kopf in den Händen, während vor dem Fenster der erwähnte Vogel zu pfeifen anhob, leise, eintönig, wie im Schlaf, und ebenso schlaftrunken nahm er eine Hand vom Gesicht und zeigte in die Richtung des Pfeifens. »Der neue Tag, Haberland. Einer mehr. Einer weniger.«

Ich aber sah auf die Uhr, sicher das Dümmste in dem Moment, und holte Luft für eine Frage, die Frage nach dem Grund für seine Geschichte, warum er sie mir erzählt hatte, doch er kam mir zuvor. »Frag jetzt nichts, du wirst die Geschichte noch von allein verstehen. Und nun machen wir Schluß.« Er kam auf die Beine, und wir gingen zur Tür, und diesmal schob er mich nicht aus der Wohnung, er sah auf einen Kalender an seiner Garderobe. Wieder am Wochenende, ob mir das recht sei? Am besten der Sonntag, dann könnte ich hier aufkreuzen … Ich war damit einverstanden, und er machte zwei Schritte nach hinten, zurück in den Flur, jedoch nicht, um sich zu entfernen, wozu auch, wenn ich mich entfernte, sondern als wollte er, nur mit seinem Körper, etwas verbergen – den Schatten des Freundes, dachte ich beim Hinuntereilen, während mein Herz mit all der Heftigkeit schlug, für die keiner was kann.

## – 19 –

Kathrin Weil – mit der ich gestern essen war – ist das, was man eine attraktive Person nennt, trotz ihrer achtundvierzig Jahre, eher aber wegen dieser nicht unbeträchtlichen Zeit, finde ich. Sie hat etwas von einer großen, leicht angegriffenen Puppe, an der alles, was reizvoll sein kann, immer noch reizvoll ist, die Augen, wenn auch etwas medusenhaft, der Mund, wenn auch etwas zu heftig geschminkt, vor allem aber die fein gebogene Nase. Man sieht diese Frau gerne an und ist auch gern ihr Mitarbeiter, ich jedenfalls, obwohl sie mich an die Cordes erinnert, das sagte ich schon; sie hat die gleiche, etwas ausladende Figur, wettgemacht durch ihre Größe und eine selbst an kühlen Tagen immer sommerlich flockige Kleidung, allerdings in recht kindlichen Farben, minzegrün, hellviolett, veilchenblau, als wäre sie gern noch ein Mädchen oder hätte Angst vor der Dunkelheit. Aber all das wird auch wettgemacht durch ihren Sinn für Kunst und Musik, besonders Mozart-Opern – kaum ein Empfang ohne Don Giovanni im Hintergrund –, und überhaupt ihren Kopf, mit dem sie hier das Institut führt, ich könnte auch sagen: Deutschlands bessere Seite vertritt. Ferner spricht sie Portugiesisch, wovor man auch schon den Hut ziehen kann, und treibt in ihrer Freizeit Schwimmsport; angeblich war sie sogar mit einem portugiesischen Schwimmer befreundet, jetzt ist sie's jedenfalls nicht mehr. Sie ist allein, soweit ich weiß, ziemlich allein, vielleicht auch deshalb ihr Wunsch, einen Abend unter dem Titel *Das traurige Ich* zu veranstalten.

Kaum hatten wir unser Essen – Schwertfisch mit Açorda, einer Beilage, die es im Restaurant zum Ersten Mai besser als irgendwo sonst gibt –, fing sie schon damit an, das Programm durchzugehen, lobte aber auch das Açorda und erwähnte die Zutaten (altes Brot in Milch geweicht, mit Knoblauch, Muschelfleisch und Koriander). Wir sprachen über jeden Punkt beim Essen, und der einzige Punkt, der ihr Kopfzerbrechen machte, war natürlich der Hirnforscher. Sie glaubte, seine Ausführungen könnten zu kompliziert werden und das Publikum nur auf die nächste Gesangsnummer warten lassen, und so verbrachte ich das Essen damit, unsere Leiterin in dem Punkt zu beruhigen, mit dem Ergebnis, daß wir uns dadurch näherkamen als erwartet; am Ende duzte sie mich sogar, eine Art Ausrutscher, und zahlte für uns beide, verbunden mit der Bitte, sie nach Hause zu begleiten.

Und um die Sache auch von meiner Seite mehr ins Private zu bringen, hatte ich ihr dann unterwegs etwas in Verbindung mit Mozart erzählt, eine Operngeschichte, die bei meinem letzten Frankfurt-Besuch im Mai passiert war, zwei Tage nachdem mein Vater der Oberbürgermeisterin den Wein für die harten Fälle kredenzt hatte. Es war dabei um ein Denkmal gegangen, das Denkmal für jenen Mogul, der vor vielen Jahren Branzgers Cézanne kaufen wollte, und an dem Abend waren sich die beiden zwar in der Denkmalfrage nähergekommen, aber nicht nahe genug, und man hatte beschlossen, am Wochenende eine Premiere von Così fan tutte zu besuchen, um danach noch einmal zu reden, und zu dieser Premiere war ich kurzerhand mitgenommen worden.

»Und Sie müssen sich vorstellen«, sagte ich im Gehen zu Kathrin Weil, »daß ich den Platz meiner Mutter hatte, die wieder mal an Migräne litt oder zu leiden vorgab, und somit den Puffer bildete zur Oberbürgermeisterin, die nicht an Migräne litt und ja keine Parteifreundin meines Vaters ist, was allerdings bei Mozart keinerlei Rolle spielt. Beide zeigten sie eine wohlwollende Neugier für die Interna des anderen, was sicher auch damit zu tun hat, daß die eigene Partei für sie eher der passende Rahmen ist als das berühmte wärmende Nest, im Falle meines Vaters eine glatte Beschönigung, denn ein anderes Nest kennt er nicht. Meine blonde Nachbarin schien mir dagegen ganz bei sich zu Hause, ihr Stallgeruch kam von Chanel oder aus sonst einer teuren Flasche, er kam aus der Seide ihres Halstuchs und einer feinen Schicht Puder auf den schon etwas sommerbraunen Wangen. Angeblich wird sie demnächst sechzig, ist also älter als mein Vater, scheint diesen Umstand aber wesentlich leichter zu nehmen, innerlich wie äußerlich, wenn Sie verstehen, was ich meine …«

Unsere Leiterin – kaum kleiner als ich, knappe Einsachtzig – sah mich kurz an und sagte Durchaus, ein Blick, der mir wohl zeigen sollte, daß es unter freiem Himmel wieder vorbei wäre mit ihrem Du oder dieses Du nur ein besseres Sie war, wie das von Branzgers Seite, und ich unterbrach die Geschichte und fragte, ob das Ganze überhaupt interessant für sie sei, worauf sie mir etwas mütterlich eine Hand unter die Achsel schob und um Fortsetzung bat.

»Also gut«, sagte ich, »dann aber auch die Details, wir waren bei Äußerlichkeiten. Die Frankfurter Oberbürgermeisterin ist bekanntlich blond, aber der Goldton ihres Haars gilt als offenes Geheimnis, während das Schwarzbraun meines Vaters eher eine geheime Staatssache ist, von der freilich jeder weiß, und sie, meine Sitznachbarin in der Oper, sowieso. Aber sie wußte auch von meiner jetzigen Tätigkeit, hier in Lissabon, und wußte sogar noch etwas von einem mich betreffenden Vorfall an meiner alten Schule, der zwölf Jahre zurückliegt. Das sei ja damals gerade noch gut gegangen, sagte sie, als schon die erste Glocke ertönte, aber in dem Alter würden eben die Wellen gelegentlich hochschlagen.«

»Und was war das für ein Vorfall?« fragte die Weil.

Sie blieb plötzlich stehen, und ich erklärte ihr mit wenigen Worten, was damals geschehen war, »So eine dumme Schülergeschichte«, sagte ich, »aber meine Nachbarin in der Oper konnte sich noch erinnern daran. In der Liebe müsse man eben viel lernen, flüsterte sie, als die zweite Glocke ertönte, und alles müsse man sich selber beibringen, aber so sei's öfter im Leben … Sie lächelte bei diesem Satz, weil er ihr eigenes Leben betraf, und ich sah, wie mein Vater hinter dem Programmheft kurz das Gesicht verzog, er tut sich einfach schwer mit Erfolgen von Frauen. Man müsse doch nur darauf achten, wo solche Frauen herkämen, hatte er noch auf dem Weg zur Oper gesagt, Stewardessen und Kinderschwestern seien das, Sekretärinnen und Masseusen, und überall drängten die jetzt hinein, eine Auffassung, die ihn aber nicht davon abhielt, meiner Nachbarin Komplimente zu machen, wie gut sie aussehe, wie schick, fast hätte er scharf gesagt, aber da nahm das Licht im Saal ab, während sich die Nachbarin zu mir beugte, Hätte ja damals fast Ihr Abitur gekostet, Viktor, kam es leise über ihre noch recht unternehmungslustigen Lippen, und da erschien zum Glück der Dirigent, nahm den Applaus entgegen und wandte sich dem Orchester zu, und Così fan tutte begann.

»Mögen Sie Mozart?«

»Durchaus«, sagte ich, »so wie die meisten Menschen. Nur ist diese Oper nicht gerade sein Meisterwerk.«

»Ach, finden Sie, Viktor?«

Sie spielte jetzt damit, mich beim Namen zu nennen, und ich fing an, die Oper mit ihrer albernen Story herunterzuputzen. »Was passiert denn da schon? Ein Mensch mit großer Klappe, Typ Fernsehmoderator, stiftet zwei Offiziere an, ihren Verlobten etwas vorzumachen, erst die Trennung, weil sie angeblich in den Krieg müßten, verbunden mit Treueschwüren, dann der Test auf Treue und Verlangen, durchgeführt von ihnen selber, in einer Verkleidung als Albaner, auf die ihre Liebsten hereinfallen sollen. Das Schmieden des Planes und der Abschied von den Frauen als Stufe eins der Täuschung füllen den ganzen ersten Akt, und während des Umbaus bei dunklem Saal nahm meine Nachbarin den alten Faden wieder auf und verknüpfte ihn, diplomatisch geschickt, mit der Handlung. Bei der Liebe, flüsterte sie, liegen ja Täuschung und Enttäuschung sehr nahe beieinander – das spielte sicher auch bei Ihrem Vorfall damals eine Rolle ...«

»War das so?« fragte die Weil.

»Ja.«

»Und was erwiderten Sie während des Umbaus?«

»Dieser Vorfall sei kein Vorfall gewesen, wir haben uns geliebt, diese Schülerin und ich.«

»Und Ihre Nachbarin?«

»Flüsterte: Aber wenn ihr euch geliebt habt, wie kam es dann zu den Anschuldigungen?«

»Und die Antwort?«

»Weil irgendwas dabei zuviel war, sagte ich, und da ging schon der zweite Akt los, während mein Vater mit offenen Augen zu schlafen begann, eins seiner politischen Kunststückchen. Die Oberbürgermeisterin und ich verfolgten dagegen das stete Gelingen der Täuschung, zur Freude wie zum Verdruß der verkleideten Offiziere, die jeweils die Verlobte des anderen neu zu entflammen vermochten, mit allerlei Schwüren und Hokuspokus und schließlich dem Billigsten aus der männlichen Trickkiste, dem Mitleid. An diesem Punkt der Handlung kam mein Vater wieder zu sich, Mitleid oder Mitgefühl ist ja eins seiner Lieblingsworte, und er versteht es auch, dieses Gefühl zu erregen, sein Gesicht ist die Überarbeitung schlechthin. Wenn andere sich Falten entfernen lassen, scheint er die Adresse zu kennen, wo man sie kriegt, seine Sorgenstirn ist so falsch wie die Kostüme der Albaner.«

»Übertreiben Sie jetzt nicht?«

»Nein. Wirklich echt an diesem Mann ist nur die Angst vor der Depression seiner Frau. Ob ich denn glauben würde, daß es in seinem Leben keinen Sex gebe, hatte er damals nach Bekanntwerden des Vorfalls zu mir gesagt. Er könne mich bestens verstehen, mein Verhalten aber nicht tolerieren, ein Versuch, mich in die Defensive zu drängen, natürlich fehlgeschlagen, zumal ich schon damals wußte, daß es für ihn und meine Mutter nur noch Schlafzimmerdinge gab in dem Maße, wie der berühmte Urknall nachschwingt. Meine Eltern zehren von der Geilheit einer einzigen Siesta, ihrer Ursiesta mit Blick auf das Mittelmeer drei Jahre vor meiner Geburt, immer wieder, nach zuviel Wein, mit den immer selben Worten erwähnt: die sich bauschenden Vorhänge, das bange Zittern der Olivenblätter vor dem Fenster, die Augustglut über der Bucht. Meine Mutter vergißt nie zu weinen, wenn diese Mittagsstunde aufs Tapet kommt, mein Vater läßt keinen der Sätze aus, die zu *seiner* Siestastory gehören, und doch tut er mir etwas mehr leid als sie, die wenigstens ihre Depression hat. Er hat nur seine Partei und muß schon in eine Mozart-Oper entweichen, damit er einen Abend lang wegtreten kann, bis in die Nähe einer Träne am Ende des zweiten Akts, bevor sein Ich, mit Beginn der Pause, wieder ins Scharnier eines vernünftigen Optimismus springt. Auf dem Weg ins Foyer grüßte er automatisch nach allen Seiten, während meine Nachbarin und ich unser privates Gespräch wieder aufnahmen …«

»Und dieses Gespräch hier?« fragte die Weil, als wir schon ihr Viertel am Jardim Botânico erreicht hatten. »Ist das auch privat oder überhaupt ein Gespräch?«

»Nein, aber es kann eins draus werden«, sagte ich und fuhr mit der Geschichte fort, jetzt mehr und mehr in dem Gedanken, sie meinem alten Dr. Branzger, wenn das noch ginge, in seinen Räumen zu erzählen und nicht Frau Dr. Weil, bei aller Wertschätzung, unter freiem Himmel. »Wir sprachen über die Sängerinnen, speziell über eine, und von dieser einen, die mir gefiel, kam meine prominente Begleiterin mühelos auf den Vorfall zurück. Sie wollten was von diesem Mädchen, sagte sie, nur wollte das Mädchen nicht dasselbe von Ihnen, sie wollte weniger, das ist der ganze Sachverhalt. In der Politik sucht man dann einen Kompromiß, und zwischen zwei Menschen eigentlich auch, nicht wahr? Die Oberbürgermeisterin blieb stehen, aber nicht um meine Antwort abzuwarten; ein Herr mit geschwellter Brust und huldvollem Mandarinlächeln kam auf sie zu, ich kannte ihn durch meinen Vater, der Aufsichtsratsvorsitzende der Deutschen Bank, und ich nahm die nächste Treppe nach unten, wo die Toiletten waren. Dort hielt ich mich eine Weile auf, so daß die Pause schon halb herum war, als ich zu meinem Vater trat, mit Parteifreunden im Gespräch über die Bundeswehr, während meine Nachbarin auf den Mandarin einzuwirken versuchte; dessen gleichbleibendes Lächeln bildete dann mit den gleichbleibenden Sorgenfalten meines Vaters eine Art Bogen: zwischen dem falschen Glanz des Geldes und den leeren Worten der Politik. Deutschland, hörte ich meinen Vater aufgeräumt sagen, könnte einen Krieg ja nicht mal mehr im Film führen, dazu fehlten einfach die Schauspieler, die Gesichter. Es räche sich jetzt, daß Millionen der interessantesten Köpfe umgebracht worden seien, heute fehle diesem Volk das Salz in der Suppe … Und nach einem Blick über die Schulter, ob da vielleicht jemand zuhörte: Es fehle uns eben die Rasse, das sei der bittere Witz der Geschichte. Erst das Glockenzeichen ließ ihn von den Juden wieder auf Mozart kommen, ihm eigentlich nur als

Background unserer seltenen Sonntagsfrühstücke ein Begriff, für den Schönredner, der die präzise Angabe scheut, völlig ausreichend; jedenfalls hörte ich ihn etwas von Mozarts Genie sagen, während mich die Oberbürgermeisterin auf dem Weg zu den Plätzen nach meiner Arbeit in Lissabon fragte und ich ihr von dem Traurigen-Ich-Projekt erzählte.«

»*So* haben Sie das genannt, Viktor?«

»Ja, aber sie hat es richtig verstanden. Sie wollte sogar Details wissen, vor allem über die Hinforschung in Verbindung mit der Romantik, und als im Orchestergraben schon Konzentration herrschte, raunte sie mir noch zu, daß es bei aller Forschung wohl immer ein Rätsel bleibe, warum sich die Liebe auf eine bestimmte Person konzentriere, und meine Entgegnung – Liebe sei so rätselhaft wie die Zeit, ja sei vielleicht gar nichts anderes als gemeinsame Zeit – fiel schon mit dem Ausgehen der Lichter und dem Beginn der Musik zusammen, erreichte aber noch das Ohr meines Vaters. Und er schien mir in dem Augenblick auch die letzten mich oder uns beide betreffenden Hoffnungen fallenzulassen (daß es bei uns etwa zuginge wie bei den Bushs), oder schüttelt man sonst den Kopf, wenn sich ein Vorhang hebt, während meine Nachbarin und ich die Köpfe eher zurücklegten, um die Übersetzung in einer laufenden Zeile über dem Bühnenbild nicht zu verpassen. Der dritte und letzte Akt ist ja der Akt der Getäuschten und Liebenden – Mir ist, als ob ich den Vesuv im Herzen hätte –, eine Arie von Widersprüchen und deren Auflösung, was mich dann doch noch ergriffen hat. Ganz in den Sitz gepreßt, ein Bündel Staunen, saß ich zwischen den beiden von der einen und der anderen politischen

Seite und dachte an meine verpatzte Liebe vor vielen Jahren, bis die Oberbürgermeisterin ein Taschentuch zückte, womöglich für mich, und ich als letztes Mittel, um die Tränen in Schach zu halten, noch vor dem Happy-End meine Gedanken herumriß, zu den verpatzten Chancen der Frankfurter Eintracht, was eine Geschichte für sich wäre, und da fällt mir ein: Sollten wir nicht für diese Schauspielerin aus Saarbrücken ein paar Blumen ins Hotelzimmer stellen ...«

»Eine gute Idee. Wollen Sie das übernehmen, Viktor?«

Ich machte eine Handbewegung, als gehöre auch ein Blumenservice noch zu meinen Pflichten, was die Vorbereitung unseres im Monat Oktober wichtigsten Abends betraf, und Kathrin Weil dankte mir mit einem Blick aus ihren schönen, nur eben etwas medusenhaften oder schwimmenden Augen, während wir schon vor ihrer Haustür standen. Dann dankte sie mir auch noch für die Mozart-Operngeschichte, die sie offenbar als Ehrenrettung von Così fan tutte empfand: Auch dieses Werk stoße einen ja – das habe sie meiner Geschichte entnommen – auf die nie zu ergründenden Gründe der Liebe und das eigene Versäumnis ... Und mit dem Wort Versäumnis ging ihr Blick geradezu ruckartig von meinem Gesicht zu ihren Händen, die einen kleinen einzelnen Schlüssel hielten, ohne Bund, ohne Ring, wie der Schlüssel eines Schließfachs, den zu ihrer Wohnung.

## – 20 –

Das war gestern, am ersten Oktober; der Opernbesuch mit meinem Vater und das kleine Hin und Her mit der Oberbürgermeisterin, ausgelöst durch Così fan tutte, war dagegen im Mai, am ersten ganz warmen Abend des Jahres, dem Auftakt unseres Jahrhundertsommers, auf den noch niemand etwas gegeben hätte, wie auf eine Liebe, die sich zwar ankündigt, aber nicht für möglich gehalten wird, weil wir zu kleinlich sind und die Welt nur anblinzeln, wie ich Kathrin Weil zum Abschied angeblinzelt hatte, statt sie zu fragen, ob ich mit hinaufkommen dürfte, um ihr noch mehr zu erzählen, was nämlich nach der Oper war, in dieser ersten warmen Nacht, und in einem Bogen bis zu der Schauspielerin geführt hätte, der ich Blumen ans Hotelbett stellen wollte …

Dieser Beginn des Jahrhundertsommers – ein Auftakt, wie es ihn zuletzt vor zwölf Jahren gab, wenn ich mich richtig erinnere – trieb die Stadt aus allen Poren; dazu noch Wochenende und ein Mond wie von den Hochhausspitzen berührt. In den Straßen darunter, wo man hinsah, Menschentrauben, Tische auf den Bürgersteigen, der Schimmer nackter Beine, ein Streben in alle Richtungen und doch, so schien es, mit demselben Ziel, in irgendeiner Form zu lieben oder wenigstens die Hoffnung darauf zu hegen, auch wenn es nur auf ein paar Gläser im Freien und die erhöhte Handyrechnung hinauslief. Ich aber stehe weder auf geselliges Trinken, noch bin ich telefonisch im Freien erreichbar, und in dieser Nacht konnte mich auch keiner zu Bier oder etwas anderem im Freien überreden, schon gar nicht mein sorgenstirniger Vater, nachdem der parteiübergreifende Beschluß zum Besuch einer Apfelweinwirtschaft gefaßt geworden war, ich glaube, der Germania, vielleicht auch des Kanonensteppel. Auf jeden Fall habe ich diesen Beschluß nicht mitgetragen und mich noch vor dem Rufen der Chauffeure zur Fahrt über den Main in aller Stille, weder höflich noch unhöflich, Richtung Holbeinsteg abgesetzt, um dort, ein gutes Stück entfernt vom Gartenlokalviertel, den Fluß zu Fuß zu überqueren, mit einem Ziel, das ich so wenig geahnt habe wie die Ereignisse der kommenden Wochen, nämlich den Todessprung des Politikers M. und die ersten Anzeichen von Leben oder Verwerflichkeit bei dessen ewig gebräuntem Widersacher, der sich am Abend noch jovial wie immer und im Schutz seiner Leibwache unter den Ehrengästen der Opernpremiere bewegt hatte.

Auch der Holbeinsteg war voller Menschen, Menschen, die nur aufs Wasser sahen, dicht an dicht am Geländer, und noch viel mehr Menschen saßen oder lagen drüben am Ufer im Gras, wie anderswo die Leute auf der Flucht vor Krieg oder Erdbeben; zu Aberhunderten lagen sie da, ein einziges großes Lager um die letzten welken Rosenrabatten, bis vor wenigen Jahren noch Gehege der Rentner. Das sind die Meinigen, dachte ich, die dort alles verändern wollen oder sich anbieten, dem Vormarsch des Südens auf unser nördliches Leben immer neue Schneisen zu schlagen, in dem Glauben, selber nie ein Gehege zu brauchen. Längst war das Mainufer Piste und Laufsteg, Manege und Campus, ohne daß die Stadt dem irgendwie Rechnung trug, eine reine Frage der Zeit, wann die ersten das Revier auf den Fluß ausdehnten, ein wildes Baden anfinge; eine Bar namens Strandperle gab es ja schon im Sockel der ältesten Fußgängerbrücke, dem Eisernen Steg. Wo sich früher nur Schwule getroffen hatten in ihrer Verzweiflung, trafen und treffen sich jetzt nur solche, die von Verzweiflung nichts wissen wollen: Zweifellos eine Revolution, die da in den Mainanlagen stattfindet, dachte ich, und die Oberbürgermeisterin täte gut daran, sich dort einmal abends umzusehen, wie ich mich umsah auf meinem Zickzackkurs zwischen den Lagernden.

Umschlungen, ja verknotet, die Hände in fremdem Haar, lagen sie da durcheinander, Männer mit Männern, allesamt Skater, ohne Verzweiflung, und Männer mit Frauen, aber auch Frauen mit Frauen und Frauen mit Männern und Männern, die Blicke, zwischen den Küssen, auf dem Mond und den Hochhäusern und dem Fluß, auch wenn mir der Fluß bei all dem Leben an seinen Ufern wie tot erschien. Schlingzeug und Äste und auch mal ein Schwein, Beine nach oben, das müßte dort schon vorbeitreiben, dachte ich auf dem Weg zu einer der Bänke, die an den Boden gepflockt sind, als wollte sie irgendwer stehlen. Ich setzte mich zu zwei Männern in Trainingshosen, Anglern im Trüben, ihre Ruten im Blick, Flüchtlingen von sonstwo, wie sie immer am Mainufer sitzen, mit Plastiktüten, in denen manchmal ein Fisch zuckt. Auch die zwei auf der Bank hatten schon Beute gemacht, immer wieder klatschte es in ihrer Tüte, ein Wesen, das niemand erlöste, und gar nicht so klein, ein mächtiges Klatschen; es sollen ja jetzt wieder Welse vorkommen im Fluß, von der Donau über Kanäle bis nach Frankfurt gewandert, Viecher von einigem Ausmaß, und man stelle sich nur vor, wie sie träge über den Grund ziehen, das breite Maul geöffnet; also auch dort unten im Schlamm eine Umwälzung, der Fluß holt sich das Leben zurück, sein Bett, seine Auen, die Furt, in vereinter Kraft mit allen, die seine Ufer belagern, von der Stadt ignoriert. Der Fisch in der Tüte zuckte noch immer, ich aber konnte es nicht mehr ertragen, das Längerwerden der Pausen und das dann um so jähere, die ganze Tüte erfassende Klatschen, jedesmal rasender. Ich stand auf und ging weiter, vorbei an Verstummten um einen Flötenspieler, vorbei an Jongleuren ohne Publikum, und ein Gedanke kam mir beim Gehen: Sollte die Stadt vor dem Leben am Fluß noch länger die Augen zumachen, könnte sich leicht eine Stimmung ergeben, wie Flüsse sie von jeher genährt haben, ob Mississippi oder Wolga, Nil oder Rhein, die Stimmung für ein eigenes Lied, quer zum Rhythmus der verordneten Feste, die es hier gibt, bis die Leute schließlich, von Stolz erfüllt, an den Ufern eines besungenen Stroms säßen, der keinem gehört, der einfach frei dahinfließt, zum Ende hin immer tiefer und breiter, nur um ganz am Ende – gar nicht weit von hier – ganz in einem anderen Strom zu verschwinden, wie ich damals ganz in Tizia verschwunden war, so aufgelöst, was mich betraf, daß es mir immer noch, zwölf Jahre danach, absolut falsch, ja geradezu unmenschlich erscheint, nur einen dafür zu belangen anstatt beide oder keinen.

Ich verließ die Uferanlagen und ging vorbei am Filmmuseum und dem sogenannten Schwarzen Café in Richtung Schweizer Platz, Branzgers vier Ecken, die noch dieselben sind wie damals, wenn man von einem Thai-Snack absieht; ich bummelte jetzt, mein Jackett in der Hand, bis mir die Schlange vor dem Eissalon Milano gleichsam in die Quere kam und ich mich einfach dazureihte, jetzt nur noch damit beschäftigt, welche der vielen Sorten im Moment wohl die richtigste wäre oder ob nur die Mischung von zwei ganz bestimmten, etwa Bacio und Mocca, zum reinen Eisglück führten. Und während ich noch mit dieser Geschmacksfrage befaßt war, fiel mein sich selbst überlassener Blick auf ein Paar schön geschwellte Waden am Anfang der Schlange, Waden, die ich schon halbe Deutschstunden über betrachtet hatte und doch nicht gleich erkannte, erst als die Frau, zu der sie gehörten, mit ihrer Eisportion, zweimal Erdbeer, davonging und ich sofort aus der Schlange ausscherte; für jemanden mit Eis in der Hand ging die Cordes – inzwischen wohl pensioniert – recht zügig, als sei's gar nicht ihr Eis, sondern das eines anderen, irgendwo wartend, in einem Auto vielleicht; einen Moment lang dachte ich an Blum, aber dann schleckte sie etwas im Gehen und überquerte sogar schleckend die Gartenstraße, und ich ließ ein paar Leute zwischen uns, falls sie plötzlich stehenbliebe.

Sie trug ein weißes Kostüm, und ich bildete mir ein, es könnte das weiße Kostüm sein, das sie bei meinem einzigen Besuch in ihrer Wohnung angehabt hatte, während sie in der Schule nie so herumgelaufen war. Es bestand aus leichtem Jersey und zeigte die Ränder der Wäsche beim Gehen, dazu Schuhe, die nur aus feinen Riemen bestanden. Ihre Zehennägel waren lackiert, das graubraune Haar war im Nacken geknotet, ich erkannte ihre Halskette, an der ein geerbter Rubin hing, von dem hatte sie mir unaufgefordert erzählt, ebenso von ihrem verstorbenen Mann. Die Cordes war ja damals schon seit längerem Witwe, keiner wußte so recht, wie ihr Liebesleben verlief, jedenfalls nicht mehr mit Hilfe von Leo Blum, aber auch kaum mit eigener Hilfe; es verlief nur irgendwie, das spürte man, oder ich spürte es. Trotz ihrer Jahre hatte sie etwas, fand ich, etwas, das nur ihre Waden verrieten, einen Sinn für das Gewähren von Sex und das Betteln darum. Schon während quälender Französischstunden unter ihrer Regie war mir das aufgegangen und hatte mich in den Leistungskurs Deutsch geführt, wo die Cordes, mal im knielangen Rock, mal in Jeans, die ein wenig nach oben verrutschten beim Überschlagen der Beine, Einblicke in Werke nach dem Geschmack der Kultusminister gab, während ich, versorgt von einer depressiven Mutter, ganz andere Sachen mit ins Bett nahm und ihr in einem Aufsatz über ein Buch unserer Wahl, Inhaltsangabe plus Kritik, mit *Mrs. Stone*, der alternden Diva, kam, die sich im römischen Frühling einen jungen Liebhaber sucht, Paolo, den ihre Gier schließlich zerbricht; eine Geschichte von Tennessee Williams, von mir sorgfältig wiedergegeben, bis auf die fatale Mrs. Stone, deren Züge wie von allein so sehr zu denen der Cordes geworden waren – und heute vielleicht zu denen von Kathrin Weil würden –, daß sie sich beim Lesen des Aufsatzes wiedererkannt hat und mich zum klärenden Gespräch in ihre Wohnung zitierte, Launitzstraße mit Parkblick, ein Gespräch, bei dem wenig herauskam und das zunächst auch keine größeren Folgen hatte – sie nannte mich fortan beim Nachnamen, und ich vermied es, auf ihre Waden zu sehen –, und doch ein unangenehmes Gespräch; während ich mich mit dem Unbewußten herausgeredet hatte, war sie auf dem Vergleich mit einer Diva herumgeritten, und die Wahrheit, daß wir nämlich einander durchschaut hatten, behielt jeder für sich, nur daß *sie* sich dann am klarsten für meinen Rausschmiß ausgesprochen hatte. Kurz vor dem Schweizer Platz ließ ich die Cordes Richtung Launitz ziehen und ging selbst um die Verkehrsinsel herum und bog dann hinter dem Platz, der keiner ist, bei Jordan-Schuhe ab; aber erst in Höhe des Bäckers Kröger, der sich mit Hilfe meiner Generation oder aller Unverzweifelten seit damals gehalten hat, also noch eine Ecke weiter, begriff ich, daß mein Ziel die nahe Morgensternstraße war.

Ich mußte einfach wissen, ob dort im früheren Haus der Rosens im zweiten Stock noch ein Licht brannte, gedämpft hinter Vorhängen, und sah dann auch eins, aber schamlos hell, ein Zahnarztlicht, und nicht das einer Stehlampe mit Stoffschirm wie an dem späten Samstag abend – Jahr des Golfkriegs –, als ich vor dem Haus wieder aufgekreuzt war und unten noch hin- und herging, nur in Jeans und dünnem T-Shirt, wegen der Schwüle in dieser Nacht, und immer wieder auf die Uhr sah, ob es denn schon Sonntag wäre, denn vorher sollte ich dort ja nicht aufkreuzen, und auch immer wieder zu den Fenstern schaute, ob das Licht etwa ausginge – Licht hinter den moosgrünen Vorhängen, die den Cézanne und die Rodins, den Menzel und den Tischbein sowie die Rembrandts und auch meine Zeichnung vor fremder Neugier bewahrten –, bis ich schließlich, genau eine Minute nach Mitternacht und damit dem Beginn des Sonntags bei meinem alten Lehrer geklingelt hatte.

Es dauerte etwas, bis aus der Sprechanlage ein Knacken kam und nach einer weiteren Pause, vier, fünf Herzschlägen, seine Stimme, leise, ja fern, als hätte er doch schon geschlafen: »Bist du's, Haberland?« und auf mein Ja hin – etwas erschrocken, weil offenbar nur ich als Klingler in Frage kam – die Aufforderung, einfach den Schlüssel zu nehmen.

Im Treppenhaus war es dunkel, ich fand keinen Lichtknopf, meine Füße suchten die Stufen, die Hand das Geländer; dann die Kleinarbeit, bis der Schlüssel steckte und Branzgers Wohnungstür aufsprang. Auch im Flur war es dunkel, nur etwas Licht aus einem Raum schräg gegenüber der Küche, Licht, das auf einen Läufer fiel, den ich vorher glatt übersehen hatte, einen Läufer, wie man ihn aus alten Hotels kennt, burgunderrot mit Messingleisten. »He, du«, hörte ich den Doktor aus dem Raum mit dem Licht, »komm ruhig herein.« Und trotz dieses Appells klopfte ich an den Türrahmen, bereit, wieder umzukehren oder die Augen geschlossen zu halten, aber da sah ich schon Stapel von Zeitschriften und Büchern neben Stapeln von Schallplatten und Videokassetten und was sich sonst noch alles stapeln ließ, wie Ordner, Wäsche und Briefe, und zwischen all diesen Stapeln ein Sofa mit Bettzeug, wie das Lager eines Gastes, hergerichtet für eine Nacht, nur daß Branzger selbst hier schlief, in allen Nächten. Zwei Kissen im Kreuz, vor sich ein Tablett mit hellem Papier und einer dunklen Banane, lag er in seinem ewigen Hausmantel da und betrachtete mich in meinem T-Shirt. »Der Sommer ist ausgebrochen, und ich liege hier«, sagte er, »und werde auch nicht mehr hinausgehen. Weil mich dieser Sommer nichts mehr *an*geht.« Und damit begann er vom Sterben zu reden, nicht von seinem Sterben, nur vom Sterben überhaupt, was keine Rücksicht auf die Jahreszeiten nehme, auch am strahlend blausten Tag könne man sterben, ich aber wollte das alles nicht wissen und setzte mich auf den Boden, zwischen zwei Stapel, während er einfach weiter- und weitersprach, oder besser gesagt, einfach weiter- und weitergesprochen hatte, wie seine Notizen über den fraglichen Abend beweisen.

Es sind die ersten Notizen, die ich verbrenne, ohne sie zu Ende gelesen zu haben, in dieser Nacht zum dritten Oktober, unserem neuen Nationalfeiertag, dem das Institut durch Schließung seiner Pforten und das Aufziehen der Flagge Rechnung trägt, das heißt, ich kann morgen ausschlafen und heute die ganze Nacht arbeiten, auch wenn es nachts jetzt schon kühl wird in meiner Wohnung, woran auch das Abbrennen von Notizen nichts ändert. Dafür hat mich ein weiterer Aufsatz zum Hirnthema, *Keiner kann anders, als er ist*, mit der Quintessenz, daß wir aufhören sollten, von Freiheit zu reden, einigermaßen heiß gemacht, heiß darauf, mir sogleich eine Freiheit *zu nehmen*, nämlich die Freiheit, nicht im T-Shirt vor meinem alten Lehrer zu hocken, sondern im Anzug, um ihn Dinge sagen zu lassen, die nichts mit Sterben und Tod zu tun haben; ich will daß er nach meiner Pfeife tanzt, wenigstens ein einziges Mal, und lasse ihn Dinge sagen, die sich um meine Gegenwart drehen, um Così fan tutte zum Beispiel, eine Oper, die in Form von Schallplatten damals sogar einen der kleineren Stapel gebildet haben könnte …

## – 21 –

Die Luft im Raum war zum Schneiden, er schien seit Tagen nicht gelüftet zu haben und hatte wohl auch nicht gerechnet mit mir – ob ich zu früh sei. »Nein«, sagte er, »ganz und gar nicht, so bleibt uns der komplette Sonntag.« »Darf ich raten, mit wem du den Abend verbracht hast in diesem Anzug? Du warst mit deinem Vater aus.«

»Stimmt, wir waren in Così fan tutte.«

Der Doktor beugte sich in das Licht, das von einer Bürolampe neben dem Lager kam, sein Kopf war naß. »Keine so dumme Oper – wenn man nur den Kern betrachtet und …«

»Sie sind krank?« rief ich dazwischen.

»Nicht kränker als sonst. Wie waren die Stimmen?«

»Ich verstehe zu wenig davon.«

»Unsinn, Haberland – jeder merkt, ob eine Stimme ihn packt oder nicht. So verläßlich, wie man die Liebe merkt.«

»Eine der Frauenstimmen hat mir gefallen.«

»Vermutlich Dorabella – sie leidet mehr. Weil sie mehr liebt. Und mehr die Treue bricht. Hast du geweint?«

»Nein.«

»Und dein Herr Vater auch nicht, nehme ich an.«

»Nein.«

»Und deine Mutter?«

»Sie wollte nicht mit. Obwohl Premiere war.«

»Dann laß mich noch raten, wer neben dir saß, ich meine, auf der anderen Seite. Unsere Frau Oberbürgermeisterin.«

»Stimmt schon wieder.«

»Und hat *sie* geweint?«

»Ich glaube, auch nicht.«

»Was heißt, ich glaube?« Branzger nahm die nackten Füße vom Sofa, er suchte seine Hausschuhe.

»Das heißt, ich habe nach vorn gesehen, nicht zur Seite.«

»Man spürt das, wenn neben einem jemand weint.«

»Ich war auf die Oper konzentriert.«

»Und während des Umbaus?«

Er sah mich herausfordernd an, aber ich war nicht bereit, über unser kleines Geflüster im Dunkeln zu reden, er hätte mir das gute Gedächtnis meiner Nachbarin, den Vorfall im Hölderlin betreffend, ohnehin nicht geglaubt.

»Und nach der Pause, als es zur Sache ging?« Der Doktor fand endlich die Hausschuhe, unter einem alten bis uralten Spiegel-Exemplar, auf dem Titelblatt Willy Brandt, Poltergeist meines Vaters. »Hat sie da auch keinerlei Rührung gezeigt, unsere Oberbürgermeisterin?«

»Vielleicht beim Happy-End, das wäre möglich. Aber gesehen hab ich's nicht.«

»Noch schlimmer, Haberland – wer nur *eine* Träne übersieht, übersieht alles. Und hat Tizia während der Stunde im Keller geweint?« Branzger stand mit einemmal auf, viel zu schnell, er schwankte und tastete nach der Wand.

»Ja«, sagte ich.

»*Das* hast du also gesehen«, er hielt sich jetzt an meinem Arm, »obwohl nur zwei Kerzen brannten. Oder hat sie eher geschluchzt? Was auch ein Blinder mitbekommt.«

»Wird das hier ein Verhör?«

»Nein. Nur der Auftakt zu deiner Geschichte.«

»Sie sind mit der Konferenz noch gar nicht fertig ...«

»Das erledigen wir gleich. Sie *hat* also geschluchzt.«

»Ja, aber erst später. Vorher hat sie geweint.«

»Und das hast du gesehen?«

»Gespürt. Meine Hand war auf ihrem Mund, die Tränen liefen mir über die Finger.«

»Daraus schließe ich, die Tatsache der Schwerkraft einbezogen, daß du auf ihrem Rücken gelegen hast.«

»Ja, aber nur vorübergehend.«

»Interessant.«

Immer noch die Hand an meinem Arm, ging Branzger von seinem Schlafzimmer in den Wohnraum und führte mich an den Tisch, auf dem noch das alte Kaffeegeschirr stand, wie eine Wache um Pirsichs Protokoll mit Klopapier als Lesezeichen. »Setzen wir uns.« Er setzte sich und wartete, bis auch ich saß, dann kam er erneut auf die Oper. »Und die Dame neben dir hat selbst bei der großen Dorabella-Arie keine Träne im Auge gehabt?«

»Feuchte Augen, kann sein. Aber sie hat nicht geweint.«

»Feuchte Augen sind das mindeste bei dieser Stelle. Anderenfalls müßte man ihre Wiederwahl verhindern. Wie gefiel deinem Vater die Oper?«

»Er hat sich nicht geäußert. Er sitzt jetzt in irgendeinem Gartenlokal. Mit der Bürgermeisterin.«

»Gartenlokale haben um diese Zeit längst geschlossen.«

»Dann sitzen sie eben woanders.«

»Dazu haben sie sich nicht genug zu sagen.«

»Vielleicht schweigen sie ja.«

»Die beiden? Niemals!«

Und mit diesem Ausruf griff er nach dem Protokoll und überflog die Seite, wo das Klopapier lag, ehe sein Blick in den Raum mit den Zeichnungen ging, jede gut zu sehen im Kegel der Stehlampe, besonders meine. »Du erinnerst dich – wir hatten alle Pizza bestellt, außer mir, und waren dann in eine Pause gegangen, die ich zum Luftschnappen an einem der Flurfenster nutzte. Mein Fieber hatte zugenommen, während die Aussichten auf ein rasches Ende der Konferenz abgenommen hatten – so sah es auch die Kressnitz, die zu mir ans Fenster kam. Das gehe bis in die Nacht, sagte sie, und das Ergebnis werde nicht gerechter. Ihr hättet euch beide etwas vorgemacht: du dem Mädchen die Liebe, volles Programm, und sie dir, ebenfalls volles Programm, die Lust. Das waren ihre Worte, verbunden mit einem Blick, der eine ganze Geschichte erzählt hat, eine schöne und doch traurige Geschichte, die ein andermal an die Reihe kommt. Soll ich uns frischen Kaffee machen?«

Ich hob eine Hand und verneinte, mein alter Lehrer ergriff die Hand. »In Così fan tutte gibt es eine Stelle«, sagte er, »zweiter Akt, die geht etwa so – Ah, ein noch stärkeres Gift trink ich aus diesen grausamen Augen, Vulkanen der Liebe! Du entsinnst dich: Das singt einer der beiden Verführer zur Untreue und verführt sich damit selbst. Und genau hier liegt auch euer Hase im Pfeffer, Haberland – ohne die Selbstverführung wäre es an dem Abend niemals soweit gekommen. Aber ich will dir nicht vorgreifen, noch sind wir bei der Konferenz über dich.« Er ließ meine Hand wieder los und schenkte sich von dem alten Kaffee ein.

»Als nach der Pause wieder alle am Tisch saßen, sprach die Cordes zum ersten Mal aus, was sie wohl schon die ganze Zeit über gedacht hatte: Ich meine, daß Haberland uns verlassen sollte. Das war ihr zutage getretener Standpunkt, und unser Möchtegern-Romancier Pirsich, hinter seinem Gerät versteckt, schloß sich diesem scheinbaren Wandel auf der Stelle an, und damit sah es nicht gerade gut aus für dich. Fünf stimmten jetzt für deinen Rausschmiß, die Stubenrauchs, Graf und Pirsich und allen voran unsere feine Rektorin, während die Zenk, scharf auf den Posten der Cordes, gar nichts mehr sagte. So blieben nur die Kressnitz und ich als Gegengewicht, und erstaunlicherweise schlug sich nun Leo Blum eindeutig auf unsere, also deine Seite, was die Sache schon wieder offener machte und die Cordes noch etwas nervöser. Ob jedem hier klar sei, fragte sie, was eine Entscheidung zugunsten von Haberland bedeuten könnte, auch für die anderen Schüler ... Und wieder überraschte mich Blum mit einer Bemerkung, er sagte, kein Schüler werde sich da ernsthaft aufregen, keine Sekunde. Das Stärkste, das man bei denen noch auslösen könne, das sei doch starke Gleichgültigkeit. Und dann erwähnte er seine immer wieder geplatzte Klassenreise nach Israel, was allein von dir bedauert worden sei. Alle anderen, rief er, wollten lieber nach Mallorca!

Noch nie hatte ich diesen Mann so erlebt, und auch die übrigen waren beeindruckt, nur die Cordes, mit ihrer unseligen Liebe zu Blum, widersprach: Was das für ein Argument sei, daß sich einer nichts aus Mallorca mache? Nein, Haberland solle die Schule verlassen, er tue keinem gut, Punkt. Das hatte sie kaum gesagt, da sagte ich – und nun solltest du weghören –, Mir tut er gut. Und dem schloß Blum sich an, indem er in die Runde fragte, was für Schüler man denn hier wolle, etwa Typen wie Guido Balz, den Oberstufenvertreter? Oder diese Mädels, die einen nicht mal im Winter mit ihren Knien verschonten? Für die wir nur Müll seien, rief er und fügte hinzu, ein unvergeßlicher Satz: Das einzige, was die an mir gut finden, ist mein Mantel! Damit hatte Blum einen Nagel auf den Kopf getroffen, Kongo-Holger und Graf begannen zu nicken, und Kristine, ich meine, die Kressnitz, brachte es auf den Punkt: Haberland habe wenigstens einen Kern, sagte sie, was der Stubenrauch leider die Chance gab, vom verdorbenen Kern zu reden, mit dem Erfolg, daß die Kressnitz in Rage geriet – ein Zustand nicht zu ihrem Nachteil, wenn ich das sagen darf. Sie sprang auf, und ihr Stuhl fiel um, wortlos wollte sie den Raum verlassen, ich aber hielt sie am Arm, und die Cordes rief, Bitte!, zweimal händeringend, Bitte!, während Graf den Stuhl wieder aufhob und ein lautes Durcheinanderreden begann, bis sich die Zenk, von einem Augenblick zum anderen, für deinen Verbleib aussprach und es schlagartig still war, die Stille des Patts, in der jeder spürt, daß die Entscheidung nicht mehr beim anderen liegt, kein schlechter Moment für mich, Haberland, ich hätte mir fast auf die Zunge gebissen …

Zwei Minuten lang sagte keiner ein Wort, dann kam Pirsich mit seinem Geheimprojekt, von dem jeder weiß, nämlich dem Lehrerroman, den er überall anbietet, übrigens mit dem pompös einfältigen Titel *Die Konferenz*, als ließen sich damit auch gleich die hollywoodschen Blumentöpfe gewinnen. Da werde es nun wohl ein Zusatzkapitel geben, sagte er, zur pädagogischen Ohnmacht, worauf ich mir die Frage erlaubte, ob er denn endlich einen Verlag dafür habe. Erneute Stille, die Kressnitz setzte sich wieder, während bei Pirsich Schaumkügelchen aus dem Mund traten, ehe er Nein schrie. Nein – weil in den Verlagen nur Leute wie Haberland säßen und alles von sich wiesen, was über dreißig sei! Mit schriller Stimme stieß er dieses Dreißig aus, danach verließ ihn die Kraft, bleich und zitternd saß er da, kein schöner Anblick; die Cordes benützte jedenfalls ihre Hände wie Scheuklappen, als sie die Canossagänge ansprach, falls man dich halten sollte: Wer würde mit Tizias Mutter reden, wer mit der Presse, dem Elternbeirat, wer mit dem Mädchen selbst, und erstaunlicherweise kamst du in dieser Liste gar nicht vor. Mir fiel das auf, und ich äußerte mich entsprechend, doch nur die Kressnitz kapierte es – daß man auch mit dir reden müsse. Sie ist eben klug, aber das sagte ich schon, du kannst mich gern unterbrechen, wenn ich mich hier wiederhole …«

»Ja.«

»Es langweilt dich also nicht, wenn ich noch etwas bei der Kressnitz bleibe?«

»Nein, es langweilt mich nicht.« Ich schüttelte den Kopf, um mein Nein zu bekräftigen, und der Doktor drückte sich das Protokoll an die Brust, als er fortfuhr.

»Die meisten unterschätzen die Kressnitz, du sicher auch. Sie sehen sie nur gelegentlich im Fellini, vor sich ein Buch und den trostlosen Schweizer Platz, und denken, das sei ihr Leben, mit einem guten Buch als Freund in einem schlechten Café sitzen. Aber so ist es nicht. Und so waren auch alle erstaunt, bis auf mich, als Kristine plötzlich sagte, sie wisse durchaus, wie das sei, sich nach einer beschissenen Nummer – genau so hat sie sich ausgedrückt – in Grund und Boden zu schämen. Weil man sich ja irgendwie daran beteiligt habe. Und just an der Stelle schaltete sich die Stubenrauch ein, das allerdings zu meinem Erstaunen: Andernfalls wäre man nämlich tot, rief sie. Denn nur ein Mann, der zum Töten bereit sei, erreiche wirklich sein Ziel. Ein Beitrag, dem du einiges verdankst, Haberland.«

Und von meiner Seite keine Reaktion, nur ein Blick zum Vorhang, der jegliche Frischluft abhielt; Branzger blätterte im Protokoll. »Aus dem Schneider warst du damit noch nicht«, fuhr er fort. »Denn die Cordes sagte, Gewalt bleibe Gewalt, Schluß, und beide Stubenrauchs plus Pirsich, aber auch Kristine stimmten dem zu, was wiederum mich auf den Plan brachte: Wer in der Liebe noch keine Gewalt erlebt hat, möge die Hand heben! Und natürlich hob niemand die Hand, dafür hob Sportmensch Graf das Hemd und wies auf eine Narbe an seiner Brust hin. Liebe sei auch Krieg, erklärte er, hier aber wende man einfach die Gesetze des Friedens an, da mache er nicht länger mit! Das sagte er wörtlich, und ich wollte dem gerade Respekt zollen, da klopfte es an der Tür, für unsere Rektorin die schiere Erlösung. Sie rief Herein, und Zimballa kam mit den Pizzakartons, du kannst dir vorstellen, was dann los war. Jeder wollte nur an seine Pizza kommen und am liebsten gleich davon abbeißen, die Situation wäre völlig aus dem Ruder gelaufen, wenn unser Hausmeister nicht nach der Heizung gefragt hätte, ob es nun warm genug sei, und bei der Gelegenheit auf den fraglichen Abend zurückkam, als die Heizungsprobleme begonnen hätten. Darum sei er ja überhaupt in den Keller gegangen, und dort habe er, das falle ihm jetzt wieder ein, vor dem Schrei eine Musik gehört, fast schon ein Schlaflied, für sein Gefühl, eigentlich im Gegensatz zu dem, was gefolgt sei, wenn er das sagen dürfe … Und natürlich wollten wir wissen, was für eine Musik er denn nun gehört habe, besonders Blum drängte Zimballa, sich doch zu erinnern, ja vielleicht etwas vorzusingen, dann werde man schon darauf kommen, worauf unser Hausmeister die Augen schloß und wie eine Fliege zu summen begann. Es waren nur ein paar Takte, die Leo Blum jedoch auf die Tischplatte trommelnd gleich fortzusetzen vermochte, begleitet von einem Nicken Zimballas, bis auch ich darauf kam, was ihr dort unten gehört habt – und sicher nicht nur, weil dieses Lied im Unterricht dran war, wie uns die Kressnitz dann erzählt hat.«

»Nein«, sagte ich, »es hat mir gefallen.«

»Einfach gefallen, ohne jeden Zusammenhang?«

»Den hab ich mir vorgestellt.«

»Und gedacht: Dabei krieg ich sie rum.«

»Ich habe gar nichts gedacht!«

Der Doktor verdrehte die Augen. »Das läuft auf dasselbe hinaus, aber wie auch immer: Kein anderer als ich machte den Vorschlag, das Lied gemeinsam zu hören, und klar dagegen waren nur die Stubenrauchs – man kenne Tell Me ja wohl von früher –, während sich Blum und Graf sowie die Kressnitz der Idee sofort anschlossen, für Pirsich Grund genug, um den alten Schulplattenspieler und die entsprechende Platte aus dem Lehrmittelraum zu holen – beides hatte ja Kristine benützt, um ihr Zeitbeispiel zu illustrieren – und mitten auf den Konferenztisch zu stellen. Und während er die Anschlüsse legte, dachte ich an die schöne Zeit dieses Liedes, die wie alle schönen Zeiten im Rückblick noch etwas schöner war. Und trotzdem – oder eher deshalb – können wir solche Zeiten nicht in ein späteres Bett hinüberretten; es sind immer die dunklen Seiten unserer Biographie, die uns dorthin begleiten, wo ein anderer nackt auf uns wartet. Das kam mir wieder in diesen Minuten, denn man vergißt es gern, und ich wollte es schon zur Sprache bringen, als Beitrag zur Sache, da war Pirsich, zum Glück für dich, mit den Anschlüssen fertig. Wir können, sagte er und senkte die Tonnadel in die kleine Rille vor dem dritten Lied auf der Platte. Die Gespräche verstummten, nur noch das Kratzgeräusch – das ja auf CDs leider fehlt – war zu hören, und du wirst es nicht glauben: Niemand aß an seiner Pizza weiter, als die ersten Töne kamen, den älteren von uns, ich rede von mir, tatsächlich noch im Sinn wie ein Schlaflied …«

Branzger beugte sich in meine Richtung, er griff um seine längst ausgetrunkene Tasse, und sie erschien mir wie ein Stück von ihm, oder umgekehrt: Die Hand war ebenso weißblau, eine Prothese aus Porzellan. »Du mußt dir das vorstellen«, flüsterte er, »dieser kahle Raum mit dem großen Tisch und den Sparlichtern an der Decke, vor den Fenstern

Dunkelheit und etwas Schneefall, und um den Tisch – die meisten noch in ihren warmen Sachen, obwohl es in den Heizkörpern schon knackte – neun hungrige Lehrer, vor sich Pizza im Karton, aber die Hände waren allein auf die Wärme aus, nicht auf die Speise, sie lagen still auf den Kartons, nur Augen und Lippen waren in Bewegung, beim einen mehr, beim anderen weniger. Die Cordes etwa spitzte den Mund bei der ersten Trommelzäsur – du erinnerst dich an die Stelle –, ihr Blick ging dabei zu den Händen von Blum, die mit den Knöcheln aneinanderlagen, wobei es die Daumenkuppen, so mein Eindruck, en miniature miteinander trieben, den alten Stehtanz bei Cola mit Rum beschwörend, Momente, die sein Tischnachbar, obwohl fast jünger als das Lied, doch irgendwie zu begreifen schien. Graf strich jedenfalls über den Pizzakarton wie über eine glühende Wange, während die kaum ältere Kressnitz – die den verdammten Song, weiß der Teufel warum, aus unseren Beständen gefischt hatte – dasaß, als sei sie schuld an allem. Sie tat mir leid, muß ich sagen, ein Opfer ihrer Bildung und musikalischen Mission, nur war da auch ein gewisses Bedauern, was mich betraf, der ich an etwas zurückdachte, das für immer verloren war, Haberland, der übliche Abstieg im Leben.

Meine Gedanken waren bei einem Anti-Amerika-Fest gegen Ende des Vietnamkriegs, sie waren bei der Hingabe an ein paar nicht gerade anspruchsvolle Akkorde, die dennoch den Himmel versprochen hatten – was für dich in keinster Weise übertrieben klingen würde, hättest du unsere Kahle-Zenk gesehen: zum ersten Mal ohne diese Option auf den Rektorinnenposten im Gesicht, eher die kleine Schwester der Cordes als ihre Stellvertreterin, mit einem Schimmer in den Augen wie bei Blinden. Begleitet von winzigem Kopfnicken sang sie genau im richtigen Moment stumm das Wort *telephone* mit, was mich sehr für sie einnahm, eine Sympathie, die sogar die Stubenrauchs, Heide und Holger, in mir auslösten: Wie unglückliche Zwillinge hockten sie beieinander und machten in ein und derselben Sekunde ein und dieselbe Lippenbewegung, so schien es, um sich dazu einen Lidschlag lang anzusehen, jenen Zeitraum, der reicht, sich selbst in der Wehmut des anderen zu hassen, eine Art Blitz, der immer noch besser war als die Wolke von Selbstmitleid, die den Kollegen Pirsich zu ihrer Rechten umgab, der starrte nämlich auf das aufgeklappte Gerät, als liefen dort die kompletten Versäumnisse seiner Jugend über den Schirm. Wie unter Drogen saß er da, ein Tropf, und bewegte am Ende die Lippen zu *tell me you're coming back to me* – ich habe mir den Text besorgt, nicht daß du denkst, ich könnte ihn auswendig. Und so waren wir also neun Lehrerinnen und Lehrer, die im Dienst ihrer Schule und der Wahrheitsfindung die klassische Sumpfnummer der Stones hörten, jetzt alle mit winzigem Nicken bis zum Schluß. Unmittelbar nach dem letzten, wie aus der Ferne eines halben Menschenlebens kaum noch in die Gegenwart reichenden, leisen *come on* hob unser Pirsich die Tonnadel ab, und keiner rührte sich auf seinem Platz, eine grausame, Sekunden währende Starre.«

Der Doktor sah mich an, und etwas von dieser Starre lag in seinem Blick, als seien nun auch die Augen aus Porzellan (zweimal nur hatte ich einen solchen Ausdruck gesehen, bei meinem Vater an einem Wahlabend, im Augenblick der Prognose und des Desasters, und bei Tizia, als ich in sie eindrang, so tief, daß ich Angst um uns beide hatte). »Vielleicht unterbrechen wir hier«, sagte er und stand auch schon auf. »Ich mach uns Kaffee, Haberland. Denn was als nächstes kommt, ist schwierig und steht auch nicht im Protokoll; nur daß ich mitgeschrieben habe wie der Teufel!«

Er lachte hell und fing auch schon an zu husten, während er sich vom Tisch löste und ein Stück weit ging, aber nicht in den Flur, Richtung Küche, sondern in den Raum mit den Zeichnungen, wo er der Länge nach hinfiel. Ohne Gegenwehr schlug er mit dem Gesicht auf, und ich eilte hinzu und sah, wie ihm Blut aus dem Mund lief; es lief auf den Teppich und verlor sich im Farbton einer der Vögel. Ich kniete mich neben ihn, sein Gesicht lag auf der Seite, das mir zugewandte Auge stand auf. »Scheiße, was ist passiert«, rief ich – man findet ja nie ein kluges Wort, wenn jemand hinknallt –, und Branzger griff in meine Richtung. »Ich hab mir auf die Zunge gebissen. Und jetzt hilf mir auf.« Er fand meine Hand und klammerte sich daran, ich half ihm auf die Beine: »Sie sollten sich legen.«

»Und der Kaffee?«

»Den mach ich.«

»Hast du Erfahrung?«

»Ich könnte es lernen.«

»Dazu braucht es Jahre.« Der Doktor leckte sich das Blut ab, er zitterte und hielt sich an mir, ich führte ihn vom Teppich und aus dem Raum, hinaus in den Flur.

»Sind Sie gestolpert?« fragte ich.

»Was sonst«, er drängte in das Zimmer mit den Stapeln, und wir suchten uns eine Schneise zum Sofa, »das kommt jetzt neuerdings vor. Könnte am Teppich liegen.«

»Ja, vermutlich.«

Mein alter Lehrer sah mich an, sein Grammatikstundenblick. »Nein. Mein Stolpern liegt vermutlich nicht am Teppich. Und das wissen wir beide.«

»Warum sagen Sie's dann?«

»Weil es mir so lieber wäre.« Er ließ meinen Arm los und glitt auf das Sofabett, seine Zunge blutete noch; mit einem Stück Laken vorm Mund sprach er weiter. »Ich sollte mich ausruhen«, hörte ich ihn. »Und es wäre mir auch lieber, du würdest hier erst wieder auftauchen, wenn es mir besser geht. Wenn ich *nicht* mehr hinfalle.«

»Und wer kümmert sich um Sie?«

»Es gibt Nachbarn.«

»Ich rede von einem Arzt.«

»Ich bin alt, nicht krank.«

»Sie sind alt *und* krank!«

Ich war laut geworden, lauter als gewollt, und der Doktor nahm das Laken vom Mund und zeigte mir seine Zunge, ehe ein Hustenanfall den ganzen mageren Körper zu schütteln begann und er mich fragte, was er mir nur getan habe, daß er sich so was anhören müßte, doch bloß ein bißchen herumgestochert, das habe er! Und von meiner Seite Stille, ich konnte nichts sagen, ich wußte nicht, was, und von ihm nur die Zunge und ein Schnappen nach Luft, bis er noch einmal Kraft fand. »Herumgestochert in dem, was unser guter Pirsich Trieb nennt«, rief er hustend und lachend. »Und ich nenn es Verlangen. Von dem ich ganz und gar nicht frei bin, trotz Alter und Krankheit. Und jetzt geh, Haberland!«

Wie ein Abschied, der jede Tür zuschlägt, kam diese Aufforderung, und ich ging aus dem Raum und auch gleich aus der Wohnung, zu der ich den Schlüssel besaß, entschlossen, keinen Fuß mehr über die Schwelle zu tun.

## – 22 –

Mit dem Trieb oder Verlangen ist es so eine Sache, wie mit dem Hinfallen aus heiterem Himmel, ich glaube, wir stolpern nicht in Ausübung dieser Dinge, eher glaube ich, wonach wir verlangen, *ist* bereits unser Stolpern, sowohl Ursache wie Wirkung. War es ein Druck, der mich im Keller des Hölderlin gepackt hat, oder war es Anziehung? Werden wir auf die Erde gepreßt, weil irgend etwas über uns so schwer ist, oder bin ich selbst nur ein Hauch, während die Erde ein und alles ist? Und wenn ich an unseren Abend unter dem Titel *Das traurige Ich* denke, der nun immer näher rückt – noch acht Tage –, und mir die Thesen des Hirnforschers, den ich zu moderieren habe, vor Augen führe, könnte ich mir auch noch weitere Fragen stellen: *Was* denn da, statt meiner, und *wer* denn da, wenn nicht ich, nach einem Wiedersehen mit Tizia oder überhaupt nach ihr verlangt, zugleich aber auch an meiner Vorgesetzten ein gewisses Interesse hat? Und liegt letzteres etwa daran, daß mich die Weil an die Cordes erinnert, oder muß ich die Ursachen ganz einem Hirn überlassen, das keinerlei Gründe kennt, ich meine, dem Hirn, das ich in mir trage und das bei ihrem Anblick, besonders dem ihres Mundes, zu einer blitzschnellen und folglich unbedachten, allein auf meine Anpassung ausgerichteten Reaktion der Sprechmuskeln Zuflucht nimmt, als sei sie ein Auto, auf das ich im Straßenverkehr ausweichend und doch mit Sympathie reagiere, weil es rot ist und frisch gewaschen, einem hochgradig antrainierten System folgend, nämlich den *Zombie-Agenzien*, wie uns die Hirnforschung sagt, wobei wir wieder beim Stolpern wären, wenn wir uns nur an den Gang der Zombies erinnern …

Mein Verlangen nach Tizia war damals ein Stolpern und ist es heute schon wieder, wenn ich nur an den Trick mit den Blumen denke – um in ihr Hotelzimmer zu kommen – und den Trick mit der Nachricht in Goethes Namen, ohne Unterschrift und nur mit der Hausnummer des Treffpunkts, damit sie ganz unerwartet vor unserem Schachkästchen stünde; es ist sozusagen sein eigener Stolperstein, dieses Verlangen, obwohl unser Hirn, dem es entspringt, als das komplexeste Gebilde im bekannten Universum gilt. Aber mit der Liebe scheint dieses Hirn weder fertig zu werden, noch kann es sie, sich selbst außer acht lassend, vernünftig erklären, was vielleicht daran liegt, daß am Verlangen in der Regel *zwei* Hirne beteiligt sind, also ein Stolpern des einen über das Stolpern des anderen, der rätselhafte Tanz der Zombies … Aber wer weiß: Womöglich kann mir ja die Diskussion an dem Abend, wenn der Hirnforscher und die Fado-Sängerin, der junge Autor und die Gedichte von

Heine und Hölderlin aus Tizias Mund durch mich auf einen Nenner kämen, diesen Stolpertanz entschlüsseln, wie die gegenläufig verschlungene Helix einst Crick und Watson das Geheimnis der Vererbung enthüllt hat, auch wenn es mir seit damals schwerfällt, noch einmal kindlich an etwas zu glauben.

Die Person meines alten Lehrers *war* für mich die Antwort auf alle Fragen, die das Verlangen aufwirft, auch wenn er mir diese Antwort lange vorenthalten hatte, ja gar nicht mehr geben wollte, dachte ich; ich schien durch irgendeine Prüfung gefallen zu sein, das war mein Gefühl am Tag nach dem Rausschmiß und beschäftigte mich so sehr, daß ich gewissermaßen seiner Wege ging – wie ich auch seine Sprache sprach – und nach dem wöchentlichen Essen mit meiner Mutter ins Bahnhofsviertel lief, bis Ecke Taunus-/Elbestraße, eine Gegend, in der ich vorher nur einmal mit Hoederer war, die übliche Neugiertour.

Die Tür von Branzgers Lokal war auf, ebenso die Fenster, und ich trat einfach ein und setzte mich an einen der höheren Tische mit Hockern, womöglich den Tisch, an dem auch er immer saß, unter Umständen schon damals, mit seinem Freund; die normal hohen Tische standen entlang einer Spiegelwand, und für den eiligen Gast gab es die Theke. Das La Bella oder Die Schöne – für mich war es weiblich, dieses Lokal, ein Schiff – schien für jeden etwas bereitzuhalten, damit er die Nacht überstehen konnte. Die Schöne war Pizzeria, Café und Bistro, Kiosk und Imbiß, Spielsalon, Fernsehraum und Asyl, und das alles wie beschrieben, bis hin zu den staubigen Flaschen in schiefen Regalen, als würde sich hier nie etwas ändern, auch nicht die Besitzer, ein Ehepaar, italienisch-deutsch, mit Sohn oder Schwiegersohn; in einer Stadt, in der kein Stein auf dem anderen bleibt, war dieses Lokal fast schon ein Wunder.

Fünf Leute zählte ich in dem großem Raum. Einer aß, einer rauchte, zwei sahen fern, eine trank Tee; dazu die Wirtin, Anna Magnani mit Brille. Sie wischte die Theke ab, während ihr Mann in der Kochecke hinter dem Tresen eine Pizza belegte, unter den Augen eines Alten, der halb auf der Straße stand, im Kioskbereich, mit ein bißchen Anteil an La Bella, in der Hand eine Flasche Bier, nicht aber die Pizza, nur deren Duft in der Nase; die Preise waren nicht übermäßig, entsprachen aber der Gegend. Ich bestellte mir Cola, dreifünfzig das Glas, und zählte nach den Gästen die Vorhangringe ohne Vorhang entlang einer Stange, die das offene Fenster in der Mitte teilt, wie ein handwerklicher Irrtum, der am Ende doch etwas Kurioses oder Schönes ergab. Kurioser war bloß noch ein riesiger hellblauer Losbudenteddybär über dem Eingang – von Branzger gar nicht erwähnt, also neu –, Beweis eines kürzlich gehabten Glücks, ebenfalls schön. Und überhaupt gefiel mir hier alles auf eine schwer zu erklärende Art, so wie Tizia, obwohl sie ein paar Zentimeter zuviel hatte, oder die Kressnitz, die im Gesicht zu dünn war und keinen Busen besaß, dafür Augen wie zwei Teiche und einen Hintern, den weder die mausgrauen Kostüme noch ihre langen Strickjacken aus der Welt schaffen konnten. Und eigentlich dachte ich nur an sie, während die Wirtin immer noch die Theke abwischte, und nicht an Tizia oder sonstwen. Warum hatte die Kressnitz meine Zeichnung an Branzger verliehen? Warum hatte ich genau diese Rolle im Sommernachtstraum? Und warum tauchte sie hier jetzt nicht auf und lehnte sich an meinen Tisch, wie es die Frau mit dem Tee machte … Auf einmal stand sie neben mir, in der einen Hand die Tasse, in der anderen Zigaretten und Feuerzeug, und sah mich an, als seien wir Verwandte, zwei vom selben versprengten Stamm, ein Blick wie der von Tizia, als sie mich Vigo genannt hatte. Ihre Haut war nicht heller als Branzgers Kaffee, und sie fragte mich, in einem aus Wörterbuch und Fernsehen zusammengeflickten Deutsch, ob ich mit ihr in ein Zimmer ginge, ganz in der Nähe, dort mache sie alles, wirklich alles, und dazu noch immer ihr Blick, und ich sagte höflich Danke, in drei Sprachen vorsichtshalber, und verließ das Lokal.

Ich lief die Elbestraße hinunter, über Kaiser und Münchner Richtung Main, wenn es nicht ein Rennen war mit pochendem Herzen, ihren Blicken und meinem Verlangen davon, und doch beidem entgegen, weil es gar nicht mehr aufhören wollte, ja sogar schlimmer wurde, als ich im Bett lag. Und auch an den Tagen danach hatte mich dieses Pochen im Griff, als sei mein Körper alles und ich selber nichts, wie es bei den Menschenaffen der Fall ist, auch jener höheren Art, zu der uns die Hirnforscher rechnen, ungeachtet der Blicke, die uns nicht loslassen, ein Leben lang. Ich dachte an den der Schwarzen, die mit mir in ein Zimmer gewollt hatte, und ich dachte an Tizias Blick in unserem Schachkästchen, Blicke, die mich verfolgen, weil ich sie nicht erwidern kann, ebensogut könnte ich versuchen, das Meer im ganzen zu sehen oder mein Verlangen umfassend zu regeln, doch es gibt keine Liebesbeziehungen, fürchte ich, es gibt nur Beziehungen einerseits und auf der anderen Seite die Wucht: aus dem Herzen hinter der Stirn. Nach dem Besuch in Branzgers Lokal bin ich ihr Abend für Abend ausgewichen, in düstere Kinos und nachts vor die Bücher, die noch zu lesen waren, um das Abitur zu schaffen, das ich ja am Hölderlin, dank meines alten Lehrers, machen durfte, obwohl ich gar nicht wußte, wozu, wozu dieser Abschluß, der ja eigentlich ein Anfang wäre, aber wovon? Darüber dachte ich nach, wenn ich nicht einschlafen konnte, stundenlang wach lag oder herumlief, den Schlüssel zu Branzgers Wohnung in den Taschen einer immer leichteren Kleidung, Hose, Hemd, Sandalen, um wenigstens mit der Hitze fertig zu werden. Und mehr hatte ich auch nicht an, als die Wucht in mir nachließ und ich ihr nicht mehr davonlaufen mußte; aber man könnte auch einfach sagen, daß mich die Morgensternstraße wieder anzog.

## – 23 –

Diesmal blieb die Sprechanlage stumm, auch nach längerem Klingeln, und so nahm ich den Schlüssel, erst für die Haustür, dann für die Wohnung, und rief beim Eintreten meinen Namen, verbunden mit einem Hallo, ohne Antwort. Im Flur brannte kein Licht, nur aus einem der hinteren Räume, dem Bad, fiel ein heller Streif auf den Läufer. Ich ging darauf zu, fast schon ein Anschleichen, nicht nur ans Licht, auch an einen Geruch, irgendwie säuerlich. Die Tür vom Bad war angelehnt, ich öffnete sie nach Polizeiart mit einem Ruck. Der Geruch kam aus der Wanne, von weißlichen Klumpen rund um den Abfluß, einer verdickten Milch; die leere Tüte lag auf dem Boden, locker verbunden mit der Wand durch eine Ameisenstraße. Rückwärts und auf Zehenspitzen verließ ich das Bad und rief wieder Hallo!, lauter jetzt und ohne viel Hoffnung auf Antwort. Ich ging zur Schlafzimmertür oder der Tür zu dem Raum, in dem sich sein Lager befand, und klopfte an das mattweiße Holz, einmal, zweimal, und vor dem dritten Anklopfen blieb meine Hand einfach stehen, als hätte sie jemand gepackt, vielleicht setzte aber auch einfach mein Herz aus. Also versuchte ich nachzudenken und fragte mich, was wohl hinter der Tür wäre, nur stürmten die Gedanken dazu sofort auf mich ein, allesamt aus der schwarzen Welt meiner Mutter; es blieb also gar nichts zu tun für mich, ich bekam es bloß mit der Angst. Und in dem Moment, als die Angst, die nicht meine war, zuschlug, als Milchklumpen, Ameisenstraße und Stille plötzlich eins waren mit den Tablettenschachteln und sonstigen Fläschchen, die unsere Doppelhaushälfte in eine Apotheke verwandelten, kam von jenseits der Tür der leise Anfang von Tell Me.

Mein Herz schlug jetzt doch, und wie es schlug, und eine schwache, kaum zu steuernde Gedankentätigkeit setzte ein: Er will mich kleinkriegen an diesem Abend, noch vor dem ersten Wort. Jeder Punkt, der mich traf, war berechnet, sein Schweigen und die Zeichen im Bad, der saure Geruch, das Lied auf mein Klopfen hin; und meine weichen Knie beim Öffnen der Tür waren der Beweis. Zwei Kerzen brannten links und rechts des Lagers, er schien wirklich nichts auszulassen, und auf dem Boden zwischen den Stapeln lagen überall Zeitungen, wie hereingeweht; die Musik kam aus einem Recorder. Den hielt er in den Armen, zwei geschälten Ästen, weiß wie sein Gesicht. Die Decke in Höhe der Brust, saß er mit freiem Oberkörper in dem provisorischen Bett und sah in meine Richtung, mit einem Blick, der mich weniger zu durchdringen als wiederzuerkennen versuchte. Er hat nur von Milch gelebt, tagelang, das war mein nächster Gedanke, und dann begrüßte er mich schon, überschwenglich flüsternd – gut, daß ich da sei.

»Ja«, sagte ich. »Was soll die Musik?«

»Deine Erinnerung auffrischen, Haberland. Wir waren bei der Stille nach diesem Lied, und da will ich gleich weitermachen, weil mir die Zeit etwas davonläuft. Warum nimmst du nicht Platz?« Er drehte den Ton leiser, mit der anderen Hand zog er das Protokoll unter der Decke hervor. »Du siehst, ich bin präpariert, einschließlich der Kerzen, die ebenfalls deiner Erinnerung dienen. Was hast du gemacht in den letzten Tagen, außer zu schwitzen?«

»Geschlafen.«

»Und abends?«

»Bin ich herumgelaufen. Einmal auch im Bahnhofsviertel. Ich wollte in dieses Lokal, La Bella.«

»Und?«

»Ich war dort.«

»Und?«

»Alles so, wie Sie's erzählt haben.«

»Glaubst du, ich erfinde hier etwas für dich?« Der Doktor schlug das Protokoll auf, eine Seite voller Notizen am Rand, als hätten er und Pirsich ganz verschiedene Dinge an dem Abend gehört. »Aber man sollte mit einem Freund dort hingehen – was ist mit Hoederer?«

»Der hat im Moment keine Zeit. Wahrscheinlich hat er eine Freundin.«

»Und du?«

»Ich habe keine Freundin.«

Das alte Lied klang aus, und Branzger holte die Kassette aus dem Gerät: »Du hast *mich.*« Er warf sie mir zu, die Kassette, ich sollte sie mitnehmen, ein kleines Geschenk, dann stellte er den Recorder neben das Sofabett und griff nach der Lesebrille: »Oder soll ich uns erst Kaffee machen?« Er setzte die Brille auf und beugte sich über die Seite mit den Notizen. »Wenn's dir nichts ausmacht«, sagte er, »lieber später. Auf diese Weise hätten wir noch etwas vor uns. Es gibt allerdings keine Milch mehr, falls du ihn verdünnen möchtest. Die Milch ist irgendwo abgeblieben.«

»In Ihrer Badewanne.«

»Gut möglich, und jetzt setz dich. Zucker müßte noch dasein. Oder legst du Wert auf Milch?«

»Dann hätte ich schon früher danach gefragt.«

»Vielleicht hast du dir's nur verkniffen. Hast du?«

»Nein.« Ich setzte mich auf den Rand des Sofas, vor seine porzellanartigen Füße. »In Ihrem Bad gibt es noch ein Problem, eine Ameisenstraße.«

»Auch gut möglich«, der Doktor strich über die Seite, »können wir anfangen?«

»Ja. Wie kam die Milch in Ihre Wanne?«

»Ich weiß nicht, wie diese Milch in die Wanne kam. Die letzten Tage verschwimmen mir etwas. Ich habe gelesen und Diät gehalten.«

»Sie sind völlig abgemagert.«

»Das erscheint dir nur so, Haberland.«

»Aber ich sehe es doch.«

»Du siehst mich da bloß liegen. Und nun bringen wir die Konferenzgeschichte zu Ende, damit du auch noch an die Reihe kommst. Es herrschte also Schweigen nach dem schönen alten Tell Me, und auf einmal kam die Stubenrauch, wie von einem Schlag getroffen, mit einer fast ebenso alten Sache. Wir konnten oder wollten das alle kaum glauben, was sie uns da erzählt hat, und Pirsich schrieb auch nicht mehr mit, aber eher aus blanker Neugier, wie ich ihn kenne, weniger aus Gründen der Diskretion. Er glotzte die Stubenrauch förmlich an, während sie sprach – und ich hinter vorgehaltener Hand ein Privatprotokoll führte. Unsere allererste Reise, sagte sie plötzlich zu ihrem Mann, die Nacht in Lokomo, an dem schwarzen Fluß, nach der Aufführung mit diesem Zauberer, Samuel … Und Holger, spitz dazwischen: Der hieß nicht so. Darauf sie, jetzt schon rot wie ihr Haar: Er hieß Samuel Kibo, und er hat mich in der Nacht, während du gepennt hast, nach x Flaschen Bier, in der Hütte nebenan praktisch vergewaltigt! Bumm, bumm – ob er sich daran erinnern könne, ja?! Die Stubenrauch biß sich in die Hand, für mich Gelegenheit zum Schreiben, während die anderen erstarrt waren, und dann ging's auch schon weiter. Sein Lieblingswort, rief sie, Bumm bumm. Und dreimal hat er das gemacht mit mir, weil er stärker war oder irgend etwas stärker war in dieser stinkenden Hütte in Lokooomo! – so brüllte sie es, wie einen Schlachtruf –, und ich habe es dir am nächsten Tag nicht erzählt und auch nicht am übernächsten und in den ganzen sechsundzwanzig Jahren nicht, weil ich Angst hatte, eine Scheißangst, und weißt du wovor? Vor deiner So-li-da-ri-tät!, brüllte sie in einem Stakkato, daß uns der Atem stockte, nur ihrem Holger nicht, der sagte nämlich: Mensch, hättst du mir erzählen müssen … Daraufhin Graf, sehr sympathisch: Halt doch mal's Maul. Und Heide Stubenrauch, bebend zu ihrem Mann: Damit du dich auf eine Stufe mit mir stellst? Statt irgendwas zu verstehen, indem du einmal *nichts* verstehst! Alles verstehst du doch, die Schwarzen, die Schwulen, die Arbeitslosen, Frauen, Fixer, Nutten, die ganze Dritte Welt und alle Genossen, aber ich! – schrie sie – bin! eine! *Art*genossin! Über die ein anderer Artgenosse herfiel, nachts in dieser Hütte neben unserer, auf dem Lehmboden, wie die beiden im Keller, und auch mit Musik. Da war ein Radio, mit einer Antenne, die bis London gereicht hat, verstehst du?!«

Der Doktor warf mir einen Blick zu, als sei er die Stubenrauch und ich ihr Mann, er schnappte nach Luft und hielt sich den Kopf, die Finger auf den hohlen Wangen, »Und wie du dir denken kannst«, flüsterte er, »hielt Herr Kongo-Holger natürlich nicht sein Maul, sondern sagte: Aber du mußt doch … Weiter kam er nicht, denn seine Frau schrie, Ich muß gar nichts! Und er wollte den Arm um sie legen und von ihr nur ein schrilles Nein, ein Aufstand ihres ganzen Körpers, aber selbst der ging an ihm vorbei, weinerlich fragte er, warum sie ihm das nicht früher erzählt habe, und ihre

Antwort – in einem Ton der Verzweiflung, ohne jegliche Ironie – machte sie zur Heldin. Sie könne das doch nicht einem erzählen, der sich am Telefon immer noch mit Hier ist der Holger! melde. Und das saß, Haberland; alles schwieg, und vor den Fenstern schneite es. Die Stubenrauch weinte jetzt, und die Cordes wäre am liebsten davongerannt; Blum starrte auf sein Handy, desgleichen die Zenk. Pirsich räumte den Plattenspieler weg, die Kressnitz machte irgendein Gekritzel, als ahme sie dich nach; Graf liebkoste seine Muskeln. Und Königspudel Holger drehte sich seine grauen Löckchen um den Finger. Der erste, der den Mund aufmachte, war dann Pirsich, als er wieder vor seinem Gerät saß: Wir sollten zur Sache zurückkehren. Darauf ich, einigermaßen ruhig: Zu welcher Sache? Nachdem hier eine Kollegin erzählt hat, daß sie vergewaltigt worden sei. Darauf die Cordes: Zu unserer Tagesordnung, Dr. Branzger! Und in dem Moment, auf diese Antwort hin, wuchs die Stubenrauch endgültig über sich hinaus – Vergewaltigung, sagte sie, sei ein Gemordetwerden ohne Tod, bis zum Durchdrungensein mit fremder Scheiße. Und wörtlich, an alle gewandt: Ich glaube, Tizia hat das nicht erlebt, von meiner Seite daher Enthaltung. Und wieder Schweigen, wieder Stille, bis auf ein Knacken in der Heizung; jeder rechnete innerlich, zählte die Stimmen, und plötzlich ihr Mann, schon beim Packen des Rucksacks: Ich enthalte mich auch. Antwort Heide: Das steht dir nicht zu. Oder sei wenigstens für ihn. Ganz überlegt kam das, und unser Holger war auf einmal Zünglein an der Waage. Alle sahen ihn an, nur seine Frau nicht, er aber schloß den Rucksack und fragte laut in den Raum, was das denn nun sonst in dem Keller gewesen sei?! Worauf ich ihm sagte – korrigiere mich ruhig –, Irgend etwas zwischen verunglückter Liebe und verunglücktem Sex. Und der gute Stubenrauch, jetzt mit dem Rücken zu uns, also praktisch zur Wand: Meinetwegen, dann bleibt er halt hier. Und damit warst du aus dem Schneider, das Stichwort Beurlaubung fiel, eine Auszeit bis zu den Prüfungen, der Vorschlag von Blum, mit einer Reaktion der Cordes, die mich nicht überrascht hat. Und *er*, sagte sie zu Blum, bringe das dann dem Opfer bei, ja? Das tut uns wirklich sehr leid, Tizia – sie begann plötzlich Theater zu spielen, unsere Rektorin –, aber wir glauben dir nicht so recht, hast dir doch eher etwas eingebildet, das denkt jedenfalls die Mehrheit, das mußt du wohl akzeptieren. Soll *ich* ihr das etwa sagen?! Sie wurde mehr als laut, die Cordes, und Pirsich entpuppte sich als ihr Sekundant, Und was sagen wir nach außen hin? Was der Mutter, den Schülern, den Kollegen, die hier nicht dabei waren, den Eltern? Und ich wollte schon rufen, Nichts, da kam Genosse Holger noch einmal zu sich. Der alte Sozialpädagoge in ihm sprach plötzlich vom inneren Frieden, der nicht erreicht werde durch Ausgrenzung, sondern nur *im* System – so was in der Preisklasse, ich suche die Stelle …«

Der Doktor blätterte im Protokoll, ich sah auf seine Füße, mit Resten eines Puders, wie Paniermehl, und Nägeln, die deutlich zu lang waren, als hätten sie mit ihm gar nichts zu tun. »Da steht es«, sagte er hustend, »paß auf. Das System Schule – Zitat – gebe Haberland die Chance, sein Verhältnis zum anderen Geschlecht neu zu bestimmen, und baue durch Integration alte Klischees ab – und weiter kam er nicht, denn

Graf sagte auf einmal Kongo finito, was ihm noch im selben Moment meine ganze Bewunderung eintrug, doch es war noch nicht finito. Stubenrauch nahm seinen Rucksack und murmelte wie im Schlaf, Veränderte Praxis, Männerrolle, Frauenrolle, Befreiung vom falschen Ich und klopfte dazu mit den Fingerknöcheln auf die Tischplatte, als Zeichen des Abschieds, und sagte noch, So halt und Tschau, und verschwand. Das war der Anfang vom Ende, denn ihm folgte die Kressnitz, ohne ein Wort, sie stand einfach auf und ging, nicht einmal die Tür machte sie hinter sich zu. Pirsich und die Cordes schüttelten nur den Kopf, und die Zenk bot an, mir ein Taxi zu rufen, ich aber wollte kein Taxi. Irgend etwas schien noch bevorzustehen, das war mein Eindruck, vielleicht ausgelöst durch Graf, der inzwischen im Lehrmittelraum den Fernseher anmachte, bei offener Tür, und schon hielt es auch Pirsich nicht mehr auf seinem Platz, gefolgt von der Stubenrauchschen und mir, während unsere geschlagene Rektorin und ihr Exliebhaber Blum an eins der Fenster traten, wo die Cordes auf Blum einzureden begann. Sie erinnerte ihn – leise, aber nicht leise genug – an das Ende ihrer gemeinsamen Liebe, für mich ein Grund, etwas näher zu treten, ebenso für die Zenk. Sie hätten an diesem kleinen Hafen in dem verschlafenen Torri del Sowieso gesessen, sagte die Cordes sinngemäß, am letzten Ferientag, und er habe ihr, zwischen zwei Schlucken Wein, drei Prophezeiungen gemacht. Ihre Geschichte werde das Jahr nicht überstehen: Das sei eingetroffen. Aber sie werde ihnen noch *in* Jahren zu schaffen machen: Auch das sei eingetroffen. Und er werde dadurch noch mehr auf den Boden der Tatsachen kommen und sie noch mehr entschweben – nein, rief die Cordes, umgekehrt, es habe sich alles gerächt! Und mit diesem Wort, gerächt, stürzte sie förmlich aus dem Raum, ihren Lammfellmantel um die Schultern, während mir Blum einen Blick zuwarf, den ich nicht vergessen werde, den eines Mannes, der mehr als wir alle hätte erreichen können und wußte, daß er nichts mehr erreichen wird, außer der Altersgrenze. Dann sollten *Sie* vielleicht den Jungen beglückwünschen, sagte er zu mir, schlug sich den Pelzkragen hoch und ging, und ich wollte ihm noch etwas hinterherrufen, ob es nicht besser wäre, wenn wir beide, er und ich, mit dir redeten, aber statt dessen knöpfte ich meinen Mantel zu und ging schließlich auch und war dann nicht besonders überrascht, Haberland, als mir unten auf der verschneiten Straße die Kressnitz entgegenkam.«

»Sie hat dort gewartet auf Sie?«

»Genau das wollte ich sagen.«

»Aber das muß Sie doch überrascht haben …«

»Nein, hat es nicht. Nur ist das eine andere Geschichte.«

Mein alter Lehrer rang jetzt nach Luft und deutete an, daß ich noch etwas Geduld haben sollte. »Eine Minute«, flüsterte er und griff nach meinem Arm, als er fortfuhr. »Kristine bot mir an, mich nach Haus zu begleiten, aber ich wollte gar nicht nach Haus, ich wollte zu dieser Bar, in der du gesessen hast, die einzig nützliche Information des Herrn Schülervertreters, und die Kressnitz wollte mich auch dorthin begleiten, und so gingen wir über den schneeglatten Bürgersteig, sie klug genug, mir nicht auch noch ihren Arm anzubieten, aber auch so freundlich, immer an meiner Seite zu bleiben, und auf einmal kam sie mit meinem Hölderlin-

Zitat, Laß uns vergessen, daß es eine Zeit gibt – das habe ihr gefallen. Aber wer kann das schon? Sie wollte mich provozieren und bekam ihre Antwort: Ich konnte es mal, die Zeit vergessen. Darauf sie, mit ihrem Lächeln: Und heute nicht mehr, ja? Und ich: Heute? Heute vergißt die Zeit mich, da bleibt nur das Träumen. Irgend so etwas sagte ich, und sie, leise: Das sei nun einmal der Preis für das romantischere Geschlecht. Dem war von meiner Seite nichts hinzuzufügen, und so gingen wir still weiter, wie eins mit dem Schneefall. Erst vor der Bar mit dem lächerlichen Namen Value schlug ich ihr vor, uns die Arbeit zu teilen: *Ich* würde mit dir reden, *sie* solle zu Tizia gehen. Kristine war damit einverstanden, fragte mich aber noch etwas, Und was willst du ihm sagen?«

»Die Kressnitz duzt Sie?«

»Oh, ja, sie duzt mich, aber das ist die andere Geschichte. Wir sind bei meiner Antwort – die dich nicht erstaunen wird, Haberland, denn damit schließt sich der Kreis. Ich würde dir klarmachen, sagte ich, daß du am Hölderlin bleiben *müßtest*, sei's lebend oder tot, wie es Shakespeare ausgedrückt hatte. Das leuchtete ihr ein, und sie gab mir noch einen Kuß an den Hals und verschwand in die Winternacht, während ich die drei Stufen nach unten nahm. Die Tür stand auf, ich hörte Musik, ein ins Leere laufendes Trompetensolo, und inmitten dieser Leere sah ich dich sitzen, Haberland, in einem weißen Hemd, das ja nicht jedem steht, Manschetten bis über die Ellbogen gestreift, das Haar in der Stirn, ein Glas am Mund. Und jetzt bist du dran.«

»Die Kressnitz hat Sie wirklich geküßt?«

»Ja. An den Hals. Oder auf den Hals. Wie du willst.«

## – 24 –

Einige Minuten, vier oder fünf, war dann kein Wort mehr gefallen, ein Schweigen über den Punkt hinaus, an dem ich noch etwas Belangloses hätte sagen können, etwas über die verrückten Brillen der Kressnitz – von Branzger noch gar nicht erwähnt: daß sie auf Brillen stand, bei nur geringer Kurzsichtigkeit –, und schließlich war es der Doktor selbst, der wieder auf seine junge Kollegin zurückkam. »Sie gehört zu den Frauen«, sagte er, »die einem das Ende des Lebens versüßen wollen, aber in Wahrheit locken sie dich in den Tod. Sie spielen uns eine gewisse Verwandtschaft mit dem Geschlecht der Engel und Feen vor, doch ihre nächsten Verwandten sind Anwälte, bestenfalls Ärztinnen, die ihre eigenen Wundertees mischen. Aber du kennst sie ja selbst.«

»Offenbar nicht«, sagte ich und sah vor mich hin, bis mir die Pause zu lang wurde oder die Kante des Sofas zu hart. Ich stand auf und ging zu dem einzigen Fenster im Raum, mit Blick auf einen Hof, in dem Fahrräder standen; ich öffnete es. Eine frische, feuchte Luft zog herein, die erste frische Luft seit Tagen, es hatte geregnet. »Die Kristine«, sagte Branzger hinter meinem Rücken, »hatte auch oft am Fenster gestanden, nur um zu lüften. Die meisten Frauen lüften übrigens, wenn eine Gesprächspause eintritt, selbst im Lehrerzimmer, und du bist in dem Punkt auch eine Frau,

Haberland, stehst einfach auf und lüftest, als gebe es kein anderes Rezept gegen Pausen. Woran liegt das?«

»Daran, daß Sie selbst nicht lüften.«

»Daran soll es liegen?«

»Ja, daran liegt es.« Ich drehte mich um, und da saß mein alter Lehrer – den alle Romy genannt hatten, außer mir, dem Erfinder dieses Namens – nur in schwarzen Boxershorts auf seiner Bettdecke, die Hände im Nacken gefaltet, und sah mich an, den Schimmer der zwei Kerzen in den Achseln und auf dem Gesicht. Er lächelte, aber mehr aus den Augen als mit dem Mund; der Mund zeigte nur die Möglichkeit an, jederzeit lächeln zu können und überhaupt zu allem möglichen imstande zu sein, die Diät oder Abmagerung war an ihm vorbeigegangen, sozusagen ein übriggebliebener Kußmund, noch voll, aber schon mit Fältchen wie auf trockenen Trauben. »Nein, daran liegt es nicht«, erklärte er. »Ihr Frauen, und ich rechne dich einfach dazu, lüftet, um etwas zwischen euch und mich zu schieben, so wie manche Frauen rauchen zu ihrem Schutz. Stört dich mein Anblick, soll ich mich wieder zudecken?«

»Sie können hier tun, was Sie wollen.«

»Aber du bist mein Gast. Magst du nichts trinken?«

»Es ist nichts da. Außer Kaffee.«

»Richtig. Ich kam nicht zum Einkaufen.«

»Wenn Sie mir aufschreiben, was Sie brauchen …«

»Mir genügt unser Gespräch. Setz dich wieder.«

Der Doktor nahm die Hände aus dem Nacken und rückte, bis die Sofaecke frei war. Ich setzte mich und sah auf die Zeitungen. »Die Kressnitz war also hier …«

»Ja. War sie. Paßt dir das nicht?«

»Es geht mich nichts an.«

»Natürlich geht es dich etwas an. Weil du die Kressnitz verehrst. Du hast bei ihr Theater gespielt, sogar eine Liebesszene – jeder Schüler verehrt seine Theaterleiterin. Es wäre besser gewesen, du hättest Tizia verehrt.«

»Ich hab sie nicht vergewaltigt, wenn Sie das meinen. Sie sagte plötzlich: Mach mit mir, was du willst.«

»Ja, weil ihr der gefallen hat, der Satz. Gegen Unterwerfung im Bett – oder auf einer Luftmatratze – ist auch im Prinzip gar nichts einzuwenden, aber sie muß für beide von Vorteil sein. Welcher Vorteil ergab sich für Tizia?«

»Sie hatte das Gefühl, die Sache zu steuern.«

»Und dann?«

»Lief es eben anders«, sagte ich und kam auf die Kressnitz zurück: Ob sie öfter hier gewesen sei.

»Kristine? Eine Zeitlang war sie täglich hier. Überrascht dich das? Weil man annimmt, ich hätte kein Interesse an Frauen? Das nimmt man doch an …«

»Ja. Das nimmt man an.«

»Also hast du es auch angenommen. Hast du?«

Ich machte eine Handbewegung, die ja hieß, und der Doktor lächelte nun mit dem Mund, dafür aber ohne Beteiligung der Augen; die blauen Augen betrachteten mein Gesicht. Er ließ mich zappeln an seinem Blick, eine Minute, so kam es mir vor, vielleicht auch nur zehn lange Sekunden, lang für mich, nicht für ihn. Dann sagte er, die Augen schließend, er habe Männer und Frauen geliebt, alles, was lebendig gewesen sei, lebendig und diskret. »Inklusive eines kleines Hundes«, fügte er halblaut hinzu, »leider verstorben, und inklusive aller Irrtümer«, und mit dem Wort Irrtümer ging der Blick auf das Chaos am Boden – »Komm nie soweit, mehr Körper als Menschen zu kennen, Haberland.«

»Und wie gut kennen Sie die Kressnitz?«

»Also ist es dir *nicht* egal, das beruhigt mich.«

Branzger deckte seine Beine zu, aber nicht weil ihm kühl war, er schien sich eher für den Anblick zu schämen; gleichzeitig bat er um ein Glas Wasser, und ich ging in die Küche. Seine Absicht war klar, ich sollte allein sein mit dem Gedanken an ihn und die Kressnitz, mich allein daran gewöhnen, aber ich mußte mich gar nicht daran gewöhnen. Ich traute ihm längst alles zu, wie ich früher meinem Vater alles zugetraut hatte, einen Sieg in Wimbledon und das Kanzleramt, die Unsterblichkeit und ein Konto in Zürich, nur nicht ein Wochenende mit mir. In der Küche roch es nach altem Fett; er hatte sich von Fischstäbchen ernährt und die Reste in der Pfanne gelassen, über dem Schimmel spannte sich ein Kokon. Ich nahm ein Weinglas, in dem eine Wespe lag, ich wusch es aus und füllte Wasser ein und ging damit in den langen Flur. »Ich kenne deine Theaterleiterin ziemlich gut«, rief er mir entgegen. »Man sollte sie nicht mit ihren Strickjacken verwechseln!«

»Wer macht das denn?«

»Leute wie Blum.«

Branzger stand am Fenster und sah in die Scheibe, als ich hereinkam, er sah sich die Stoppeln an seinem Kinn an. Ich reichte ihm das Wasser, und er trank es in Schlucken, immer das Glas am Mund, als wollte er klarstellen, daß jede weitere

Frage zur Kressnitz vorerst unbeantwortet bliebe. Aber von dieser besonderen Beziehung habe man gar nichts bemerkt, sagte ich. »Jedenfalls nicht bei dem, was Sie von der Konferenz erzählt haben.«

»Ich habe die Konferenz wiedergeben, wie sie war, Haberland. Ich habe allerdings einen Punkt ausgelassen oder übersprungen, wenn du erlaubst – einen, der dich und die Cordes betrifft, nicht mich und die Kressnitz. Auf den Punkt komme ich noch.« Er löste sich vom Fenster und schritt mit dem Glas in der Hand durch den Raum, ein Balanceakt zwischen den Stapeln, wobei er auf eine Frage zu warten schien, welcher Punkt das sei, nur war das für mich keine Frage, ich wußte es und blieb beim interessanteren Thema. »Wenn das alles stimmt«, sagte ich, »warum sieht man sie dann nie zusammen, nicht in der Schule, nicht auf der Straße...«

»Weil diese Sache nur uns beide angeht.«

»Aber die meisten Paare zeigen sich ...«

»Wir sind Komplizen, kein Paar.«

Der Doktor stieg über einen kleinen Stapel gelber Reclam-Bändchen und über den größeren alter Schallplatten, immer noch das Glas in der Hand. Er wollte zu mir, als sei ich die Kressnitz, und machte zwei Schritte auf einmal, über den Zeitungsberg und die Briefe, und geriet aus dem Gleichgewicht; das eine Bein noch storchenhaft angehoben, griff er in die Luft und suchte dort Halt, erst mit einer Hand, dann mit beiden, und verlor dabei das Glas, es fiel aufs Parkett und zersprang, die Splitter flogen zwischen die Stapel. »Tut mir leid«, sagte er. »Und was mich und die Kressnitz betrifft: Das ist *meine* Geschichte.«

»Aber Sie erzählen mir davon …« Ich begann die Scherben aufzusammeln. »Das ergibt keinen Sinn.«

»Doch. Weil sie im Prinzip nichts Neues ist, kein echtes Geheimnis; vom Lieben kann man immer nur etwas anderes erzählen, und das tue ich jetzt. Die Sache war so, wir haben einander falsch eingeschätzt, das müßte dir bekannt vorkommen. Ich war weniger platonisch, als es meine Ausdrucksart nahelegt, sie war sexueller, als das ihre Haarspangen vermuten lassen; und so war die Überraschung, wie man sich denken kann, nicht gering.« Der Doktor stellte sich wieder auf beide Beine, während ich weiter Scherben auflas. »Sie war sogar gewaltig.« Er nahm die Arme auseinander und setzte den Parcours zwischen den Stapeln fort. »Und da für mich bereits die Frage gilt, wie man das Restliche seines Lebens zubringen kann, ohne am täglichen Abnehmen dieses Restlichen zu verzweifeln, hieß die Antwort, von einem Augenblick zum anderen, Kristine.«

»Und wann war dieser Augenblick?«

»Dreimal darfst du raten.«

»Auf der Klassenreise.«

»Ja – Lissabon war keine gute Idee, weder für dich noch für mich, wir hätten doch nach Israel fahren sollen, da weiß man, was einem blüht … Ich war an einem der Abende allein unterwegs, irgendwo am Rand der Alfama, wo die Gemütlichkeit endet und das wahre Typische anfängt, mit einem Schnellimbiß, ehedem Schankraum, heute mit Plastikstühlen und Spielautomat, und davor stand die Kressnitz, die auch allein unterwegs war. Im Fernsehfilm nennt man so etwas schicksalhaft, für uns war es nur dummer

Zufall, Kristine hatte sich verlaufen. Und trotzdem erfüllte uns diese Begegnung mit geradezu triumphaler Freude, wir beide waren größer als unsere Umgebung, *wir* waren das Lissabon, das wir gesucht hatten. Und in dem Gefühl dieser Größe sahen wir uns zum ersten Mal richtig an, obwohl wir seit Jahren dieselbe Teeküche aufsuchten und denselben Kopierer, dasselbe Schwarze Brett und dieselbe Garderobe ...«

Mein alter Lehrer war stehengeblieben, er schnappte nach Luft, und ich wollte ihn warnen, es könnten noch Splitter zwischen den Stapeln und Zeitungen liegen, er aber setzte schon wieder einen nackten Fuß vor den anderen und sprach dabei weiter, die Arme offen, die Finger gestreckt, wie der Mann auf dem Seil, der auch nur das Nötigste anhat: ein greiser Artist, so gegenwärtig wie seine Worte.

## – 25 –

»Sie nahm ihre kleine, überflüssige Brille ab, und wir sahen uns erst in die Augen, dann auf den Mund, in dieser Reihenfolge, auch wenn es mir wie eins vorkam, ein einziger Blick, der alles entschied, schneller als jeder Gedanke; es trifft dich mit Lichtgeschwindigkeit, das Verlangen, während sein Scheitern mit der Langsamkeit des Schalls vor sich geht, im Takt der letzten Worte. Wir aber hatten noch nicht einmal die ersten gesprochen, wir standen uns nur gegenüber, gebannt wie zwei Hunde, die einander im Park treffen, wäre uns jemand zu nahe gekommen, wir hätten geknurrt. Ihre

Wangen strahlten, mehr als die Augen, fand ich, die schimmerten nur, aber stell dir das nicht zu romantisch vor, sie schimmerten wie Asphalt, dazu etwas vom Blau der Imbißreklame: Denn da waren wir noch immer, am Rand der Alfama, wo alle Gemütlichkeit endet, und es kostete mich Kraft, meine Hände nicht auf diese Wangen zu legen. Also nahm ich sie, nach Denkerart – erneutes Mißverständnis –, auf den Rücken, während mein Blick nach unten ging, auf ihre Füße, in Schuhen wie Libellen, wenn sie die Flügel anlegen, schmal und durchsichtig, und sie sagte – ich bin mir nicht sicher, ob schon vorher ein Wort fiel –, Gehen wir doch zusammen ein Stück. Worte, Haberland, die wie ein Finger waren, mir unters Kinn geführt, jedenfalls hob ich den Kopf und sah ihre Hände, locker über dem Schritt gekreuzt, in der einen die Brille, in der anderen ein gelbes Wörterbuch, Deutsch-Portugiesisch, Portugiesisch-Deutsch; sekundenlang nur ihre Hände, während ich irgend etwas sagte, Ja, warum nicht?, oder, Ganz wie Sie wollen, dabei den Kopf noch immer in halber Höhe. Schönheit ist, wo der Blick ruht, und meiner ruhte auf ihren Händen mit dem Schritt darunter, bis sie neben mich trat und mir eine Hand unter den Arm schob, ganz leicht, fast ohne den Arm zu berühren, und es war nur dieser winzige Abstand, die Differenz zwischen Sorge und Fürsorge – der Sorge, wie ich reagieren könnte, wenn sie mich wirklich berührte –, die mir das Blut in die Beine trieb, in Beine, die schon weh getan hatten vom Laufen und mich nun trugen, Treppe um Treppe im Labyrinth der Alfama. Meine Durchblutung läßt sonst zu wünschen übrig, aber auf diesem nächtlichen Gang verlieh sie mir Flügel, ich schwebte förmlich neben der Kressnitz, die jetzt wieder ihr Brillchen trug – das rote mit den Punkten, du kennst es bestimmt –, ich glitt dahin, obwohl die Gassen immer steiler wurden, mit einer Treppe als Krönung, und jedes Treppensteigen nutzte ich, um sie anzusehen von der Seite. Der Appetit unserer Augen nach Schönheit ist ja im Grunde das Verlangen nach Trost, und der kam von ihren Wangen und Nasenflügeln, vom Weiß des Nakkens und dem leicht offenen Mund beim Gehen, während ihre Augen, man glaubt es kaum, auf jeder Treppe zugingen; sie übte sich im Blindsein und ich mich im Sehen. Die Nacht war sternlos, und die Gassen hatten kein Licht, nur für die Treppen gab es je eine Lampe, trüb wie die in den Schülertoiletten; das bißchen Licht fiel auf ihr schwarzes Haar und ließ es noch schwärzer erscheinen, ein Rivale des Himmels. Auf einer der Treppen blieb ich dann stehen, das Atmen machte mir zu schaffen, und sie schaute mich an, als gelte das Keuchen ihr und nicht meinem Herzen, sie war bereit, es umzudeuten, für sich und für mich, und ich schob ihr eine Hand unter den Kiefer – die Art Reflex, die uns ein Kind berühren läßt –, worauf sie den Kopf so schräg legte, daß die Hand zwischen Wange und Schulter kam. Ich holte noch einmal Luft, und wir gingen weiter und redeten über die Stadt um uns herum, ihre weißen Kuppeln und kleinen Plätze, ihre Gerüche und Laute; ein Reden fast hinter vorgehaltener Hand, wie über einen Menschen, mit dem wir schon beide im Bett waren, wer es wohl heftiger mit ihm getrieben hatte, jede Mulde, jede Falte kannte. Und dieses erste leise Gespräch im Gehen vergrößerte nicht etwa unser

Wissen umeinander, sondern verschleierte höchstens die Tatsache der Unwissenheit, ich könnte auch sagen: der Macht unserer Haut. Denn unsere Haut, Haberland, schmeißt sich an jede andere Haut, die ihr liegt, das ist der schlichte Witz des Liebens: Es lebt von der Vergangenheit, will aber nichts von ihr wissen und kennt daher keinerlei Zukunft; es kennt nur den langen Moment oder Grat der Gefühle, ohne Rücksicht auf die Gefühle selbst. Während wir noch redeten und immer weitergingen, fing ich an, mir ihren Körper vorzustellen, den Körper der Kressnitz, zuerst die Kniekehlen, dann die Hüften, zuletzt ihr Hohlkreuz. Ich träumte im Gehen oder ließ mich gehen, und es war keine Kunst, mir das alles vorzustellen; meine Kenntnisse in dieser Hinsicht sind umfangreich, ich weiß, wie sich die Körper wiederholen. Auch die reizvollsten Reize sagen dir nie etwas anderes, als daß du sie haben mußt. Also sagen sie dir immer nur, was du *nicht* kannst, nämlich von ihnen absehen, ohne sie zu verdammen, während das von Menschenhand Gemachte wie die Zeichnungen, die hier in der Wand Barbaren und Krieg überlebt haben, uns sagt, wozu wir fähig sind. Ich jedenfalls war die Unfähigkeit in Person auf diesem nächtlichen Gang mit der Kressnitz, ich konnte sie nur noch anstarren, deine Theaterleiterin – zu dem Zeitpunkt noch schwankend, wie sie mir sagte, ob der Sommernachtstraum auch das richtige Stück für euch wäre –, anstarren und sehen, wie leicht sie die Treppen nahm, nachdem ich mich etwas hatte zurückfallen lassen, um genau die beiden Stufen, die meine Augen auf Höhe ihres Hinterns in einem zimtfarbenen Seidenrock brachten. Aber trotz allem Interesse an dem, was die Seide fast faltenlos spannte, gab es keinerlei Hinweis, ob ich fähig wäre, aus diesem abendlichen Gang eine Nacht zu machen; ihr Hintern, Haberland, sagte mir nur, wie verlockend er sei, nicht, wie erreichbar ... Oben angekommen, gingen wir dann wieder nebeneinander und kamen bald auf einen balkonartigen Platz neben einer großen grauweißen Kirche. Der Platz war menschenleer um die Zeit, und wir traten an seine Brüstung, die noch warm war vom Tag, und sahen auf die Stadt. Wir sagten nichts, wir schauten nur auf das Durcheinander der Lichtreklamen, wie pulsierendes Blut, rot und blau, auf all die Gerüste hinter den riesigen Buchstaben, ein fragiles eigenes Reich auf den Dächern, uns mehr verwandt als das Leben darunter, und taten schließlich etwas, das noch einen Augenblick zuvor dem Bereich der Träume oder des Kinos angehört hatte. Wir küßten uns. Und dieser schlichte Satz aus Subjekt, Prädikat, Objekt ist eine richtige und zugleich falsche Aussage, er gibt nämlich nur die vollendete Tatsache wieder, nicht aber ihre Entwicklung innerhalb jenes Augenblicks: zwischen einem Mund, der tabu ist, weil er dir nicht gehört, und dem Mund, der sich ergibt wie das Tier, das dem anderen die Kehle zeigt. Wir hatten uns angesehen, Haberland, noch an die Brüstung gelehnt, gleichzeitig ohne Absprache angesehen und dabei, ich weiß nicht warum, den Mindestabstand unterschritten. Der Rest war Gravitation, womit ich nicht Anziehung meine, kein Übereinanderherfallen oder Aufeinanderhereinfallen, sondern Druck; ein Druck, der ihren Mund und meinen zusammenpreßte, wie durch etwas Drittes, das unsichtbar neben uns stand, größer und stärker als wir, die eine Pranke in meinem Nacken, die andere in ihrem, so daß wir kaum Luft bekamen und bloß noch die Zungen hatten, um alles Lebenswichtige auszutauschen. Wir überlebten diesen Kuß nur, indem wir aufs Ganze gingen, ein Notfall im Grunde, den wir beide jedoch als Sensation empfanden, als Beginn einer Ära, der unseres Glücks, ich sage nicht Liebe. Und im übrigen schmeckte ihre Zunge nach Rauch, der Geschmack meiner frühen Jahre, der mich mit Stolz erfüllt hatte: Du hast es mit einem Menschen zu tun, der es gewohnt ist, seinen Mund selbst zu versorgen, dir aber von einem Moment zum anderen das Feld überläßt ... Und auch nach dem überstandenen Notfall kein Wort; durch noch steilere Gassen kamen wir von dem Aussichtspunkt rasch in die Unterstadt und einem Instinkt folgend, dem der Flüchtigen, die ein Versteck in guter Lage suchen, peilte ich den Bahnhof an, schon von weitem zu sehen mit seinem Runddach, wie ein großer, schlafender Hund an der Flanke zum Bairro Alto. Am Kopf des Bahnhofs ging ich dann wieder ein Stück weit bergauf, über eine gewundene Treppe bis zu einer Pension, horstartig oberhalb der Gleise, ich habe ihren Namen vergessen, wenn sie überhaupt einen Namen hatte. Die Eingangstür mit dem Hinweis Pensão ließ sich jedenfalls öffnen, und eine Stiege führte ins Obergeschoß, wo hinter einem Tresen ein Mann schlief, den weckten wir. Er stellte uns keinerlei Fragen, er wollte nur Geld, den Betrag eines durchschnittlichen Einkaufs, wenn ich mir Kaffee und Toast besorge, Käse und Aufstrich und frische Rasierklingen, mehr sollte unser Glück nicht kosten. Ich gab ihm das Geld und bekam einen Schlüssel, dazu Handtuch und Seife, ein kleines, in Wachspapier eingewickeltes Stück, das schon Minuten später, unter einem Strahl nicht breiter als ein Strohhalm, seine Bestimmung fand, indem es zu Schaum wurde, lichten Kugeln und Bläschen wie die am Mund der Verrückten, und doch ein kleines Wunder, welches das größere vorzubereiten half, ich rede von dem des *liebens*, einer Tätigkeit, die man klein schreiben sollte, und sage schon wieder nicht Liebe, wenn du verstehst, was ich meine ... Denn zwischen Liebe, groß geschrieben, und dieser Tätigkeit, lieben, nämlich die Liebe *zu bringen*, wie du es wohl ausdrücken würdest, liegt eine ganze Welt, die ganze Welt des anderen. Und ich rede hier nicht von einem anderen Willen oder Herzen, ich rede von dem Geruch, der nicht deiner ist, aus einem fremden Mund und einer fremden Achsel, den Blicken, die dich treffen, und dem Finger, der dich prüft – von etwas, das kein Zuckerschlecken ist, auch wenn es gelegentlich süß schmeckt. Ich rede vom ganz gewöhnlichen und doch, wenn er gelingt, mit nichts zu vergleichendem Sex: der dir nie sagen wird, warum es dich gibt und du der Glückliche bist, der ihn erlebt, der dir aber, mehr als alles andere, sagen kann, *daß* es dich gibt, Haberland ...

Ein Wunder, um darauf zurückzukommen, das wir am nächsten Morgen unterbrochen haben, um mit den übrigen, also auch dir, in der Pension Atalaia das Frühstück einzunehmen – als dir Kristine offenbar so bedauernswert vorkam, daß du meintest, ihr mit einer Zeichnung auf die Beine helfen zu müssen –, für uns beide noch eine Steigerung unseres Triumphs, dieses Frühstück, eine Steigerung, die darin bestanden hat, uns nichts, aber auch gar nichts anmerken zu lassen. Wir waren verrückt nacheinander, die Kressnitz und ich, mit einem unsichtbaren Schaum vorm Mund. In der Form unseres Lebens waren wir, und keiner hat es gesehen, wie bei unserem Sportmenschen Graf, nur daß wir nicht einsam vorm Spiegel standen, wir standen beglückt voreinander. Den ganzen Tag über mußten wir uns zusammennehmen, Kristine und ich, zuerst im Gulbenkian-Museum, du erinnerst dich an den Tag, mit Nebel am Morgen, dann auf dem Ausflug zu dem Kap, wo schon die Sonne schien, auf eine Inschrift, die wie gemacht war für uns – Das ist die Stelle, wo das Land aufhört und das Meer beginnt –, klarer kann man es nicht sagen, an dieser Grenze verlief unser Glück. Erst tief in der Nacht umarmten wir uns wieder oberhalb der Gleisanlagen, in einer Pension, die ihre Laken nur zu wechseln pflegte, wenn es unvermeidlich war, und nach dieser Umarmung, die sich bis in den Morgen zog, wiederum mit Nebel, *war* es unvermeidlich; wir hatten das Land hinter uns gelassen oder spürten es nicht mehr. Es waren Stunden, die uns das Gefühl gaben, immer so weitermachen zu können, irgendeine Welle, dachten wir, würde uns schon zurücktragen, aber es gab nur den Sog, von dem man nichts merkt, schon gar nicht hier in Frankfurt, wo die Gemütlichkeit nirgends enden kann, weil sie nirgendwo anfängt. Und je mehr Zeit mit uns und dem Geheimglück auf diesem Sofa verging, je länger der Triumph anhielt, desto mehr zweifelte ich an ihm, besonders wenn Kristine mit der Zukunft kam: Was wir dann und dort alles tun könnten. Sie hatte Reisen im Kopf, die mich im Vorfeld schon umgebracht hätten, sie zeigte mir Bilder von Stränden und

Unterwasserlandschaften; in der Sonne sollte ich mit ihr liegen und gemeinsam tauchen, ich aber hatte all das schon ausgelotet, bis an den steinigen Grund, und nun sollte es noch einmal von vorn losgehen, während mein Körper, trotz aller Nudelgerichte, die sie mir vorsetzte, jeden Tag etwas weniger wurde ...«

Mein alter Lehrer schwankte plötzlich, er stand jetzt vor dem Sofabett, während ich am Türrahmen lehnte, noch ganz damit beschäftigt, mir ihn und die Kressnitz vorzustellen. Irgend etwas sträubte sich in mir, vielleicht mein Sinn für Gerechtigkeit oder Balance: Er und sie, das war einfach schief, viel schiefer als das zwischen Tizia und mir, dachte ich, als er seine Wanderung wieder aufnahm, schwankend und hustend, eine Hand vor dem Mund, mit der anderen schlug er sich gegen die Stirn. »Aber wenn das da oben nicht mitaltert«, sagte er im Rhythmus der Schläge, »wenn das nicht ebenfalls weniger wird, dein Verlangen, bist du am Ende verloren. Das wußte ich und ließ die Sache nach und nach scheitern. Ich sprach nur noch von Krankheit und Tod, und Kristine versuchte mich zu verstehen, sie wollte den ganzen Leidensweg wie alle Engelsfrauen, ich aber wollte nicht ihre ganze Macht über mich. Es war keine Eifersucht, Haberland, kein ewiges Denken an Jungs wie dich – mein Gegenspieler war nicht irgendein jüngerer Mann, sondern die Kressnitz selbst, der Vorrat an Leben in ihr. Nicht einmal in heuchlerischer Absicht brachte sie es fertig, diesen größeren Vorrat zu leugnen, sie brachte es nur fertig, ihn mir anzudienen, und viel zu selten sagte ich nein. Denn Neinsagen hieß, mich hinterher abzulenken, mir im Fernsehen den Triumph der Kopulation anzusehen, präsentiert von Sat.1, oder wie diese Leute heißen … Wir schliefen also noch miteinander, eins dieser Dinge, die das Menschsein uns eingebrockt hat, und immer öfter kam dabei zutage, wieviel ich schon hinter mir hatte, während sie nicht mehr verbergen konnte, wo sie in Wirklichkeit stand: auf halbem Wege zwischen dem Wunsch, Leben zu schenken, und dem Wunsch, es zu verschwenden. Wir haben versucht, ein Kind zu machen, und haben es gleichzeitig abgetrieben. In dieser Phase begannen wir, über Nietzsche zu reden, wie es alle gebildeten Opfer irgendwann tun, und kamen darüber auf Rilke, der lieber unglücklich war als geheilt und im Schönen nichts als des Schrecklichen Anfang sah, ein überaus hellsichtiger Mann, in Deutschbüchern völlig verloren. Und so sprachen wir zuletzt sogar über Schulpolitik und den hessischen Ministerpräsidenten; mit der Liebe kann es unendlich abwärtsgehen, noch eine Erfahrung, die ich ihr voraushatte. Aber Kristine war entschlossen, sich darauf einzustellen, es gebe ja auch Musik, die mit wenigen Tönen auskomme, sagte sie, und so sprachen wir über Schulpolitik und umarmten uns trotzdem, und sie flüsterte, Fick mich, das war einer der wenigen Töne, bis ich ihr einen Finger in den Mund schob, damit sie mich beißen konnte gegen ihre Verzweiflung, das war ein weiterer Ton; so kam eines zum anderen, und am Ende kamen selbst wir, man soll die Übung in diesen Dingen nicht geringschätzen. Wir kamen und lachten über die Aussichtslosigkeit solcher Aktionen als unsere eigenen zärtlichen Henker; auch das Unmenschlichste wird durch Gewöhnung irgendwann menschlich, davon profitierten wir. Nur wuchsen dabei von Mal zu Mal, je mehr wir das alles verschleppten, unsere Erinnerungen, die ja allein die guten Momente betrafen: ein Nährboden der Traurigkeit, die du noch vor dir hast. Die Schulzeit, Haberland, stärkt heute eher das Gedächtnis, zur Erinnerung trägt sie wenig bei; jedes Tier besteht aus mehr Erinnerung als ein Gymnasiast. Und wir waren Tiere in diesen Wochen, ausgesetzt in einem Bett, bei Wasser und Nudeln. Vielleicht hätte uns die Kochkunst geholfen, die so viele Paare vorm Verhungern bewahrt; kaum sitzen sie vor ihrem Essen, reden sie schon über neue Rezepte, ihre Liebe besteht aus lauter Zutaten. Unsere bestand nur aus Liebe, das war das Problem. Irgendwann spürte sie meine Hüftknochen, weil ich die Nudeln kaum noch herunterbekam und auch von Tomaten mit Mozzarella genug hatte. Du tust mir weh, sagte sie eines Nachts und begriff die Erkenntnis in diesem Satz, das war der Anfang vom Ende, das ich dir später erzähle. Jedenfalls kam dann der Tag, bei dem jeder von uns wieder bei seiner Geschichte war, und keiner am Hölderlin merkte etwas, unser finaler Triumph. Nur wenn wir uns am Kopierer begegneten, allein, ging noch ein Blick von ihr zu mir, wie ganz am Anfang, im ungemütlichen Teil der Alfama. Ihre Wunde, fürchte ich, ist noch nicht verheilt, und was sie offenhält, ist nicht das Verlangen nach einem älteren Mann, warum auch. Nein, die Kressnitz hat etwas an mir gefressen, etwas mehr als den Narren, und übriggeblieben sind meine fünfzig Kilo, jemand, der seine Kinderarme zurückhat.«

Mein alter Lehrer schnappte wieder nach Luft und machte dabei einen Schritt auf mich zu, er schlug sich an die Brust, daß es klatschte. »Aber nur wer nichts wiegt, Haberland, hat am Ende die Chance zu schweben«, rief er und hüpfte mit einem Mal vor mir, ja fing an zu tanzen um die eigene Achse, mit einem Auf und Ab von Knien und Füßen, als glühe der Boden, die Fäuste wirbelnd vorm Gesicht, bis er den Mund aufriß und einen der gepuderten Füße hochzog, im Ballen einen langen Splitter, eben noch durchsichtig, ein Fenster vor seinem Fleisch, dann schon tiefrot.

## – 26 –

Das Cabo da Roca ist der westlichste Punkt unseres Kontinents, ein dem Meer zugeneigtes karges Plateau, hoch über der Brandung, die mit langem Anlauf gegen den Fels rollt, ein immer dem Wind ausgesetztes Stück Land, unberührt trotz eines Leuchtturms, der einfach dort hingehört, als ewig ausgestreckter Fühler dieses trostlosen Endstücks (das unser trinkender Herr Klaffki als Ausflugsziel bestimmt hatte, eine seiner letzten Entscheidungen, vielleicht sogar die letzte vor der Entscheidung, sich dem Frankfurter Goetheturm und der Erdanziehung zu überlassen). Und im Grunde spielt dieses kantige Stück Land ja auch nur eine Rolle, wenn Tagesbesucher wie wir auf ihm herumirren und seine äußerste Spitze suchen, eben das Kap, und schließlich an einen Stein mit Inschrift kommen, einer Zeile in mehreren Sprachen, Das ist der Punkt – oder *die Stelle*, wie es Branzger zitiert hatte –, wo das Land aufhört und das Meer beginnt, und wir dort folglich stehenbleiben – die Weil und ich, in dem Fall –, windgebeutelt, um das Foto zu machen, das jeder hier macht, und das ich auch damals mit Tizia an genau der Stelle gemacht hatte, steil über dem Atlantik, der sich noch immer am Fels bricht, während der Dichter schon lange tot ist, aber seine Worte weiter und weiter zutreffen, wie die Signatur von höherer Warte.

Wir haben uns den Sonntag ausgesucht für die Fahrt zum Cabo da Roca, das heißt, Kathrin Weil hat ihn ausgesucht, indem sie mich gestern früh anrief und das Gespräch ganz dienstlich mit ihrem Namen begann: Weil, ob ich nicht Lust hätte, mit ihr ans Meer zu fahren, wir müßten doch noch das eine und andere bereden ... Und natürlich hatte ich Lust, und sie holte mich ab, in einem Seat von der Bonbonfarbe ihres Pullovers, sie steht einfach auf diese Töne, und als wir unterwegs auf unseren Abend kamen – am Freitag ist es soweit –, erlaubte ich mir eine Bemerkung dazu. Ob es bei dem Thema, Das traurige Ich, nicht besser wäre, wenn sie etwas Dunkleres tragen würde, sagte ich, und sie warf mir nur einen Blick zu aus ihren honigfarbenen, immer etwas geröteten Augen, die mich an die Teichaugen der Kressnitz erinnern. Daraufhin sagte ich nichts mehr, ich sah auf die Straße und manchmal auf ihren lächelnden Mund, als hätte sie Pläne mit mir, und so war es auch. Nachdem wir geparkt hatten und auf das Kap zugingen – erst da begriff ich, daß es der Ausflug von damals war, sozusagen die Standard-Tour, wenn man Lissabon hinter sich lassen will –, bot sie mir eine blaßblaue Jacke gegen den Wind an. »Kommen Sie, Viktor, Sie dürfen sich jetzt nicht erkälten!«

Wir waren also zwei Bonbons, die auf dem Plateau herumirrten, alsbald schon untergehakt, erst ich bei ihr, dann sie bei mir, und die Versuchung, ihr von meinem ersten Ausflug an diesen windigen Endpunkt zu erzählen oder gleich von Tizia zu reden, die schon am Donnerstag hier wäre, also einen Tag früher als geplant, war ziemlich groß. Sie war so groß, diese Versuchung, alles aufzutischen, was mich seit Monaten beschäftigt, bis hin zu der Tatsache einer unter Mißbrauch des Instituts engagierten Schauspielerin, daß ich mir nur noch mit einem zusammenfassenden Vortrag über die neuere Hirnforschungsdebatte zu helfen wußte. Kathrin Weil hörte sich das alles geduldig an, während ich immer lauter wurde, je näher wir der Brandung kamen, und sie sich immer mehr an mir hielt, je weiter das Plateau nach vorn abfiel, vor der Kante und dem Abgrund. Und obwohl es etwas Lächerliches hatte, Worte wie Bereitschaftspotential und Willensruck oder Sätze wie: Große Teile unseres Hirn sind nur gefangene Zuschauer des Körpers, gegen den pfeifenden Wind und das Donnern der Brandung zu brüllen, nickte sie immer wieder und fragte sogar hier und dort nach, bis alles heraus war, was ich mir angelesen hatte. Danach standen wir nur noch frierend herum, obwohl die Sonne schien, wie sie auch damals, Anfang Oktober, geschienen hatte, ohne die Kälte vom Meer zu vertreiben und ohne daß Tizias Hand, wärmend, gekommen wäre, wie die Hand unserer Leiterin, die plötzlich auf meiner Wange lag, verbunden mit einer halben Frage: Aber ich würde doch jetzt wohl nicht annehmen, daß sie von mir etwas wollte, nur weil wir diesen Sonntagsausflug gemacht hätten und hier so eng stünden – da war die Hand schon wieder weg – und sie meine Intelligenz bewundere und ich ihre Jacke anhätte, worauf ich bloß den Kopf schüttelte und nun ihre Stirn kam, eine hohe, prachtvolle Stirn, wie sie die graue Masse dahinter gar nicht verdiente, und sie dieses Stück Schädelwand an meiner rieb, während das limbische System in der gefangenen grauen Masse längst Druck auf die Sprechmuskeln ausübte, ihr schöner Mund aufging und sie mit einem Ruck etwas sagte, das sich auf die Verneinung ihrer Frage bezog, aber schon im Verlauf meines Vortrags sein Potential aufgebaut haben mußte. »Das beruhigt mich, Viktor, denn ich kann mir das gar nicht vorstellen: Mit all diesen Worten, aus denen Sie ja nur zu bestehen scheinen, ins Bett zu gehen, oder?« Und darauf ein Nicken meinerseits, eine Bestätigung ihres Bildes von mir, bei leichtem Zähneklappern wegen der Kälte, und die anschließende Heimfahrt in einem warmen Auto, bei Mozarts Klarinettenkonzert. Das war gestern, wie gesagt, aber es hätte auch vor zwölf Jahren sein können; und ich glaube, es war vor allem dieser Satz – nicht das Wetter, nicht die Brandung, nicht das Foto am Gedenkstein –, der mir das Gefühl gab, dieser zweite Ausflug ans Cabo da Roca sei im Prinzip wie der erste verlaufen.

Auch Tizia und ich waren auf dem Plateau erst herumgeirrt, immer der Sonne nach, die zwischen kleinen, rasch ziehenden Wolken hindurchschien, immer im feuchtsalzig kalten Wind, sie mit meiner Jacke um den Leib, aus Angst um ihre Blase, ich zum Ausgleich in ihrem Pullover, und vor dem Stein mit der Inschrift hatte sie sich an mich gelehnt, damit ich sie wärme, Mann, ist das kalt hier, was, und von meiner Seite kein Wort, nur ein beredtes Reiben ihrer Arme. Auf der Rückfahrt haben wir dann nebeneinander gesessen, sie allerdings mit Musik im Ohr, eine Statue, während ich aus dem Fenster sah, meine Stirn an der zitternden Scheibe, wie Klaffki, der vor mir saß, eine Hand auf der Schulter, auf die sonst keiner klopfte. Erst am Abend, in dem Ausschank mit den schwarzweißen Kacheln am krummen Ende der Rua da Atalaia, unserem Schachkästchen (wo ich im Moment diesen Satz schreibe), haben Tizia Jentsch und ich noch einmal über den Ausflug gesprochen, wie das wohl wäre, von der Spitze des Kaps zu fallen, in die Brandung, ob man das überlebte, oder wie das überhaupt wäre, zu sterben oder alt zu sein, so alt wie der Doktor – der länger als alle anderen vor der Inschrift gestanden hatte, zusammen mit der Kressnitz, aber das fiel mir erst später auf: Wie sehr die beiden ein Paar waren an diesem Tag, ohne sich näher zu kommen als etwa die Zenk und Klaffki, während die Jentsch und ich keine Gelegenheit ausgelassen hatten, den anderen für einen Moment zu berühren, mal im Rücken beim Überqueren einer Straße, mal am Arm oder Ellbogen beim Bummeln, Hinweis auf ein T-Shirt im Schaufenster, einen Krüppel am Bordstein. So wie Hoederer mein Gefährte der Nacht war, vor dem Einschlafen und während des Schlafs, war Tizia oder die Jentsch oder was mir sonst für sie einfällt, die Gefährtin am Tag und am Abend. Ich habe Lissabon nur mit ihr erlebt, und sie nur mit mir, so kann man es sagen, aber es blieb bei diesem Programm; wir fuhren zusammen mit der Achtundzwanzig, der berühmten Linie quer durch die Viertel, erst zischend und rumpelnd abwärts, dann mit Gebimmel geradeaus, zuletzt keuchend bergan in die Alfama.

Und so kamen wir auch an den balkonartigen Platz neben der grauweißen Kirche, zu einer Zeit, als auf den Dächern unter uns schon alle Leuchtschriften brannten, und waren doch vom ersten Kuß weiter entfernt als vom Mond, der über der Stadt stand. Ja selbst oberhalb des Bahnhofs, in der Gegend jener Pension, die ihre Laken nur ausnahmsweise zu wechseln pflegt, waren wir wie Geschwister; allein unsere pendelnden Hände hatten sich manchmal in den Kurven der Treppengasse zum Bairro Alto berührt, vielleicht auch für Momente verhakt. Und einmal waren wir sogar stehengeblieben, vor einem Pornoladen in dieser Gasse, die sich mit Blick auf die Bahngleise hochwindet, und hatten uns angesehen, sie mit dem Rot der Reklame auf ihrem Haar, ich mit dem Laden im Rücken, und meine Hand war ein Stück nach oben geschnellt, bis in Höhe ihrer Schulter, die nackt war, jetzt da kein Wind mehr ging, nackt und wie geschaffen, meine Hand aufzunehmen, auch wenn ich die Schulter damit nur bedeckt hätte, weil es dennoch verwegen war, an einem Oktoberabend im Unterhemd durch Lissabon zu laufen, nur ließ ich meine Hand dann stehen, dicht über der Schulter. Sie war mein äußerster Vorposten, die Hand, das Stück, wo ich aufhörte, bevor Tizia begann, ohne Brandung, oder einer Brandung, die ich nicht sah, und wenn ich heute richtig darüber nachdenke, über die ganze Weite dieses Moments, müßte ich vielleicht anfangen zu weinen, um nie wieder aufzuhören, aber zum Glück denken wir ja nur, daß wir denken, und denken also nie richtig nach, außerhalb der eigenen Stirnwand, absolut nüchtern, womöglich aber auch zu unserem Unglück, weil ja das Weinen auch guttun soll …

Wir hatten uns eher selbst im Auge, sie unter Umständen noch das Ladeninnere hinter mir, die Magazine in den Ständern, und ich das Rot auf ihrem Haar, von den Worten *Blue Movie*, ein schönes Paradox, gleich von mir angesprochen, um sie irgendwie wach zu kriegen. Und ihr Blick war dann auch zu der Schrift über der Tür gegangen, zu Leuchtröhren in Buchstabenform, hastig lackiert, mit Tropfenbahnen wie von Blut, doch das denke ich jetzt erst: wie von dem Blut auf der Glasscherbe, die ohne all das – ohne Klassenreise nach Lissabon und ohne Tizia und mich und die Kressnitz und Shakespeares Sommernachtstraum – nie in Branzgers Fuß gelangt wäre, dahin, wo das Fleisch längst begann.

## – 27 –

Es klaffte auf, sein Fleisch, und das Blut floß nur so, es gab daran nichts zu rütteln, es war wie es war, ich konnte kaum hinsehen, aber ich sah hin; die meisten sind ja längst zu faul für ein echtes Entsetzen oder den Abscheu vor etwas, sie grausen sich nur, wie im Kino, oder sehen schon den künftigen Witz bei der Sache und empfinden nicht einmal ihre Gleichgültigkeit. Ich erinnere mich an einen Mix aus Entsetzen und Bewunderung, als der Doktor mit wirbelnden Fäusten vor mir getanzt hat, bis er in die Scherbe trat, mehr zu meinem Schrecken als seinem, und sich nach einem Blick zu mir – als gehe ihn auch dieser Fuß nichts mehr an, wie der Sommer und überhaupt sein Leben – das daumengroße, in Sekunden von Blut verdunkelte Glasstück mit einem Ruck aus dem Ballen zog, um es zu schwenken und den Tanz fortzusetzen, was mir zuviel war. Ich lief in den Flur und von dort ins Eßzimmer, wo noch immer das alte Kaffeegeschirr stand, und hörte, wie er hinter mir herkam, keuchend vom Tanzen: »Was ist los mit dir, Haberland? Wenn dir das alles zu plötzlich kommt, könnten wir ja etwas fernsehen, das würde dich ablenken.«

»Besser, wir rufen den Notarzt«, rief ich und ging zu dem Paravent aus lackiertem Holz, rückte ihn weg und stellte den Fernseher an. »Welcher Sender?«

»Um diese Zeit, vor zwölf? Das ist die Stunde der Prominentenschlecker, also Vorsicht. Aber vielleicht finden wir einen Film, irgendwas mit Jackie Chan.«

»Sie kennen Jackie Chan?«

»Natürlich kenne ich Jackie Chan, von ihm habe ich das Tanzen gelernt. Seine Filme kommen immer nachts.«

»Nein, sie kommen abends.«

»Ich meine, die frühen Filme, wo er noch ohne Partner war; sobald in einem Film das Wort *Partner* fällt, muß man abdrehen.« Der Doktor stand jetzt hinter mir, während ich CNN sah, Bilder von Hubschraubertrümmern mit verkohlten Soldaten, bewacht von unverkohlten, bis ich mich zu Pro7 verdrückte, wo ein Film mit Dennis Hopper lief, und Branzger neben mich trat. Ob mich das durcheinanderbringe, mit seinem Fuß, fragte er, und ich wiederholte den Arztvorschlag. »Das sollte sich wer anschauen.«

»Mir reicht's, wenn du es anschaust.«

Wie eine Bitte hatte das geklungen, und mein Blick war kurz zu Boden gegangen, auf einen roten und einen weißen Fuß, und dann zurück zu dem Film, den ich kannte – Dennis Hopper als großer Verlierer, die beste Rolle, die einer spielen kann, nur kam ich nicht auf den Titel des Films, bis heute ein Streich meines Hirns, das ihn sogar mit einem Film durcheinanderbringt, der damals noch gar nicht gedreht war, True Romance, darin die schönste aller Looser-Szenen: Dennis Hopper und Christopher Walken in einem Wohnwagen, Walken als feiner Mafioso, der aus Hopper dem Ex-Polizisten etwas herausprügeln will, den Verbleib von dessen Sohn, der sich eine Koksladung unter den Nagel gerissen hat und mit seiner Angebeteten Richtung Hollywood fährt, und der Vater erzählt dem Mafioso die Geschichte von den Sizilianern, die von den Niggern abstammten, bis der Gangster ihn erschießt, statt zu foltern, zwei Fliegen mit einer Klappe, ein letzter Triumph und der rasche Tod, meine Lieblingsszene überhaupt, hierzulande undenkbar: Vater opfert sich für närrischen Sohn mit Niggergeschichte. Auf jeden Fall hatte ich gewußt, wie es weiterging in dem Film, dessen Titel mein Hirn für sich behielt, und sah dennoch hin, wie sich ein Kind auch immer wieder Rotkäppchen anhört, bis mir der Doktor die Fernbedienung aus der Hand nahm und tatsächlich, als könnte das irgendwie helfen, zum ZDF sprang, wo sich ebenfalls zwei gegenübersaßen, wie in der Szene, die noch gar nicht gedreht war, und der eine vom anderen etwas hören wollte, was der schon bereitwillig sagte, ehe die Frage noch richtig gestellt war, während Branzger jetzt gar nichts mehr sagte und den Fernsehabend abbrach und in den Raum mit den Zeichnungen ging, quer über den Teppich, Arme weit auf, als balanciere er auf dem Muster aus Zweigen, das eine neue Farbe bekam; er verstand es einfach, mich in seiner Nähe zu halten, und er verstand es nun auch zu schweigen. Erst als ich zu ihm trat und auf die Zeichnungen sah statt auf den Fuß und das Blut auf dem Teppich, sprach er wieder mit mir. »Sieh sie dir gut an«, sagte er. »Sie haben den Zeiten und auch der Zeit mit dem einzigen getrotzt, das weder Zeiten noch Zeit aufbieten können, mit Schönheit.«

»Aber wohl nicht mein Gekritzel.«

»Falsch, Haberland. Seit es hier hängt, bin ich das letzte, was ich sehen will, wenn du verstehst, was ich meine. Nur die Rasur bringt mich noch gelegentlich vor den Spiegel.«

»Weil Sie sich naß rasieren.«

»Du etwa nicht?«

Ich sagte nein und trat dabei etwas zur Seite, bis an eines der Fenster, die immer geschlossen waren, auch bei der Hitze; durch den Vorhangsspalt sah ich auf die Straße hinunter und hoffte jetzt auf irgendeinen Menschen, der seinen Hund ausführte oder sonst etwas Normales machte, um dann nach Hause zu gehen und auf normale Leute zu treffen. Und ich hatte Glück, da lief ein Mädchen, elf oder zwölf, mit einem dackelgroßen, zottelig graufelligen Tier, das an ihr emporsprang, bis sie es auf den Arm nahm und im Haus gegenüber verschwand. »Sie überschätzen mich«, sagte ich.

»Wieder falsch. Ich schätze dich nur.«

»Und wollen nichts von mir?« Ich drehte mich um, und

da saß er wie ein ergrauter Atomkraftgegner auf dem Boden, Beine angezogen, Arme um die Knie gelegt, bereit, sich davontragen zu lassen. »Doch«, erwiderte er, »deine Gegenwart. Die ich nicht mit der von der Kressnitz oder einer meiner anderen Geschichten verwechsle.«

»Was für Geschichten waren das?«

»Solche verschiedener Leidenschaftsgrade.«

»Und die Kressnitz?«

»Gehörte dem höchsten Grad an. Hilf mir auf.«

Ich half ihm auf, und er gab mir zu verstehen, daß sein Platz auf dem Teppich jetzt frei sei, eine verrückte Idee: Ich sollte mich setzen, und er ging blutend umher, aber es lag auch Logik darin, die Logik von Parkett und Bühne, und so setzte ich mich auf das Muster der winzigen Vögel in ihren Zweigen, manche schon rot, und sah zu ihm auf. »Sie sollten ihn wenigstens verbinden, den Fuß, ich kann das tun.«

»Das einzige, was du tun kannst, ist zuhören.«

»Aber es wäre besser, Sie würden auch sitzen.«

»Nur besser für dich. Und was ich jetzt erzählen will, erzählt man am allerbesten im Gehen, Haberland.«

Und damit setzte er sich schon in Bewegung und schritt das Karree des Teppichs ab, immer darauf bedacht, wie mir schien, auch mit dem verletzten Fuß sorgfältig aufzutreten.

# – 28 –

»Diese erste gemeinsame Nacht in der Pension oberhalb des Bahnhofs war gar nicht meine Idee, auch wenn ich natürlich den Wunsch hatte, so etwas zu tun, es war Kristines Idee. Mitten auf dem Rossio-Platz, also noch vor dem Bahnhof, sagte sie plötzlich, Warum gehen wir nicht irgendwohin, wo es keine Schüler gibt, in eine andere Pension? Sie hatte sich schon vorher bei mir eingehängt, und ich verstärkte daraufhin den Druck meines Arms auf ihre Hand, eins dieser kleinen Dinge, die eine Idee bereits in die Tat umsetzen und auf zärtlichem Weg, auch hinter dem eigenen Rücken, den Gewaltakt vorzubereiten helfen. Damit soll gesagt sein, daß nicht sie es war, die Kressnitz, sondern ich, der ihren Vorschlag schließlich ernst nahm. Denn ehe wir die Pension betraten, also von unserem Weg abwichen, war diese Idee ja nur ein schönes bestechendes Bild, das eines älteren Lehrers, der mit einer jungen Kollegin in einer Lissabonner Absteige im Bett liegt und über die Liebe spricht. Ich aber habe daraus eine vielleicht nicht ganz so schöne, aber sicher ebenso bestechende Tat gemacht, Haberland. Kaum war die Tür hinter uns zu, zog ich Kristine zum Fenster, mit Blick auf Gleisanlagen und staubige Palmen, steil unter uns. Die Pension klebte förmlich an der Gasse über dem Bahnhof, das Zimmer lag im obersten Stock, mit einem winzigen

Waschbecken und einem eisernen Bett, zwei Plastikstühlen und einem Schrank. Wir sagten nichts, wir standen uns nur gegenüber, mehr ratlos inzwischen als glücklich, zwei Verirrte, sich und dem Wald überlassen. Kein einziges Wort fiel uns ein, nicht einmal ein dummes, dafür fanden sich unsere Hände, meine linke und ihre rechte, wie die Hände von Hinterbliebenen. Wir beerdigten unsere Rollen, die Rolle der Kollegin Kressnitz und des Kollegen Branzger, bis Kristine das Fenster öffnete, der unvermeidliche Akt des Lüftens, und eine nach Gleisschotter riechende Luft hereinzog, ein Geruch, den ich mit Kindheit verbinde, mit dem Beginn der Sommerferien in einem Zugabteil, bei mir ein älterer Junge mit Lederhosen und Taschenmesser. Und so kam zu der Hand, die mich hielt, noch die Droge dieses Geruchs aus der Zeit meiner ersten Aufbrüche, hin zu dem Jungen mit Messer, und ich fühlte mich verdammt gut oder stark, so verdammt gut, wie du dich gefühlt hast, nehme ich an, als die Jentsch endlich unter dir lag, schon ohne Hose, aber noch die Beine gekreuzt, und der alte Song lief und die Kerzen brannten und es nur noch eine Frage der Zeit war, wann ihre Beine aufgingen, ein gewisses Nachhelfen immer vorausgesetzt, Haberland. Doch so ein Nachhelfen zahlt sich aus, keine Frage, jedenfalls für den Moment, für die Stunde im Heizungskeller oder die Nacht in einer Pension ohne Namen; wer noch jung ist und nichts weiß, sieht im Sex die simpelste Antwort auf das Komplizierte des Lebens, aber einer wie ich antwortet damit höchstkompliziert auf das Einfache des Todes, in beiden Fällen auch die frechste Antwort, deshalb fühlen wir uns ja so gut. Aber auch wenn wir's nicht wahrhaben wollen vor lauter Triumph: Sex spielt sich zwischen zwei Geschichten ab und nur am Rande zwischen zwei Geschlechtsteilen, und was mich betrifft, so stekke ich noch immer in meiner Geschichte; nichts von mir, kein Wort, schwebt über den Dingen, sonst hätte ich gar nicht das Recht, mit dir zu reden ... Wir standen also am Fenster und rochen den Gleisschotter, immer noch Hand in Hand, während ich in der rechten das ausgehändigte Tuch hielt, grauweiß wie die Kirchen der Stadt, samt der kleinen eingewickelten Seife, und beides nahm Kristine an sich, das Ende unserer Gesprächspause. Sie bat mich, aus dem Fenster zu sehen, solange das Wasser laufe, und ging zu dem Waschbecken aus Emaille, doch in der Scheibe des Fensters erschien ihr angewinkeltes Bein, und ich hörte den Strahl, unter dem die Seife zu Schaum wurde, genug für zwei, wenn man es mit der Sauberkeit nicht übertrieb; was ich in meinem Rücken hörte, waren die leisen Geräusche des Nötigsten, und kaum war es still, drehte ich mich um, und da stand sie, über das Bett gebeugt, nur noch in etwas Wäsche von silbrigem Grau. Ihr war kalt, das sah man, aber anstatt das Fenster zu schließen, öffnete ich es noch mehr. Schönheit verliert bei steigender Temperatur ihren Wert, meine ich, man ist dann ihr gegenüber viel zu geneigt, sie gilt für mich nur bei Kälte. Kristine war weiß und schlank, das schwarze Haar fiel ihr über die Wangen, ich glaube, sie suchte das Bett nach Flöhen ab, für mich Gelegenheit, vor das Becken zu treten. Ich wusch mich in dem Bewußtsein, von der Kollegin Kressnitz, die doch eigentlich beerdigt war, erwartet zu werden, ich platzte schier. Weder Leo Blum mit seiner Eleganz hatte es soweit gebracht, noch der muskulöse Graf, der sich nur eines einzigen, in jüngster Zeit gelesenen Buchs rühmen kann, den Erinnerungen eines Fußballspielers; und auch nicht du. Euch allen erteilte ich gewissermaßen eine Lektion, aber besonders Blum, den man seit dem Scheitern seiner Beziehung zur Cordes abends am Main gegen den Tod anlaufen sieht, als ob wir wüßten, wann jene hundert Tage des längeren Lebens, für die wir unsere Herzen schinden, beginnen. Was wir auch tun, es bringt uns immer dem Tod ein Stück näher; aber einiges, Haberland, und davon erzähle ich hier, gibt uns immerhin das Gefühl, dem Leben etwas mehr abgerungen zu haben, einen Brocken von dem, was es als Ganzes nur auf der Leinwand gibt.«

Der Doktor blieb einen Augenblick stehen und sah auf die Spur seiner Wanderung, eine Ellipse wie die Bahn des Mondes, nur daß der Mond kein Blut verlor und ich nicht die Erde war, sondern ein Zuhörer, aber damit war wohl schon das Gesetz der Schwerkraft erfüllt. »Ihr war kalt, und sie nahm sich die Wolldecke«, fuhr er im Weitergehen fort, »ich legte mich neben sie und ergriff ihre Hände, und jeder Finger erteilte mir, als ich ihn küßte, eine Art Vollmacht für das weitere Vorgehen. Sie überraschte mich, unsere Leiterin der Theater-AG, die so still war während der Konferenz über dich, still neben mir saß und sich nichts anmerken ließ von all ihrer Unruhe; das Geräusch rangierender Güterwagen hat dann den ersten Akt, den unserer Hände, beendet. Beide lagen wir nun auf der Seite, einander zugewandt, und ich begann damit, ihr das bißchen Wäsche herunterzuschälen, gegen einen Widerstand, der mir mehr instinktiv erschien als prinzipiell, ein schlichtes Bestreben nach mehr Zeit oder überhaupt nach Zeit – der Zeit, die mir davonlief, so daß ich ihn brach, diesen Widerstand, wobei gar nicht das Recht des Stärkeren galt, nur das der stärkeren Idee, der unserer beider Nacktheit. Am Ende hatte sie bloß noch die Brille auf, hinter den Gläsern aber die Augen zu, und doch fühlte ich mich unter Beobachtung und nahm ihr die Brille ab; wenn es eine Steigerung von Nacktsein gibt, dann trat sie in dem Moment ein. Ich berührte ihr Gesicht, und trotz der Kühle im Raum warf sie die Decke ab und rollte sich auf den Rücken, Beine leicht angezogen, Hände bequem auf den Schenkeln, und ich mußte ihr nicht erklären, wie schön oder jung sie war, ich mußte ihr nur erklären, wie verrückt sie mich machte, wie geil, Haberland, und jetzt solltest du dir vorstellen, dieses Wort, das eben fiel, zum ersten Mal gehört zu haben … Kristine lag da, und ich war verrückt nach ihr, ein verrückter alter Lehrer – geil vor Glück, damit kein Mißverständnis aufkommt –, und dementsprechend nervös, ein Nervenbündel. Denn Glück im Bett oder auf Luftmatratzen, Haberland, hängt an seidenen Fäden, mit allerlei Dunklem am anderen Ende: Keiner nimmt die Glanzpunkte seiner Biographie an solche Plätze mit, das sagte ich schon. Und wie sehr du dich auch anstrengst, mit Küssen und Worten, es wird dir nie gelingen, aus der verzweifelten Suche nach einem Schließmuskel einen reinen Akt der Liebe zu machen, das sage ich jetzt erst. Aber zurück zum Geschehen: Sie zeigte mir, in aller Ruhe, ihren Schoß, und auch für mich galt es, Ruhe zu bewahren, nämlich eins nach dem anderen zu tun, mit dem Ziel, sie zu lieben, ohne mich aufzulösen. Und es wäre nun ein leichtes, einfach den weiteren Ablauf zu schildern, nur käme dabei nichts heraus, fürchte ich, außer den Worten, die immer intakter sind als ihr Inhalt, die kaum vom Riß in der Logik meiner Welt und Kristines Welt erzählten, bewirkt durch unser Nacktsein. Keine der Regeln unter Kollegen, die noch am Abend gegolten hatten, besaß weiter Gültigkeit, sie waren alle außer Kraft, weil nur noch eine Kraft alles bestimmt hat, die des Moments, der uns beide zusammentrieb, als säße jedem, ihr und mir, das ganze verrinnende Leben im Nacken – von Panik zu sprechen wäre also viel richtiger als von Liebe, auch wenn diese Panik das Glück selbst zu sein schien, kaum zu halten wie ein übergroßer Ball. Du krallst dich in ihn hinein, um ihn nicht zu verlieren, du setzt jeden Zoll deiner Haut ein, und von ihrer Seite war dieses Krallen keine Sache der Hände oder gar spitzer Nägel, es war eine Sache der Beine, und sie geschah wie im Schlaf. Auf einmal hob sich ihr Schenkel und kam mit seiner Innenseite warm an meine Rippen, also ein Aufgehen der Beine als Reflex der Bereitschaft, ursprünglich vorgesehen für den Erhalt der Gattung; ein Reflex, der aber zwischen uns beiden – die wir alles wollten, außer uns bei der Gelegenheit zu vermehren – nichts als ein Wink war, ein Wink mit dem weichen Pfahl ihres Beins. Und von da an war alles einfach, allerdings nicht zu verwechseln mit ungefährlich. Ich schob ihr eine Hand unter die Kniekehle, was etwas mehr als ein Reflex war, eine Zärtlichkeit nach dem Prinzip des Hebels, während Kristines Mund an mein Ohr kam und sie meinen Namen aussprach, eingebettet in eine Reihe anderer Wörter, die sie sich aus dem Sommernachtstraum geborgt hat, aus eurer Szene, Haberland, aber nicht nur, auch von den frechen Kerlen des Stücks, von Oberon und seinem Droll, Ho, ho, du Memme, warum kommst du nicht … Sie wollte mich und bot mir die Stirn und den Schoß, sie ging aufs Ganze und verlangte dasselbe von mir, wie sie es auch von euch verlangt hatte, das Spiel mit der künstlichen Wand und dem Loch war nie ein Spiel. Halte mich, rief sie, ich aber drehte sie auf den Bauch und hielt mich vielmehr an ihr, ein einziges Klammern an Schultern und Haar, bis ich über ihr lag, den Rücken bedeckte, und wir uns dennoch ansahen, wenn du dir das vorstellen möchtest – ihr Gesicht lag auf der Seite, Wange und Auge im rechten Winkel zu meinem Gesicht, ihr Mund so nah an mir, daß mich sein Atem erreichte. Und dann kam meinerseits der Name, Kristine, sagte ich, das S betonend, Kristine, paß auf, und an diese Warnung schloß sich eine Reihe von Worten an, wie eine Schleppe des Namens, eine Ankündigung in ihr Ohr. Mein Mund berührte das transparente Gewebe beim Sprechen, und sie ertrug das Eindringen der Stimme in den Gehörgang mit einem Ho, ho, das nun auch ihr selbst galt; wer Shakespeare kennt, kennt die Wege ins eigene Mark, und das war es genau, was sie wollte in diesen Stunden: im Mark erschüttert werden und doch mit heiler Haut davonkommen, das eine wie das andere, mehr kann man gar nicht wollen, wenn du mich fragst. Und auch Tizia dürfte kaum etwas anderes gewollt haben von dir, nur daß sie jünger ist als Kristine, die schon erschreckend jung genug war in der Nacht unseres Anfangs, aber kein Opfer ihrer selbst und meiner Geschicklichkeit, daraus einen Vorteil zu ziehen – sag jetzt noch nichts, hör mir erst zu –, einen Vorteil, den wir nicht aufrechterhalten können, nur durch immer neuen, höheren Einsatz, indem wir von großer Liebe reden und doch nur die kleine Mulde am anderen meinen. Das Verlangen, Haberland, ist der Ort, an dem wir uns ruinieren, die Spielbank der Seele ...«

Mein alter Lehrer blieb wieder stehen, er sah auf den Teppich, der nicht mehr zu retten war, aber eine Geschichte von Mord und Totschlag erzählte, wie die Teppiche in albernen Krimis, und dann sah er zu mir, der ich vielleicht noch zu retten wäre, falls ich endlich mit der Geschichte zwischen Tizia und mir herausrückte, und ich wollte ihn bitten, sich doch verbinden zu lassen, er könne ja weitersprechen dabei, aber da hatte er sich schon neu in Bewegung gesetzt und sprach bereits weiter. »Wir waren bei meiner Stimme und ihrem offenen Ohr, oder umgekehrt: meinem Ohr und ihrer Stimme, denn auch sie flüsterte alles mögliche, mit immer höherem Einsatz, ich erinnere mich gar nicht an einzelne Worte, nur an den Klang einer Reihe von Wörtern. Der erste Liebesakt, das sind die Laute des Entzückens an einem blutbeschmierten, noch nicht geschlossenen Kopf, frisch aus dem Schoß oder Bauch gezogen, wenn du verstehst, was ich meine. Nichts verbindet uns mehr mit den Frauen als die Scheide des Ohrs, dort hinein pflanzen sie unseren Größenwahn, dort hinein machen sie uns fertig, wenn wir ihnen nicht zuhören; hören wir ihnen aber zu, liegen sie uns am Ende zu Füßen statt in den Ohren, was soll man also tun? Ich hatte dafür nie ein Rezept, aber in dieser Nacht ergab es sich, daß ich ihr ebenso zuhörte wie sie mir und jeder vor den Füßen des anderen lag. Kristine erzählte mir von früheren Lieben, die üblichen Urlaubsgeschichten, und ich kam nicht umhin, nach Details zu fragen. Es erschreckt einen immer wieder, wie schnell die Eifersucht da ist, fast als wäre sie ein Vorbote der Liebe und nicht die dreckige Nachhut. Sie lehnte es ab, auf Details einzugehen, sie erwähnte nur einen Mann, der alles von ihr hätte haben können, ließ aber offen, ob er das je in Anspruch genommen hatte, und in diesem vagen *alles* lag schon etwas, das als Detail völlig ausreichte, sich zwischen mich und jede Geruhsamkeit zu schieben; von dem Moment an war mir klar, daß ich den Mann, der alles von ihr hätte haben können, in ihr auslöschen müßte, wenn es einen Teil der Welt gab, den ich verändern wollte, dann diesen kleinen, aber bedeutsamen in ihrem Kopf, was ja nur einen Schluß nahelegt: Noch ehe das Wort Liebe überhaupt fällt, hat es dich schon verrückt gemacht. Ich lag noch immer auf ihrem Rücken, als mir diese neue Sicht der Welt plötzlich vor Augen stand, und ich erzwang ihre Aufmerksamkeit mit Komplimenten, die nur ein Ziel verfolgten, sie und mich auf ein und denselben Punkt zu konzentrieren, dem unserer Schwäche füreinander, und das nicht in der Absicht, Haberland, auf den Schwächen herumzureiten, sondern daraus Stärken zu machen: mit einem Geflüster ohne Hintergedanken, offen wie eine Beichte und in den Grenzen des Respekts. Die Kressnitz – wie ich sie jetzt wieder nennen will – bewegte sich nicht, sie atmete nur und hörte mir zu, bis ein entscheidendes Wort fiel, auch überraschend für mich, als hätte es ein anderer, souverän in Fragen des Betts, für uns beide gesagt. Gewisse Worte überwältigen dich, wenn sie dir unerwartet begegnen, auf einmal sind es Wörter der Liebe, befreit von ihrer üblichen Bedeutung, so wie ganze Organe, kaum daß wir sie küssen, ihre normale Rolle abwerfen. Sie hörte mir weiter zu, aber darin lag bereits eine Antwort, während ihr Atem schneller wurde und ich noch leise weitersprach, ein Wort zum anderen kam, wie bei den Dichtern in Augenblicken, die es vorher nicht gab und nie wieder geben wird; es war nur das einfache Aussprechen meiner unmittelbaren Absichten und schließlich die Bitte um ihren Speichel, ehe ich, zwischen zwei ehrlichen Sätzen, die ihre Jugend und mein Alter betrafen, in sie eindrang, wo ein Mann sonst nur bei seinesgleichen eindringt. Sie hatte mir die Vollmacht dazu erteilt, das sagte ich schon, und es geschah mit einem Willen, meinerseits, daß sie die wollene Decke – die selbst eine Pension dieser Art für kühle Nächte bereithält – zerbiß, während meine Hände ihr Kreuz durchdrückten, bis es hohl genug war für uns beide und die Kressnitz einen Laut ausstieß, der mich so traf, als hätte sie das Wort *du* neu erfunden, aber auch die Musik und den Schmerz. Sie war das Leben selbst, in das ich eindrang, nur mit dem Widerhall dieses einen Lauts, der mein Glück war und meine Beute, so wie ihr Glück und ihre Beute aus Erschütterung bestand, die mich in ihr Ohr stammeln ließ, ich weiß nicht mehr was. Ich weiß nur, wir liebten uns, das geschah einfach so, und vielleicht sind es doch Glanzpunkte unserer frühen Jahre, die wir mit in ein Bett nehmen, dunkle, die mehr sind als dunkel, seidig schwarz wie das Gefieder der Raben. Wer es nicht zu weit treibt, Haberland, treibt es gar nicht, womit ich nicht dich in Schutz nehme, sondern euch beide. Lieben, das aufs Ganze geht, macht einen nicht ganz, wie es uns die Schleimscheißer gern versprechen, im Gegenteil, es entzweit dich, in einen liebenden Gott und eine bangende Kreatur. Die Kressnitz gab sich mir hin, aber sie beschützte mich nicht, sie überließ mir nur einen Raum. Ihr Muskel hatte aufgehört sich zu wehren, die Nacktheit, die mich aufnahm, überwältigte mein Auge, und ich sprach ihren Namen aus, Kristine; in keinem Moment meines Lebens, Haberland, habe ich mehr gelebt als in diesem. Ich klammerte mich an das Helle und Weiche, das mir entgegenkam, wie du dich an Helles und Weiches geklammert hast, und in mein Glück mischte sich etwas, das sich wie noch mehr Glück anfühlte, aber etwas ganz anderes war, ein dämonischer Gedanke, der auch dir durch den Kopf schoß: jetzt alles zu haben. Ich sah auf ihr Hohlkreuz, und ein Beben befiel mich, wie es die Spieler befällt, wenn sie auf einen Schlag alles zurückgewinnen, bis endlich der Sturz kam, meiner und ihrer, gegen jede Anatomie und keineswegs verbunden mit irgendeiner tieferen Erkenntnis, und der Gedanke, jetzt alles zu haben, wie Sand zerfiel und etwas tatsächlich Neues an seine Stelle trat, eine einfache Fürsorge, Haberland. Wir streichelten gegenseitig unsere zuckenden Teile, wir beruhigten sie wie Kinder, die man aus einem brennenden Haus geholt hat, was bei ihr sehr viel länger dauerte als bei mir; ich beruhigte ihren Puls noch, als unser Gespräch in den Grenzen des Respekts schon leise weiterging und ich sie nach und nach mit dem versöhnte, was sie nicht gewollt, aber auch nicht verhindert hatte – und damit sind wir beim Thema, eurer Stunde im Heizungskeller des Hölderlin, und wenn du dir jede Phase dieser Stunde, in die wir am Ende hineingeplatzt sind, vor Augen führst, wirst du begreifen, daß es im Grunde nicht die berühmte Nummer war, über die wir zu befinden hatten – ob sie nun mit oder ohne ausdrückliche Zustimmung stattfand –, sondern dein Beutemachen an dem anderen, fremden Wesen in dem Zeitraum zwischen der Theaterprobe, Sommernachtstraum, und unserem Auftauchen mit griechischem Essen im Bauch, einer Geschichte von höchstens zwanzig Minuten, wenn man all deine Vorbemühungen abzieht …« Der Doktor blieb abermals stehen, jetzt auf der kürzesten Entfernung seiner Bahn um mich, und ich sah, daß er zitterte; sein ganzer Körper schien damit beschäftigt, den großen Schädel zu tragen. Vor allem aber eine Geschichte, sagte er, nach Luft schnappend, die ich ihm immer noch schuldig sei.

»Machen wir doch einen Handel, Sie lassen sich von mir verbinden, und ich fange an zu erzählen.«

»Wozu, wir haben schon einen Handel.« Branzger setzte den Rundgang fort. »Und wenn dich das Blut aus der Fassung bringt, dann schließ die Augen.«

Aber ich ließ sie auf, meine Augen, das Blut hatte mich nicht aus der Fassung gebracht, dafür seine Geschichte, für die ich in mir keinen passenden Rahmen fand, sie sprengte alles, diese Geschichte zwischen ihm und der Kressnitz in der Pension mit dem Gleisschottergeruch, oder das, was er mir davon erzählt hatte, sprengte alles und brachte mich aus der Fassung; das Blut lieferte nur die passende Farbe dazu, den Rahmen, der schon wieder von ihm kam, nicht von mir. Er wollte mich jetzt fertigmachen, das war ein Eindruck, ich *sollte* dem nichts entgegensetzen und hatte dem auch nichts entgegenzusetzen, mein Kopf war leer, mein Hirn reagierte nur (lange bevor ich irgend etwas von seinen limbischen Launen erfuhr), ich wunderte mich nur über die Wörter, die mir noch irgendwie über die Lippen kamen, um nicht in Schweigen zu fallen; es sei doch jetzt alles gesagt, wandte ich ein, was könnte ich da noch erzählen, und mein alter Lehrer blieb einen Augenblick stehen. »Oder machst du dir etwa um den Teppich Gedanken?«

»Ich mache mir um den Teppich keine Gedanken.«

»Du lügst, Haberland. Du hast dir bestimmt überlegt, was er gekostet hat. Und daß er nun reif für den Müll ist. Aber ich will dir eins sagen: Der Teppich gefällt mir jetzt besser als vorher; wenn ich etwas hasse, ist es der Genuß des Genießens, und der ist auf diesem Teppich wohl ausgeschlossen, wie für Kristine und mich das Lieben der Liebe nach unseren Stunden in der Pension oberhalb der Gleise auch nicht mehr ging. Ich habe ihr und mir das ausgetrieben. Früher oder später mußt du beschließen, im Bett nur noch den Weg zu gehen, der irgendwann, aus purem Leichtsinn oder Dummheit, aus plumper Liebe oder raffiniertem Egoismus in dir angelegt worden ist; versäumst du das, holt dich der Krebs. Ich habe mit meinem Beschluß etwas lange gewartet, im medizinischen Sinne, bis ich eines Tages – mit über fünfzig, im Alter von Blum, der wie kein anderer den Genuß genießt – die erste Frau mit nach Hause nahm, das späte Ende eines frühen Rückzugs. Noch vor der Tanzstunde hatte ich es aufgegeben, mich mit Frauen zu messen, so wie die meisten Männer heute, man muß sich nur umsehen:

Männer gehen nicht mit Frauen ins Bett, sie kriechen mit ihnen ins Bett, wie die Kollegen Pirsich und Stubenrauch, aber auch die letzten Konzernherren, damit die Frauen ihnen gewogen bleiben, wenn erst das Sterben beginnt. Denn dann spielen Frauen, und die Geliebten besonders, ihre vorletzte Rolle, wenn sie die großen Männer in die Dunkelheit begleiten, bis an den Rand des Lichts, um sie für den Tod zu ködern; dann schlüpfen sie noch einmal in ihren alten Beruf, als Kinderschwester und Schauspielerin, als Glücksfee und Zugehfrau, bevor sie die letzte Bühne betreten, als Witwe oder Verlassene … Die Kressnitz hatte meine Hände gestreichelt wie kein Mensch zuvor, das war der erste Köder, und dann kam es auch schon: wie jung ich noch sei, nur zweimal ihr Alter, du liebe Zeit, was man da noch alles tun könnte, so sprach sie hier in dem Raum, mit Blick auf die Zeichnungen an der Wand, bis ich ihre Hände packte, meine Art Zärtlichkeit, und mit ihr auf den Teppich sank, genau in die Mitte wo du jetzt sitzt, und mir erneut ihre weiße Seite vornahm, nun aber wortlos, mit diesem Stück Haß beim Lieben, das niemand versteht, Haberland, das uns eingepflanzt ist wie die Mandeln, die man sich entfernen lassen kann, im Tausch, wie du weißt, gegen eine offene Schleuse. Wir haben es noch einmal getan, hier auf dem Teppich, aber es war nicht mehr dasselbe; kein Mensch findet ja wirklich Gefallen daran, von einem anderen bedrängt zu werden, und doch kann aus dieser natürlichen Abneigung vorübergehend eine unnatürliche Offenheit werden, in dieser Pension mit dem Gleisschottergeruch, als Kristine nach mir griff und dabei ihr Gesicht vergrub, unter Bergen von Haar, all ihre bange Erwartung, die allein der Griff verriet, eines Schmerzes, der dann ganz anders war als befürchtet, für sie und für mich, eher aus Scham bestand, weil alles so leicht ging, dazu einer Spur schmerzlichen Stolzes, übergesprungen von mir zu ihr, ich könnte auch Glück sagen, und endlich dem blanken Erstaunen, ihrem wie meinem, Teil eines Wunders zu sein, nämlich von etwas zerrissen und im selben Moment zusammengefügt zu werden, wie es auch bei dir und Tizia der Fall war, nehme ich an, und überhaupt, Haberland«, er machte zwei Schritte und stand plötzlich vor mir, »ich erzähle hier deine Geschichte, nicht wahr?«

»Wenn Sie den Nerv dazu haben, warum nicht«, sagte ich und sah zu ihm auf und sah, daß er weinte, ein ruhiges, gelassenes Weinen, wie das meiner Mutter, wenn sie getrunken hatte, eins, das die Stimme nicht angreift, bloß etwas heller macht. Er habe nur Nerven, erwiderte er, und die hätte ich auch. Branzger nickte mir zu, und ich leugnete meine Nerven, die er mit immer neuen Ideen, einschließlich Blut, zu prüfen versuchte. »Hätte ich Nerven, wär daraus keine Geschichte geworden. Ich hätte ihr den Mund zugehalten, und Zimballa hätte nichts gehört, und wir wären irgendwann nach Hause gegangen.«

»Ich spreche nicht von Kinonerven.« Der Doktor nahm sein Gesicht zwischen die Hände, er trat vor die Zeichnungen; seine mageren Beine zitterten, ebenso das Kinn, und die Tränen suchten sich jetzt Wege zwischen den Bartstoppeln auf seinen Wangen. Nur ein einziges Mal hatte ich einen Mann so weinen sehen, für wenige Sekunden, wie nach dem Ziehen eines Zahns ohne Betäubung, und zwar meinen Vater, den ich nie zuvor und nie danach so erlebt hatte wie in diesem Moment, da er sein abhörsicheres Telefon, nach Unterbrechen einer Verbindung, noch in der Hand hielt, während meine Mutter am Fenster stand und ich in der offenen Tür, und jeder von uns wußte, daß am anderen, gekappten Ende der Mensch saß, für den mein Vater alles hätte hinwerfen sollen, Amt und Würden und Familie, nur um ein einziges Mal – anstatt sein Haar zu färben und Töne zu spucken, die Tage in Gremien und seine Nächte im Flugzeug zu verbringen –, und wär's bloß ein Sommerloch lang gewesen, zu lieben, was aber gleich zwei Karrieren gekostet hätte, seine und die einer Fernsehtalkschönheit, der einzigen mit Köpfchen. Ich sah auf den Teppich und spürte, wie sich mein Magen hob, doch da war jemand, der so etwas auffing, obwohl ihm selbst nicht gut war, während meine Mutter nur zugesehen hatte, mit dem Blick für die künftigen Kandidaten ihrer Depressivenporträts.

»Du schaust blaß aus«, sagte Branzger, »was ist los mit dir?« Er kniete plötzlich vor mir, er weinte jetzt nicht mehr, er sah mich an. »Ist es wegen des Bluts? Aber dafür gibt es eine gute Erklärung, die Glasscherbe und meine Gleichgültigkeit. Dieser Fuß spielt für mich keine Rolle mehr, Haberland. Ebenso der Teppich.«

»Trotzdem ist mir schlecht.«

Der Doktor lachte. »Weißt du, wann *mir* schlecht wird? Nur, wenn ich etwas *nicht* verstehe. Wäre Kristine in dieser ersten Nacht aus dem Zimmer gerannt, hätte ich mich sofort übergeben. Aber sie ist geblieben. Sie lag ganz still auf dem Bauch, während ich sie von hinten umschlang und unten ein Zug vorbeifuhr, langsam, mit winselnden Rädern. Minutenlang lagen wir so, bis sie mit ihrem Nagel etwas in meine Hand schrieb, Romy, und ich in ihr Ohr sprach und von dem Fund in meiner Wohnung erzählte. Das Denken ist weiblich, Schreiben und Zeichnen sind männlich; sie hat mein ganzes Tun mit diesem Namen erwidert, den du erfunden hast. Und so konnten wir uns einen Winter lang lieben, bis sie damit anfing, sich um mich zu kümmern. Sie eilte hierher und brachte Gemüse und Kräuter mit, sie verdünnte meinen Kaffee, wenn ich nicht hinsah, und bückte sich, *wenn* ich hinsah. Und immer noch liebten wir uns, aber anders als vorher, achtsamer, ja besorgter, als würden wir einander Tee eingießen, jeder auf seine Weise bang; all die kleinen besessenen Worte aus der Pension mit dem Schottergeruch hatten sich aufgelöst wie Zucker, weil nur der Liebesverrückte vom anderen verlangen kann, sich an die eigenen Worte zu halten. Und was tut man, Haberland, wenn alles sich auflöst, nur nicht die Körper? Nun, man liegt Seite an Seite, man wartet. Vor dir das geliebte Gesicht und dennoch das Warten. Die Hände kommen zueinander, die Münder, die weichen Teile, und doch ist das Ganze auf einmal unstillbar, ein Warten auf den großen Knall. Aber die Liebe zerplatzt nicht, sie vergeht wie die Zeit. Kristine gibt sich weiter Mühe, immer noch läßt sie alles zu zwischen uns, lächelnd, ruhig, fast unbeteiligt, nur jeweils mit einem präzisen Entgegenkommen, den Dingen dienlich, die ich erbitte, und irgendwann, als ich schon müde bin, kommt sie zum Ende, ganz für sich, mit den kurzen spitzen Lauten junger Hunde, die sich weh tun; nur ein Schimmer am

Haaransatz zeugt von der Anstrengung, die es sie kostet, mir etwas vorzumachen und für sich dabei noch etwas herauszuholen. Sie läßt mich teilhaben daran, hier, auf dem Teppich, was ich dir gar nicht erzählen dürfte, eine Hand über den Augen, die andere zwischen den Beinen, während ich vor ihr sitze und in sie hineinschaue, wie ein Kind, das noch nicht lesen kann, in ein Buch. Sie schenkt mir das und übersieht, wie ich dabei kleiner und kleiner werde, das ist die Wahrheit: Sie hat mich zum Schüler meines Verlangens gemacht. Und natürlich blieben auch vorzeigbare Geschenke nicht aus, wie diese Shorts, die ich anhabe, oder irgendein Potpourrizeug von Bizet und den Beatles zum Nachteil meiner Connie-Francis-Platten und Scarlatti-Sonaten, was ich alles noch ertragen hätte, einschließlich ihrer Kräutertees, aber es blieb nicht bei der eigenen Auswahl und eigenen Mischung. Eines Sonntagabends – ich hatte mich gerade mit Moravias *Agostino* ins Bett gelegt – platzte sie hier mit einer Person unklarer Herkunft herein, aparte Augen, aparter Akzent, doch in den Augen ein Schatten, als könnte sie demnächst Schluß machen und eine Zigarette voll Lippenstift bliebe am offenen Fenster zurück. Das war Kristines Wunderärztin, die schon das Leben ihres Vaters in die Länge gezogen hatte, mit einem Parfum wie aus Harz und einer unerbittlichen Neugier, was mich betraf. Sie gab vor, mir auf die Beine helfen zu können, und wollte alles wissen, was man selbst unter Liebenden für sich zu behalten pflegt, von der Durchblutung meiner Füße und den Gedanken vorm Einschlafen über meine Träume und Kopfhautprobleme bis zur Beschaffenheit meines Stuhls, was ich nur mit Schweigen beantworten konnte, einem höflichen, von keinerlei Lächeln begleitetem Schweigen, und als sie mir dann auch noch mit Ladenhütern der Freudschen Art kam, löste ich mich schlagartig von beiden, der Kressnitz und ihrer Medizinfrau. Danke, das war's. Ein Abschied ohne Tränen, oder mit den Tränen, die wir nach innen weinen, wie wir auch innerlich verbluten können nach einem Sturz. Was uns blieb, Kristine und mir, war ein Gefühl der Kameradschaft, wir hatten zusammen das Verlangen überlebt, jede seiner Attakken, und ein Gefühl der Scham blieb uns auch, weil immer noch ein Rest dieses Verlangens da ist, die Asche, die nicht verbrennt. Wir haben unsere Haut getauscht, nun muß jeder damit auskommen: Eine Geschichte, die dir nur widerfahren kann, du kannst sie nicht anstreben, für Nachahmer nicht geeignet, sie würden scheitern. Nur die Nachahmer der Nachahmer hätten damit Erfolg, leider die kommende Gattung. Du wirst bereits unter lauter Witzbolden sterben, ich nicht, außer ich stelle den Fernseher an, aber damit habe ich aufgehört, wie ich auch nicht mehr auf die Straße gehe, nach meinem letzten Einkauf war damit Schluß. Ich kaufte noch einmal Nudeln und Milch und eine Büchse Hering in Tomatensoße, das Gericht meiner Kindheit, und blieb dann vor der Theke mit den Zeitschriften stehen und dachte beim Blättern, zwischen Leuten, die ebenfalls blätterten, daß dies ein Land sei, dem man nirgends mehr auf den Zahn fühlen könne, wie ich der Kressnitz auf den Zahn gefühlt habe und sie mir. Jede winzige Bewegung hat sie erschüttert und umgekehrt: Jede ihrer Erschütterungen hat mich noch tiefer in die Geschichte gezogen. Seit der Konferenz über dich, seit ich krank bin und krank geschrieben, habe ich Kristine nicht mehr gesehen, ein Weg, dachte ich, um die Geschichte ganz zu beenden, aber das Gegenteil ist der Fall, und so werde ich nicht zurückkehren ans Hölderlin. Ich werde diese Wohnung nicht mehr verlassen, ja unter Umständen nicht einmal mehr diesen Teppich, ich werde hier sitzen und reden.«

Und damit setzte er sich zu mir und hörte auf zu reden. Wir saßen nun einfach beieinander, jeder den Kopf im Nacken, mit Blick auf eins der Fenster, auf ein tintiges Blau im Vorhangspalt, und ich weiß nicht mehr, wer von uns, er oder ich, schließlich als erster das Ende der Nacht bemerkt hat und kurz einen Finger hob, Richtung Fenster; ich weiß nur, daß danach noch etwas Zeit verging und der Fuß wieder zu bluten begann und daß mein alter Lehrer Branzger plötzlich, Ich verblute, gesagt hat, ehe er meine Hand nahm und mit einer Kraft drückte, die ich immer noch spüre oder zu spüren glaube (in meiner kühlen Wohnung am unteren, geraden Ende der Rua da Atalaia), während mir auch noch im Ohr klingt, was er dabei vor sich hin sprach, nämlich daß er sich nur ungern wiederhole, dieses Licht aber der neue Tag sei. »Einer mehr, einer weniger, Haberland.«

## – 29 –

Ein Fernseher, auch der kleinste, kann hin und wieder tröstlich sein, selbst ohne Ton, nachts in einem Schaufenster oder wenn man im Ausland – Portugal, Griechenland – kein Wort versteht, ja oft ist die schiere Bewegung der größere Trost: Auch andere verrenken sich und sehen lächerlich aus, und im übrigen weiß man ja, warum da der eine den Mund aufreißt, wenn der andere blutend am Boden liegt, und wartet in Ruhe, wie es weitergeht. Ich sehe jedenfalls – in dem Ausschank mit den schwarzweißen Kacheln und der Hausnummer hunderteinundsechzig, also dem Schachkästchen, wo über den Fässern schon immer ein Gerät mit Antenne lief – dem üblichen Ende einer Kriminalstory ruhig entgegen; ich war den ganzen Tag im Institut und auf dem Heimweg im Hotel Borges, dann einige Stunden in meiner Wohnung, bis es mir dort zu kühl und zu dumm wurde. Jetzt sitze ich hier, in einer immer milder werdenden Luft – ein angekündigtes Hoch –, viel milder als die Luft in meinen feucht morschen Räumen, sehe ein bißchen fern und gehe noch einmal die Anmoderation durch, während die Blumen schon im Zimmer zweihundertdreizehn, beste Ecklage, stehen, zwölf gelbe Rosen, für jedes Jahr eine, samt dem Brief in Goethes Namen, der sie morgen abend hierherführen soll, nachdem sie, auf eigenen

Wunsch, per Taxi vom Flughafen zum Hotel in der Rua Garrett gefahren ist.

In dem kleinen Gerät über den Fässern läuft eine Folge aus der Serie *Die Kommissarin*, ich habe den Anfang verpaßt, aber erkenne es an der Schauspielerin Elsner, die einfach nicht älter wird, wie mein Vater, und in dem Fall portugiesisch spricht, was so harmoniert mit ihrem Gesicht, als hätte sich eine Kommissarin aus Lissabon nach Frankfurt verirrt. All diese weichen Laute scheinen direkt aus ihrem noch weicheren Mund zu kommen, wie ein einziges dunkles *Osch*, und weil ich kaum etwas verstehe, scheint alles mir zu gelten. Irgendein abgerissener Alter, vermutlich Zeuge eines Verbrechens, geht dem ganzen Kommissariat auf den Nerv, nur ihr nicht; sie glaubt ihm und läßt sich an einen abgelegenen Ort führen, eine Kiesgrube, die ich selbst schon besucht habe, in einer dieser feuchtheißen Rhein-Main-Nächte, die am deutschen Gemüt zerren, wir trafen uns da, die ganze Klasse samt Kongo-Holger, der passabel Gitarre spielt, und unserem Herrn Pirsich, der das Grillen übernahm und das Nacktbaden ausrief, so daß mit den Schweinswürsten, könnte man sagen, auch gleich das Menschenfleisch kam, wenigstens für die Minute, bis alle ausgezogen waren und sich in die Grube gestürzt hatten, Zeit genug, um Tizia zu studieren, bis ihr studierter Körper im dunklen Wasser verschwand – demselben, in das auch der abgerissene Alte jetzt fällt, nachdem ihn aus dem Hinterhalt ein Schuß getroffen hat, Beweis seiner Glaubwürdigkeit und des Instinkts der Kommissarin, die sofort hinterherspringt und ihren Zeugen herauszieht. Er ist noch am Leben und flüstert etwas, auf

Portugiesisch klingt es wie eine Liebeserklärung, und die Elsner, das nasse Haar im Gesicht, scheint seine Worte zu erwidern. Ganz nah kommt ihr Mund an seinen, aus dem in Fäden das Blut läuft, und ich meine, ein deutsches *Bitte* von ihren Lippen lesen zu können, und dann auch ein *Geh nicht*, immer wirksam im Film und gelegentlich auch im Leben, ein Geh nicht wie das aus dem Mund meiner farbenfrohen Chefin, als ich am späten Nachmittag ihr Büro mit Blick auf staubige Palmen und eine Kirche verlassen wollte, um die Blumen zu kaufen.

Wir hatten über die Tischordnung für ein Essen nach der Freitagsveranstaltung gesprochen, wer neben unserem Botschafter sitzen sollte, falls er käme – es war immer noch offen –, der Hirnforscher, der als humorvoll, aber anstrengend galt, oder die Fado-Sängerin, die für großen Ernst und Zurückhaltung bekannt war, und als von ihr noch der Vorschlag kam, die Schauspielerin aus Saarbrücken dem Botschafter beizugesellen, wollte ich endgültig weg und wurde von einem *Geh nicht* gehalten. Kathrin Weil sagte das, ohne mich anzusehen, sie sah auf die persönlichen Daten von Tizia auf einem Fax, das Tizia selbst unterschrieben hatte – ich erkannte den Namenszug, solche Linien ändern sich nicht, wir sind ihre Gefangenen, gar kein Zweifel –, und sie fragte, warum es kein Foto von dieser Jentsch gebe. »Das wäre kleinlich gewesen«, sagte ich, »ein Foto zu verlangen, als würden wir sie nur engagieren, wenn sie hübsch ist.« (Und in Wahrheit hatte ich es tunlichst vermieden, an ein solches Foto zu kommen.) Ob ich denn irgendwas sonst von der wüßte, fragte unsere Leiterin nun in dienstlichem Ton:

Ob sie unterhaltsam sei oder linksradikal, feministisch oder aufgedonnert, wogegen der Botschafter noch am wenigsten hätte, und ich schüttelte nur den Kopf und fragte meinerseits etwas: Ob das Sitzordnungsproblem der Grund sei, warum ich nicht gehen sollte.

Kathrin Weil sah mich an – sie trug ein knallgelbes Sweatshirt zu einer weißen Hose mit roten Streifen – und hob eine Hand, ohne zu wissen wohin damit; man spürte förmlich, wie ihre vernetzten Hirnareale die verschiedenen Möglichkeiten, was mit der Hand geschehen könnte, in einem Blitzwettbewerb prüften, aus dem ja nur *ein* Sieger hervorgehen konnte, nämlich die Geste, die den unterschiedlichen Reizen am meisten gerecht wird. Die Kohärenz der Variablen, wie etwa mein Blick auf sie und ihr Gemütszustand, war das Problem in dieser Sekunde, da die Hand zwischen ihr und mir war, in Höhe meines Mundes und ihrer Stirn, und doch spielte, zur Verwirrung des Hirns, noch etwas hinein, unser Ausflug ans Kap und die Frage, was am nächsten Sonntag wäre, um nur zwei Beispiele zu nennen; jedenfalls ließ sie die Hand dann fallen und streifte dabei mein Kinn und lächelte für einen Moment, und die Gründe dafür wären eine Geschichte für sich, während die Ursachen in wenige Zeilen passen und kaum erklären dürften, weshalb ich die Hand, ehe sie wieder ganz bei ihr war, buchstäblich fing und einen Augenblick drückte und genau dieser Druck erwidert wurde, vermutlich weil wir beide nervös waren wegen des nahenden Abends unter dem Titel *Das traurige Ich* (traurig, weil es nicht weiß, wer es ist, wenn es den anderen begehrt). »Das wird schon«, sagte sie und zog die Hand zurück, und ich bat darum, mich morgen im Institut wegen häuslicher Vorbereitung zu entschuldigen, ein Wunsch, der mir ohne jedes Nachdenken erfüllt wurde; und so kann ich morgen den ganzen Tag arbeiten, bis auch die letzte Notiz in Branzgers winziger Schrift verbrannt ist.

Der Wirt vom Schachkästchen stellt den kleinen Fernseher ab, der Fall der Kommissarin ist gelöst, sie hat den Täter gestellt, der seinen einzigen Zeugen loswerden wollte, wie der Ehemann seine erste Frau, und natürlich ist der Alte in ihren Armen gestorben, wie es sich für solche Geschichten gehört, da hat kein Bitte geholfen und auch kein Geh nicht, weil es ein Film ist, während mich ein Bitte und Geh nicht schon immer an allem gehindert hat, am Leben mehr als am Sterben, am Atmen, ohne dabei zu ersticken.

## – 30 –

»Bitte geh nicht«, sagte der Doktor, als ich endlich aufbrechen wollte, während er immer noch auf dem Teppich saß, kreidebleich, und die Sonne schon durch den Vorhangspalt schien. Ich wollte allein sein, das war mein Gefühl, und wäre ohne sein Bitten nach Hause gegangen. Er war alt, fast Mitte Sechzig, und ich war jung, noch keine zwanzig, ich hatte Angst, mich anzustecken, an seinen Stoppeln und einer Haut wie auf Milch, an seinen Jahren und dem blutigen Fuß, an der Geschichte über ihn und die Kressnitz, an allem, was in ihm war und aus ihm herauskam, als könnte es mich schlagartig verwandeln, in seinen Klon. Da wollte ich lieber ins Bett gehen und fernsehen, man konnte nichts Besseres tun bei der Hitze, und irgendwie hatte er mir das angemerkt, mein Bedürfnis nach Dummheit. Falls ich etwas Ablenkung wollte, kein Problem, sagte er plötzlich, er hätte das früher auch getan, schon morgens aus Verzweiflung ferngesehen, dann sei ich eben einer von den Millionen, die zur selben Zeit dasselbe machten und unsere Programmgestalter mit Stolz erfüllten statt mit Scham, weil ihnen gelungen ist, wovon Diktatoren nur träumen können: Man müsse sich diese morgendlichen oder gar abendlichen Millionen doch bloß einmal vorstellen, versammelt auf einem Platz. Da verzweifle man erst recht, rief er und sah sich dabei die Wunde an, zum ersten Mal.

Sie blutete nach wie vor, aber hatte etwas an Schrecken verloren, sie war jetzt eher auf meiner Seite. Man sollte sie desinfizieren und dann schützen, sagte ich; und im Kühlschrank sei ja auch nichts mehr … Das war keine Gedankenverbindung, die sich hören lassen konnte, eher das Resultat eines unfaßbaren Zellengeflackers (denke ich), ein schiefer Doppelton aus dem galaktischen Konzert von Gen- und Proteinaktivität, und entsprechend fiel die Antwort aus: Ich sollte jetzt besser die Geschichte erzählen, die ich ihm immer noch schulde! Und mit diesem Appell zog er sich an mir hoch und murmelte etwas von Kaffee: »Ich mach uns Kaffee, Haberland, dann fängst du an.«

Er konnte kaum stehen, und ich kam nun auch auf die Beine, um ihn zu stützen, aber da schritt er bereits, die Arme ausgebreitet, Richtung Küche. Das werde ein Kaffee für

Tote, erklärte er mit wiedererlangter Stimme, sein Aufbäumen gegen die Müdigkeit, dachte ich, gegen den Schmerz, und da klapperte auch schon Geschirr in der Spüle. »Allerdings bin ich dir auch noch was schuldig«, rief er mir zu, und ich trat in die Küche und sah, wie er in einen Sack voll Bohnen griff. Er roch an den Bohnen, ja zerbiß sogar eine und ließ die anderen durch seine Finger laufen, in eine elektrische Mühle. »Anfänger wie du«, sagte er, als die Mühle zu mahlen begann, »stolpern ja in der Liebe selten über die Hauptsache, das Lieben, sie stolpern über Nebendinge, denen sie zuwenig Beachtung schenken, ein falsches Kompliment, ein vorschnelles Wort. Mir dagegen wird das Lieben selbst zum Verhängnis, weil ich nichts anderes sein kann als einer, der liebt – im Augenblick dich, tut mir leid.«

Die Mühle mahlte noch, ihr Knirschen half mir, denn es war der Moment, den ich immer befürchtet hatte, seit der ersten Tasse seines lakritzeschwarzen Gebräus. Irgend etwas davon lag von Anfang an in der Luft, als hätte es in den Bohnen gesteckt und wäre jedesmal beim Zermahlen freigesetzt worden, wie der Sinn in einem Wort, sobald es in ein fremdes Ohr dringt. »Aber was soll ich machen«, sagte er und zog die Lade mit dem Pulver aus der Mühle. »Liebe verletzt immer ein Persönlichkeitsrecht, in dem Fall das deiner freien Entfaltung, wenn du in meiner Nähe bist, Haberland.« Der Doktor löffelte das Pulver in das Sieb des Kochers, die Menge war genau berechnet, dann gab er Wasser in das untere Teil, verschraubte die Hälften und stellte das Ganze auf seinen Herd. »Bist du mir böse?« Er fragte das von der Seite, beim Einstellen der Flamme, und ich antwortete im Stil meines Vaters, samt dessen Lächeln: »Wenn Sie nicht anders können ...« Wie aus dem Mund geschissen klang das, er aber lächelte nur zurück. »Ich *kann* anders«, rief er, »aber ich will nicht! Ich übernehme die volle Haftung, was nicht heißt, die Dinge zu glätten, denn ist der Stein erst poliert, wird er kaum mehr rauh. Und Liebe muß etwas Hartes und Rauhes haben, man erkennt sie daran: Das war im Grunde mein Argument für dich. Und nun bist du an der Reihe, ich will deine Geschichte hören.«

Und auch diesen Moment hatte ich immer befürchtet, weil es nämlich gar keine Geschichte gab, nichts mit Anfang und Ende wie das zwischen ihm und der Kressnitz; da gab es nur etwas, das an dem Abend nach der Theaterprobe mit einem Mal explodiert war, aus einem Funken heraus und hinein in ein Nichts. Mein alter Lehrer tippte mir gegen die Brust, und ich sah auf den Schnabel des Kochers mit einer Kette brauner Bläschen. »Deck vorn den Tisch und stell den Kaffee hin, ich ziehe mir nur etwas an. Und mach dir nicht in die Hose, du bekommst eine letzte Frist. Von der Konferenz über dich fehlt noch das Herzstück!«

Er hatte mich zu dem Zeitpunkt schon völlig durchschaut, ihm war klar, daß ich alles versuchen würde, mich um meinen Teil unseres Paktes – die Stunde im Keller des Hölderlin – zu drücken. Und wenn das alles überhaupt eine Geschichte ergab, dann könnte ich sie erst hier und heute, am krummen Ende der Rua da Atalaia, mehr als zwölf Jahre nach dem Vorfall, erzählen, oder besser gesagt, hier und morgen, wenn die angereiste Schauspielerin der Nachricht gefolgt wäre, die in ihrem Hotelzimmer neben den Blumen lag, und wir uns gegenübersäßen und ich mein kleines Glas Port sanft gegen ihres stieße, mit einem Klicken wie bei Murmeln – das den Bann brechen könnte, denke ich und sehe uns da schon sitzen, voller Erstaunen über uns selbst, wie an dem Abend, als wir uns hier am Ende der Rua da Atalaia getroffen hatten, nicht anders als Branzger und die Kressnitz im ungemütlichen Teil der Alfama. Und während die beiden in der Pension mit dem Schottergeruch waren, liefen wir durch die nächtliche Stadt bis zum Pier der Fähren über den Tejo, wo wir die Sonne abwarteten und aufs Wasser sahen, auf einen schäumenden Teppich aus sich wälzenden Fischen, armlang und schwarz, aber hell an den Bäuchen, Tausende vor einem Rohr, aus dem Abwasser quoll, wie im Rausch, bis Tizia meine Hand nahm, zum ersten Mal, und sich hielt an mir oder mich hielt, ich weiß es nicht mehr. Ich weiß nur, das war unser Anfang, die Hand in meiner oder umgekehrt, und mehr war damals gar nicht passiert. Erst auf der letzten Theaterprobe, als Thisbe mit Faschingsperücke, war ihr Finger, ganz überraschend, durch das Loch in der künstlichen Wand gekommen und hatte meine echten Lippen berührt, und wenig später bin ich über sie hergefallen: Wie über den Freund, der einen zum Ringen verleitet, indem er sich hinkniet und die Muskeln spielen läßt, das war der Vergleich, den ich mir zurechtgelegt hatte, während der Doktor sich etwas anzog.

Immer noch barfuß, aber in seinem Hausmantel, dazu gekämmt und mit mildem Gesichtswasser auf den Stoppeln, war er dann zu mir gestoßen und hatte sich den Kaffee für Tote eingeschenkt, eine randvolle Tasse, die er beim

Überfliegen seines Privatprotokolls, eines ganzen von ihm beschriebenen Blatts zwischen den offiziellen Seiten von Pirsich, Schluck für Schluck trank, um sich mit jedem Schluck, wie mir schien, ein Stück Leben zurückzuerobern.

## – 31 –

»Also gut«, begann er mit alter Kraft, »ich komme jetzt zu der Rede der Cordes, die ein Kapitel für sich ist und Aufschluß gibt über den Umschwung in ihr, warum sie auf einmal gegen dich war und am Ende dieser Lehrernacht eine Niederlage erlebte, zugefügt vor allem von mir. Doch es war Blum, der sie dazu gebracht hatte, über einen Aufsatz von dir zu reden, voller Anspielungen auf eine Frau, die sich jeden Abend – das behaupte ich einfach – auf eine trotz aller Cremes vernachlässigte Haut legt, und dich nicht nur als Lehrerin in ihre Wohnung bestellt hat, ich zitiere …«

Der Doktor beugte sich über seine Notizen, und ich versuchte noch zu begreifen, warum die Cordes gewissermaßen das Protokoll gesprengt hatte mit einer Sache, die allein sie und mich etwas anging, da gab er schon, mit seinen Worten, ihre Worte wieder, *private*, wie sie vorausgeschickt habe, um uns klarzumachen, wie persönlich das alles hier sei.

»Was soll das, hatte sie wohl zu dir gesagt, was soll das, diese Frau aus einem Buch, das in Rom spielt, eine nicht mehr junge Filmdiva, die nach Liebhabern Ausschau hält, mit meinen Zügen zu versehen? Sie sollten nur den Inhalt eines Romans wiedergeben, der Sie beeindruckt hat, irgend etwas von Böll oder Hesse – kein anderer hat sich ein solches Buch dafür ausgesucht, Mrs. Stone und ihr römischer Frühling. Daraufhin du, Zitat: Aber sind Sie nicht eine schöne Frau? Ich habe geträumt von Ihnen, wissen Sie das? Und da habe sie geantwortet: Nein, und ich will's auch nicht wissen. Kurze Pause – in ihren Augen jetzt schwacher Glanz –, und schon kam es: daß sie schließlich doch wissen wollte, was du von ihr geträumt hast, leider. Und du hast dann etwas von einem Wohnwagen erzählt, da hättest du gesessen, ihr gegenüber, sie nur mit einem Handtuch zwischen den Beinen, die Haltung, in der sie meditiere, das habe sie vor der Klasse erwähnt, ein Fehler. Und auf ihre Bestürzung hin von dir nur, wörtlich: Was kann ich für meine Träume? Sie haben in diesem Traum so dagesessen, und ich stellte mir dann diese Frau in dem Buch genauso vor, auf der Suche … Und dabei mußt du sie in einer Weise angesehen haben, daß sie sich vollkommen nackt oder schutzlos vorkam. Sie sei für dich diese Romanfigur gewesen und habe nichts dagegen tun können, sagte sie. Also eine Frau, die nach Liebe sucht wie die römischen Katzen nach Abfall, das sage *ich* jetzt. Und dann hat sie dir wohl dein Aufsatzheft zugeschmissen, und du hast es gefangen, mit einer Hand, und sie über das Heft hinweg angesehen und gefragt, ob sie etwa weine. Und dabei habe sie erst geweint, als die Wohnungstür hinter dir zugefallen sei. Aber Viktor Haberland, sagte sie mit beachtlicher Offenheit, hat es kommen sehen, mein Weinen. Und aus alldem zog die Cordes den Schluß, daß du zuviel für sie seist. Und *ich* trat gegen sie an.«

Der Doktor zog eine verborgene Lade aus dem runden Tisch und legte das Protokoll samt allen Geheimnotizen und seinen eingefügten Blättern hinein, zu anderen Blättern, die schon dort lagen; er nahm sich Zeit, wie mir schien, ich sollte mir diesen Aufbewahrungsort merken, ja auch sehen, daß dort noch mehr lag, und es war gar nicht so leicht, sein Depot scheinbar zu ignorieren. »Ich trat gegen sie an«, sagte er noch einmal und schob dabei die Lade, die keinen Griff hatte, wieder zu, »aber das passierte nicht gleich. Zunächst sah nämlich jeder nur vor sich hin, denn unsere Cordes hatte eine Grenze überschritten, sie war dir gefolgt darin, und nur die Stubenrauch würde *ihr* später folgen. Doch dann hat die Person der Cordes über den Menschen gesiegt, sie wollte den Auslöser ihrer Schwäche loswerden, genau wie Tizia, nachdem du sie herumgekriegt hattest, so war es doch? Aber durch mich und die Selbstanzeige der Stubenrauch ging es am Ende zu deinen Gunsten aus. Und damit ist alles gesagt, Haberland, jetzt käme die andere Geschichte, die ich vielleicht gar nicht mehr hören muß, weil ich sie im Grunde längst kenne …« Mein alter Lehrer stand auf, er schwankte und ging ein Stück, er suchte einen neuen Ort oder Standpunkt, für sich und mir gegenüber, peilend zwischen Distanz und Verlangen, bis er mit einem Mal auf mich zukam, die Arme gestreckt, und meine Schultern berührte, aber nur um den Abstand nach und nach zu verringern. Ich könnte ihm einen Gefallen tun, erklärte er, ich könnte ihn rasieren, auch ohne größere Übung darin. Er legte den Kopf schräg und zeigte mir eine grauweiße Wange (wie Lissabons Kirchen und die Wäsche in seiner Pension), er hob eine Hand, die sich nicht mehr ruhig halten ließ, und holte zu einer Rede aus. »Siehst du das, Haberland? Sie zittert seit kurzem, was eine gründliche Rasur ausschließt. Dazu kommt die Abneigung, mich im Spiegel zu sehen, nur möchte ich diesen Tag nicht ungepflegt antreten. Im Bad findest du den Rasierer, aber nimm eine frische Klinge, du findest sie auf dem Regal mit den Büchern, dort stehen auch Schaum und ein Gesichtswasser, das alles bringst du hierher, dann können wir dabei den Kaffee trinken und etwas Musik hören …«

Es war eine weitere Attacke auf meine Nerven, dieses Anliegen, von mir rasiert zu werden, wie schon davor die Sache mit dem Aufsatz und meinem Besuch bei der Cordes, in allen Einzelheiten, als sei er dabeigewesen. Ich verfluchte diese viel zu lang verehrte und durch meine Träume irrende Person auf dem Weg zum Bad, eine Frau, die nicht unter Migräne litt und keine Stunde versäumte, die nachts Erdbeereis schleckte und ihre Kollegen zu griechischem Essen einlud, die immer zur Verfügung stand, mütterlich warm und väterlich allwissend, von der ich geglaubt hatte, noch mit zwölf, sie könnte mir die Zahl der Sterne am Himmel nennen und der Sandkörner am Meer, und dann läßt sie mich fallen, als hätte ich Drogen verkauft oder etwas gegen Juden gesagt. Der Geruch im Bad war noch schlimmer geworden, er drehte mir den Magen um, und zu den Milchklumpen in der Wanne kam noch ein Schwall heller Säure. Das alles löste ich mit heißem Wasser auf, bis es im Abfluß verschwand, während aus dem vorderen Teil der Wohnung auf einmal Musik kam, aber keine, mit der ich gerechnet hatte, kein Schubert oder dergleichen, sondern ein Hammer wie auf den runden Geburtstagen meiner Eltern, nach dem letzten Gang und der letzten Rede, aufgelegt von ihm oder ihr, der einzige Punkt, in dem sie sich einig waren, nämlich denselben Grad an Traurigkeit hatten, wenn beide ihre Glieder am Beginn des neuen Lebensjahrs jäh in die Luft warfen und die übermüdeten Augen zukniffen. Mein alter Lehrer lockte mich mit You Really Got Me zurück, und ich suchte sein Rasierzeug zusammen, in dem sicheren Gefühl – an ein anderes kann ich mich nicht erinnern –, daß er jetzt kein Spiel mehr spielte mit mir, oder eins, das nur so aussah.

## – 32 –

»Das ist doch nicht Ihre Musik, wo haben Sie das her?« rief ich noch auf dem Flur, und im selben Moment war es still, als sei ich verrückt, einer, der Stimmen hört und mit Rasierzeug herumläuft. Ich trat in den Wohnraum und wollte zum Tisch, aber der Doktor hatte den Platz gewechselt; in der einen Hand die Fernbedienung, in der anderen ein Foto, saß er auf seinem Sofa. »Schau«, sagte er, »das war ich, ein junger Lehrer, so jung, daß ich mich noch unter Studenten gemischt hab. Und was du eben gehört hast, war auch mal meine Musik.«

Er hielt mir das Foto hin, wollte es aber nicht herausrücken, also bückte ich mich, während er weitersprach. Ob ich bei diesem Foto nicht den Eindruck bekäme, bald so auszusehen wie er in dem Alter … Es sollte eine Frage sein, doch schwang eher eine Bitte darin, und von mir nur ein Achselzucken, worauf er mich noch mehr zur Verbeugung zwang, indem er das Foto tiefer hielt. Jemand saß da im Schneidersitz auf einer Matratze, auf der noch andere saßen, weiter hinten, man sah nur Arme und Beine. Der im Schneidersitz war barfuß und rauchte, das Haar fiel ihm, schräg über ein Auge, bis fast auf den Mund, der leicht offen war, bereit für den nächsten Zug; das unbedeckte Auge war dagegen leicht zu, es lachte in die Kamera, und die Hand mit der Zigarette lag an der Wange, auf einer Kotelette, wie um sie festzuhalten. Ich erkannte den Doktor am Mund. »Tübingen«, sagte er, »der Club der Hundert, wir haben da diese Musik gehört, jede Nacht, und wenn wir morgens vor die Tür traten, blinzelnd, floß vor uns der Neckar zum Hölderlinturm, so war das. Und nun rasier mich, damit es nicht so aussieht, als wollte ich zurückkehren in diese Zeit.«

»Wie alt waren Sie da?«

Er nahm mir das Foto ab. »Ich hatte gar kein Alter. Das kommt erst mit fünfzig, bei manchen noch später, die sind dann gleich uralt. Siehst du die schmale Hand dort mit dem Feuerzeug? Das ist die meines engsten Freundes, der auch noch lebt; wir sehen uns nicht, aber denken aneinander.«

»Der Freund mit der Galerie?«

»Nein, da gibt es ja einen Kontakt. Es ist mein anderer Freund. Der Freund, von dem ich träume.« Er schob das Foto in seinen Hausmantel und legte den Kopf zurück. »Was hier gleich geschieht, sollte von deiner Seite nur geschehen, weil es nötig ist. Tu es ja nicht aus Mitleid. Das

Mitleid ist der Genickschuß, den brauche ich nicht. Und jetzt die Klinge. Oder willst *du* sie einlegen?«

Ich reichte ihm die Klinge im Papier, wortlos, und er holte sie wie ein kleines Mitbringsel aus ihrer Hülle, während ich schon zur Schaumdose griff.

»Vorher schütteln, Haberland.« Er gab die Klinge in den Rasierer und hielt ihn für mich bereit. »Machst du das wirklich zum ersten Mal?« Ohne jede Sorge fragte er das, fast beschwingt, und ich schüttelte die Dose, schräg auf und ab nach Barmixerart, wir sahen uns an dabei, oder er sah mich dabei an, und sein Mund, so schien es mir, wölbte sich eine Spur, als der Schaum aus der Dose trat. Ich strich ihn in meine geschicktere Hand und verteilte ihn auf Branzgers Wangen und Kinn. »Ja, zum ersten Mal.«

»Dann stell dir vor, du seist Schauspieler und es würde im Drehbuch stehen. Haberland rasiert seinen Lehrer. Und vergiß mir den Hals nicht und die Oberlippe. Und bitte erst mit dem Wuchs, dann dagegen.«

Er nahm den Kopf etwas schräg, und ich setzte den Rasierer an, mitten auf der Wange, wo die eher feinen Stoppeln standen, Ausläufer, die sich mit einem Strich erledigen ließen. »Aber ich denke schon, Sie könnten das selber tun«, sagte ich.

»Dagegen hab ich nichts, Haberland. Denk, was du willst, aber rasier mich.«

Ich legte ihm zwei Finger an die Schläfe, und sein Kopf ging noch mehr zur Seite, ich rasierte den Kiefer. »Und dieser andere Freund, warum sehen Sie den nicht?«

»Alle paar Jahre seh ich ihn schon, jedes Mal ist es schön, aber schmerzlich. Wie es auch mit der Kressnitz wäre.«

»Aber das Schöne könnte ja überwiegen …«

»Das geschieht nur im Fernsehen, Haberland. Und ich sehe nicht mehr fern. Und wer nicht mehr fernsieht, hat der falschen Idylle den Rücken gekehrt. Oder der Kommunikation. Ich kommuniziere auch nicht mehr. Ich sitze hier und lasse mich rasieren und sehe dich an und spreche mit dir. Ist jetzt die Lippe dran?«

»Nein.«

»Gut. Dann kommen wir mal auf die alte offene Frage zurück: Ob ich bei allem, was ich hier sage und tue, auch anders könnte. Die Antwort ist nein. Weil ich es keinem anderen sagen möchte als dir und auch von keinem anderen rasiert werden will.«

»Auch nicht von diesem anderen Freund?«

»Nein, wir müßten zuviel lachen dabei, und er würde mich schneiden.«

»Und von der Kressnitz?«

»Sie würde mich nur unruhig machen, und das hatten wir schon.«

»Also muß ich es tun. Ich komme jetzt zur Oberlippe …«

»Nein, laß uns das Thema erst abschließen. Wäre Kristine jetzt an deiner Stelle, Haberland, würde ich mich auf die absurde Macht, die sie immer noch über mich hat, augenblicklich einstellen. Unsere Lissabongeschichte hat der Kressnitz nämlich etwas Herausragendes verliehen, das einfach weiterbesteht, obwohl die Geschichte aus und vorbei ist, eine private Prominenz mit anderen Worten. Und so käme ich in die Lage jener Geschwätzmeister im Fernsehen, die Abend für Abend den Prominenten aus der Hand fressen und dabei eine ganz neue Kunst entwickelt haben, die Kunst aus einer *leeren* Hand zu fressen, und wer will das schon. Und nun die Oberlippe, aber gründlich!«

Er straffte das Stück zwischen Nase und Mund, er hielt sogar die Luft an, während ich noch bei seinen Worten war, allem, was er gesagt hatte seit Beginn der Rasur, für mein Gefühl höchstens wirr, nicht verrückt – wirr, dachte ich, infolge von Unterernährung und Schlafmangel in Verbindung mit dem Höllenkaffee und der Wunde am Fuß; ich konnte oder wollte es mir nicht anders erklären, schon im Begriff, die Oberlippe vom Mundwinkel her zu rasieren. Ich ging jetzt gegen den Wuchs vor, mit stetem Knacken unter der Klinge, bis hin zur Nasenrinne, und bat ihn, die Spitze seiner Nase etwas nach oben biegen zu dürfen, was er sogleich und mit einem Lächeln geradezu von mir verlangte, denn es war die Gelegenheit, mit zugehaltener Nase weiterzureden, noch eine Attacke auf meine Nerven. Ob mir das eigentlich egal sei, fragte er, wie sehr sich die Kunst, aus einer leeren Hand zu fressen, gerade in unserem Land verbreite.

»Letztlich ja«, sagte ich.

»Dann spekulierst du also auch schon darauf – entweder diese Kunst auszuüben oder prominent zu werden. Hast du je das Grinsen von Leuten gesehen, die einen Prominenten auf der Straße erkennen? Es tut weh.«

Ich ließ seine Nase los. »Sie haben ein zu schlechtes Bild von den Menschen.«

»Weil ich nicht vergessen habe, daß es einen Sündenfall

gab? Das hat dich gerettet in dieser Konferenz, Haberland! Die Menschen sind nicht gut, ich und du eingeschlossen, sie sind es nur hin und wieder.« Er nahm mir das kleine silbrige Gerät aus der Hand und erklärte die Rasur für beendet. »Bloß hier bei uns glaubt man, wir seien im Prinzip gut, allenfalls gemein, wie unsere Witzereißer. Man glaubt, daß gewisse Fernsehunterhalter des Nachts schon die Grenze zum Bösen markieren, doch sie markieren nur den Rand des Guten. Während eure Sache im Keller des Hölderlin über diesen Rand hinausging, begleitet von schöner Musik. Wie böse oder nicht böse warst du, als deine Hände Tizias Beine auseinandergedrückt haben, *das* ist die Frage.«

»Ich weiß es nicht.«

»Dann müssen wir diesen Punkt klären.«

Der Doktor steckte den Rasierer ein, für den Fall, daß etwas nachwachse im Laufe des Tages; er schnappte nach Luft und sah dabei auf den Fuß, der endlich aufgehört hatte zu bluten. »Ich zum Beispiel *war* böse in der Pension mit dem Gleisschottergeruch, aber nicht nur. Ich habe die Kressnitz nicht gegen ihren Willen genommen, sondern höchstens gegen ihre Natur. Während es bei dir und Tizia doch eher umgekehrt war. Oder hat sie dich gewollt, als du ihr die Beine geöffnet hast? Oder wenigstens diesen Vorgang gewollt? Ausdrücklich danach verlangt haben dürfte sie wohl kaum. Stand es ihr also ins Gesicht geschrieben, daß sie so etwas wünscht? In deinen Augen wohl ja, und du hast entsprechend gehandelt. Ihr Gesicht schrieb dir praktisch vor, was zu tun war, ich kenne diese Art von Diktat. Kaum etwas läßt uns mehr zappeln als bestimmte Gesichter, darum gehe ich der Kressnitz auch aus dem Weg. Man fühlt sich ja schon unfrei, wenn man die Gesichter mancher Politiker sieht.«

»Reden Sie von meinem Vater?«

»Ich rede auch von deinem Vater.«

»Sie mögen ihn nicht, kann das sein?«

Branzger rückte ein Stück auf dem kleinen Sofa, ich setzte mich zu ihm; die Sonne schien jetzt durch den Vorhangspalt, ein Strahl voll tanzendem Staub. »Ja«, sagte er.

»Und was stört Sie?«

»Was mich stört?« Er griff zur Fernbedienung für die Musik, und aus der Anlage kam leises Klicken. »Das Gesicht eines Staatsmannes sollte im Alter immer eindeutiger werden, nicht umgekehrt, Haberland, denk nur an Münzen mit den Profilen römischer Kaiser. Und nun mach den Fernseher an und warte auf deinen Vater. Die Gesichter unserer Politiker ändern sich im Laufe ihrer Amtszeit bis zur Zweideutigkeit, es gibt nur wenige, die am Ende nichts von Tunten haben. Noch etwas Musik?« er stieß mit der Schulter an meine, »etwas zum Mitsingen, das du jetzt schon mal üben kannst für seinen nächsten runden Geburtstag. Nach reichlich Wein,wenn nur noch der kleinste Kreis in der Küche sitzt, die Getreuen, wird dein Vater es auskramen, Wooly Bully oder Wulle Wulle wie man hier sagt, das simpelste tiefe Lied unserer Jahre, denn wer hat nicht schon über den Text gerätselt, man nehme nur die ersten Worte, Had a could headache, denken ja viele, aber weit gefehlt, ich bin der Sache nachgegangen, wie ich allem nachgehe, was mich berührt. Matty told Hatty about a thing she saw, heißt es, und keiner sollte sich fragen, was das bedeutet, Haberland, Hauptsache, man kann es irgendwie singen, heiser und laut, du hast es doch bestimmt auch schon gesungen …«

Und ich nickte ihm zu, schwach, aber anhaltend, ich kannte das Lied, da gab's nichts zu üben, ich kannte all das Zeug von zu Hause und mochte es hier nicht hören, doch da kam schon der Anfang, der jeden verwirrt, auch meinen Vater, für ihn heißt er Had a *full* headache, es ist seine Trink- und Katerhymne, einmal im Jahr brachte und bringt er sie auf irgendeinem Höhepunkt in unserer Doppelhaushälfte, der immer schon kurz vor dem Tiefpunkt liegt, ein Anbrüllen gegen den eigenen schweren Kopf, seinen Schädel, den ich nie gewollt hatte und auch nie wollte und will, ob in Gesellschaft oder allein, schon gar nicht jetzt, als Branzger zu singen begann und mit den Fäusten zum Tanz animierte. »Warum tun Sie das?« rief ich.

Er griff zur Fernbedienung, und schon war es still, nur noch der Staub tanzte, ein stiller Sommermorgen. Um es überhaupt noch einmal zu tun, sagte er und nahm meine Hand, als säßen wir im Dunkeln. Auf einem Schulfest habe er das einmal gesungen, als Referendar, ein manichäischer Moment, Haberland … Der Griff um meine Hand wurde fester, und ich wollte jetzt nur noch weg, ohne mich schlecht zu fühlen, während seine Stimme etwas Helles oder wie von jeder Abnutzung Befreites, fast Junges bekam. »Alles in mir war Glaube an diesen Auftritt und dieses Lied, ich war vollständig aus mir herausgedrängt, nur noch in dem, was ich glaubte und tat. Ich konnte nicht singen, und es ist ein idiotisches Lied, aber ich sang, und das Ganze war gut.«

Branzger gab meine Hand frei und ließ seine Fäuste noch einmal tanzen, für zwei, drei Sekunden, nicht länger, dann hielt er sie ruhig und schaute mich an, und ich sagte: »Machen wir doch eine Liste von Dingen, die besorgt werden müssen. Und die besorge ich, während Sie schlafen.«

»Hast du's bei Tizia auch mit Vorschlägen versucht?«

Er boxte mich und lachte, dabei fielen ihm die Augen zu, für mich die Chance aufzustehen, ich schnellte förmlich in die Höhe. »Nein«, sagte ich. »Da gab's bloß den Vorschlag, daß wir uns ausziehen.«

»Und sie?«

»Hat geschwiegen.«

»Und dann?«

»Trat eine Art Pause ein.«

»Eine Art Pause ...« Der Doktor legte den Kopf zurück, mit einem Nachflattern der Lider. »Aber in solchen Pausen ist ja allerhand los, wie bei den Pausen in der Musik. Ihr Herz hat gerast, glaube mir.«

»Meins auch«, sagte ich.

»Etwas anderes habe ich nicht erwartet. Und kam es in dieser Pause, die keine war, zu einem Kuß?«

»Ja. Wir küßten uns etwas. Ich spürte ihre Zähne ...«

»Sie boten deiner Zunge Einhalt.«

»Genauso war es.«

»Und dann?«

»Riß ich an ihrer Kleidung.«

»Und sie?«

»Sagte bitte.«

»Das war schon ihr Nein. Und darauf wolltest du *was*?«

»Sie beruhigen. Aber es fiel mir nichts ein, kein Wort.«

»In der Liebe kennt man nie das nächste Wort. Wenn man es kennt, ist es nicht mehr die Liebe. Schrie sie?«

»Ja. Aber erst spät.«

Branzger stemmte sich von dem Sofa hoch, er trat auf mich zu, sein Blick ging über mein Haar. »Ich hoffe, du hast diesen Schrei nicht als Sieg verbucht.«

»Nein. Danach war alles aus.«

»Für wen?«

»Für mich, für sie, für uns beide.«

»Und warum wollte sie dich dann fertigmachen?«

»Keine Ahnung.«

»Weil noch *nicht* alles aus war. Hat sie auch Wörter geschrien? Ich meine, währenddessen.«

»Immer nur bitte.«

»Was heißt da nur?« Er stand jetzt dicht vor mir, ich sah Reste vom Schaum an ihm, kleine Flocken an Wangen und Kinn, ich sah seine Wimpern und sagte verdammt.

»Was verdammt?«

»Ich war die ganze Zeit zärtlich, verdammt!«

»Natürlich warst du zärtlich, was sonst. Es kann auch sein, daß sie vor Lust geschrien hat; aber in jedem Fall schrie sie vergebens. Bis Zimballa sie hörte. Er – und nicht du – hat ihrem Schrei einen Sinn gegeben. Für eine Hausmeisterexistenz sicher ein Höhepunkt. Er hat euch beide gerettet.«

»Er hat noch mehr kaputtgemacht.«

»Unsinn, Haberland. Er kam uns schon auf der Straße entgegen und sprach von einer *delikaten Geschichte* im Keller. Er hat Würde gezeigt, trotz all der Zeit im Hölderlin.

Das ist ja kein Pappenstiel, dreißig Jahre lang die Mißhelligkeiten von x Lehrerleben zu teilen. Du solltest ihm dankbar sein.«

»Ohne ihn wäre alles gut geworden.«

»Ach, du glaubst, Tizia hätte irgendwann, Nimm mich! geschrien und die Beine von selbst auseinandergemacht?«

»Ich weiß es nicht. Wir haben beide geweint, ehe die Tür aufsprang. Ich habe sie gestreichelt. Das war nicht leicht.«

»Das kann jeder Idiot.« Der Doktor nahm mein Gesicht in die Hände und streichelte es, von den Ohren abwärts bis zu den Mundwinkeln. »Du mußt nur an Harmonie glauben oder zu den Leuten gehören, die keine Mißtöne ertragen. Weißt du, was das heimliche Thema der Konferenz über dich war? Die gestörte Harmonie. Neun Lehrer reden über einen Schüler; und keiner der Beteiligten ist mehr der gute Mensch, als der er gesehen werden will. Aber nur dir und mir scheint das nichts auszumachen. Alle anderen möchten im Grunde so dastehen wie das Personal eines Fernsehfilms. Geht es dir auf die Nerven, wenn ich dich streichle?«

Ich schwieg, und Branzger streichelte weiter, nur mit den Fingerkuppen, vom Mund jetzt aufwärts über die Wange bis zur Schläfe und wieder retour; ich konnte mich nicht erinnern – und kann's noch immer nicht –, je so gestreichelt worden zu sein, am Ende mit einer kleinen Massage hinter den Ohren. »So, das reicht«, sagte er. »Schluß. Aber auch das wollte noch einmal getan sein.« Er zog die Hände zurück und betrachtete sie, als sei daran etwas hängengeblieben, ein Abdruck meines Gesichts, der sich auf seins verteilen ließe. Ob wir nun die Einkaufsliste machen könnten, fragte ich, und seine Antwort war der Auftakt für einen weiteren Wunsch. »Ja, das könnten wir, Haberland. Aber könntest du mir vorher auch noch das Haar schneiden? Es ist im Nacken zu lang, und ich verabscheue die Friseure in diesem Stadtteil, sie sind alle überbezahlt und geschwätzig.«

»Gut«, sagte ich, »wenn es sein muß.«

»Auf dem Sekretär nebenan liegt eine Schere. Wir erledigen die Sache gleich hier, die Haare auf dem Boden stören mich nicht. Oder stören sie dich?«

Sie störten mich nicht, seine Haare auf dem Boden, oder würden mich dort nicht stören, es war ja nicht meine Wohnung, also holte ich wortlos die Schere, die eine Papierschere war, und als ich zurückkam, saß er schon, den Kopf gesenkt und den Hausmantel über die Schultern gestreift, auf einem der Stühle, mehr in Erwartung eines Schwertes als einer Schere, und ich fragte ihn, wie es denn werden solle.

»Nicht zu steif, Haberland. Nicht, als sei ich beim Friseur gewesen. Du verstehst schon, was ich meine.«

Ich verstand, was er meinte, und begann mit dem Kürzen der Büschel im Nacken, seine Arme, auf die Stuhlkanten gestützt, zitterten, während meine Hand mit der Schere erstaunlich ruhig war. Ich hatte noch nie einem anderen das Haar geschnitten, nur mir selbst, wenn die Sympathie für mich einen Tiefpunkt erreichte, einmal im Jahr, zum Entsetzen meiner Mutter im Hinblick auf unsere Lokalabende, von meinem Vater dagegen nur mit einem Spruch bedacht, aus der Redendatei für politische Gegner, Man darf sich durch die Verschiedenheit der Frisuren nicht über die Gleichheit der Köpfe hinwegtäuschen, ha ha. Daran mußte ich denken und erschrak, als der Doktor zu flüstern anfing, das Haar müsse die Ohren noch berühren, flüsterte er, das erwecke den Eindruck einer gewissen Fülle, ich sollte mit Bedacht vorgehen, es gebe keine Eile. Und natürlich könnten wir dabei über den Einkauf reden. »Was schlägst du vor?«

»Butter und Milch«, sagte ich. »Dann Brot, Wurst und Käse und zwei, drei Pakete Spaghetti, die dünnen, dazu Tomatensugo und Pesto, wenn Sie das mögen. Ferner Saft und Wasser und frisches Obst, zur Zeit gibt es Himbeeren.«

»Die gibt es immer, Haberland, damit kannst du mich nicht locken. Und die übrige Liste ist die für ein Kind, das sich mit Autorennen und dem Umbringen von Fliegen beschäftigt. Laß dir etwas anderes einfallen.«

»Ich kann auch Steaks kaufen und Kartoffeln. Oder Pfälzer Leberwurst mit Senf. Oder Gelbwurst.«

»Gelbwurst ist gut. Da übergeb ich mich schon vorher.«

»Wie wär's dann nur mit Joghurt und Schwarzbrot, dazu etwas Frischkäse und ein paar Dosensuppen ...«

»Nur das Schwarzbrot.«

»Ohne Belag?«

»Von mir aus Edamer. Und paß auf die Ohren auf – ich sagte, berühren nicht abschneiden.«

»Ich paß ja auf – also Schwarzbrot und Käse. Und Saft.«

»Wozu Saft?«

»Sie brauchen Vitamine.«

»Nein, aber ich brauche noch etwas vom Obi. Du kennst doch den Obi, immer die Schweizer rauf, dann rechts.«

»Ich kenne den Obi. Nur brauchen Sie eigentlich Vitamine, Sie müssen sich mehr um Ihre Gesundheit kümmern.«

»Mir reicht es schon, daß der Staat sich kümmert. Er versorgt mich sogar mit einer Pension, stell dir vor. Aber dieser Staat, der mich zu versorgen vorgibt, trägt die Visage unserer Kanzler, Haberland, sein Lächeln ist leutselig, die Verlogenheit reicht bis in die Haarspitzen – wo wir schon bei Haaren sind. Unermüdlich gebraucht er das Wörtchen *wir* anstelle des Wortes *ich* und gaukelt uns vor, mit all unseren Abgaben hätten wir am Ende eine Versicherung gegen die Einsamkeit. Aber wo taucht die Einsamkeit im Gesundheitswesen auf, frage ich dich. Nirgends. Das Gesundheitswesen hilft mir keine Sekunde, wenn ich nachts wach liege, und auf die Frau Ministerin wäre ich auch nicht scharf; es weist mir nur den geregelten Weg zum Sterben, die übliche Verzögerung durch ärztliche Maßnahmen, danach den geregelten Weg unter die Erde. Der Rest ist Sache der Würmer, die nichts mit dem Staat zu tun haben, sie handeln aus privatem Interesse und kämen nie auf die Idee, ihr Tun zu beschönigen. Ohne ein Wort zu verlieren, fressen sie uns.«

»Fertig!« rief ich. »Wollen Sie sich im Spiegel sehen?«

»Will ich nicht, auf keinen Fall. Aber ich will dir sagen, was ich vom Obi brauche. Ein paar Quadratmeter Rauhfasertapete, Farbe und Kleister.«

»Wozu?«

»Weil ich weiße Wände mag. Und die Wand in der Küche ist voller Fett. Kannst du so was, tapezieren?«

»Nein.«

»Dann wirst du es lernen.« Branzger stand ruckartig auf, er schwankte noch mehr als sonst, und ich schlug vor, einen Arzt zu rufen oder wenigstens ein Taxi, das ihn ins Krankenhaus brächte, er aber hielt nichts von Vorschlägen dieser Art. »Bist du die Kressnitz?« rief er. »Sie hatte auch solche Ideen. Ich müßte mich untersuchen lassen, den Darm, den Magen, die Prostata, alles. Und weißt du, was ich ihr geantwortet habe? Wenn man mich öffnet oder sonstwie in mich hineinschaut, wird man höchstens die Agonie des Lehrerzimmers aus drei Jahrzehnten finden, ausgeweitet zu einem Loch, das alles frißt, was ihm zu nahe kommt: das negative Karzinom, immun gegen jede Behandlung von außen, die Liebe eingeschlossen. Wer sich nicht selbst heilt oder erlöst, bevor er stirbt, Haberland, der stirbt elend, und ich will nicht elend sterben, also erlöse ich mich selbst, und das mit deiner Hilfe, wenn du erlaubst – sieh mich an.«

Er stand jetzt dicht vor mir, sein Gesicht war wachsweiß, dazu kam das Ergebnis meines Haarschnitts, dem nur noch das Paar seiner Lippen etwas entgegensetzte, etwas, das es nicht leichter machte, ihn anzusehen. »Und auch du mußt dich heilen«, sagte er, »heilen von dieser Geschichte im Heizungskeller«, und ich fragte nur, wie das gehen sollte.

»Wie?« Der Doktor ging in den Nebenraum, er holte Stift und Papier. »Durch den Appetit des Wortes am Wort, nicht so simpel wie der des Fleisches am Fleisch und weniger unersättlich als der der Liebe am Lieben. Und jetzt notier dir die Einkäufe auf diesem Blatt.«

»Ich kann mir die paar Sachen auch merken.«

»Es kommt aber noch etwas dazu. Ich habe Lust auf Vanilleeis mit heißen Himbeeren – schreib dir das auf.«

»Das kann ich mir auch merken.«

»Dann schreib etwas anderes auf« – er drückte mir Papier

und Stift in die Hand, sein Atem pfiff jetzt – »schreib: Liebe ist immer eine Zumutung, für alle Beteiligten.«

»Warum soll ich das aufschreiben?«

»Weil es wahr ist, also los!« Der Doktor wiederholte das alles, und ich schmierte es auf das weiße Papier.

»Und warum Zumutung?«

»Fällt dir ein besseres Wort ein?«

Ich überlegte kurz, aber mir fiel kein besseres ein, und Branzger packte mich am Arm. »Du willst nur nicht nachdenken« – er nahm mir das Blatt weg und hielt es mir vors Gesicht – »Jeder Satz verlangt immer wieder, sich um ihn zu kümmern, seine Worte sind nicht tot. Und man muß verdammt viele ausprobieren, damit am Ende ein paar glaubhafte herausspringen, so glaubhaft wie die drei, auf die alles Reden und Schreiben hinausläuft: Ich liebe dich.« Er zerknüllte das Blatt, und ich lief zur Wohnungstür. »Das macht dir hoffentlich nichts aus!« rief er mir nach, da hatte ich die Klinke schon in der Hand. Nein, rief ich zurück, es mache mir nichts aus, und von ihm nur: Ob ich sicher sei. Mein alter Lehrer schwankte jetzt, er schwankte direkt auf mich zu. »Diese drei Worte machen nämlich jedem etwas aus!«

»Also gut, sie machen mir auch was aus.« Ich drückte die Klinke herunter, seine Hand schob sich auf meine.

»Ärgern sie dich?«

»Aus Ihrem Mund, ja!« Ich wurde jetzt ebenfalls laut, und er machte die Tür für mich auf, als wollte er mich wieder hinauswerfen. Mein Ärger, sagte er, interessiere ihn nicht, ein Gefühl, das kaum der Rede wert sei, worauf ich ihn fragte, was *dann*, und er sich zu mir beugte. »Beeindrucken könnte mich nur dein metaphysischer Zorn, Haberland. Und natürlich die Gegenliebe; Ärger nehm ich dir nicht ab. Oder hat Tizia sich am Ende eurer Kellerstunde geärgert? Nein, hat sie nicht. Sie war enttäuscht. Und zornig. Also entscheide dich.« Er nahm die Hand von meiner, und ich trat auf die Fußmatte vor seiner Tür, in die kühle Luft des Treppenhauses. Ob er wirklich Vanilleeis wollte, fragte ich.

»Ja, und mit Himbeeren, vergiß das nicht. Wann habt ihr euch geküßt in dieser Stunde?«

»Ziemlich bald. Aber die Probleme gingen sozusagen im Mund weiter. Und welches Vanilleeis?«

»Auf keinen Fall Langnese. Und weißt du auch, warum sie weitergingen, warum das Küssen nicht geholfen hat? Weil wir nicht das Mark am anderen küssen können. Da muß schon viel passiert sein, bis wir dem nahe kommen. Da liegt schon mehr hinter uns als vor uns. Und nun geh einkaufen!«

## – 33 –

Der Lebensmittelladen am Schweizer Platz – heute Tengelmann, damals Schade & Füllgrabe – lag und liegt in einem Flachbau aus den frühen Siebzigern, dreigeschossig, weiß, ein Schuhkarton, und verdankt seine Lage vermutlich einer amerikanischen Fliegerbombe, verweht oder irrtümlich abgeworfen, da die Gegend um Branzgers vier Ecken kein Ziel war; und doch hat ihr Einschlag den Platz bis heute zerstört, so wie ein Mensch für immer zerstört ist, wenn er zu früh ins Mark getroffen wird – dieses Wort verfolgte mich jetzt. Nach Beseitigung aller Trümmer und juristischen Hindernisse konnte jedenfalls der Schuhkartonbau entstehen, vor der Nase nur den Zeitungskäfig, wie ihn der Doktor genannt hat, und einen Wohnwagen mit türkischem Fraß, der am Abend verschwindet, was man von allem übrigen leider nicht sagen konnte und kann. Der Laden selbst hat die Größe und Form eines Tennisfelds mit vier Kassen am Eingang, gleichsam auf der Grundlinie, und am späteren Vormittag, als ich durch die offene Schwingtür kam, sogar alle besetzt. Hinter den Kassen dann gleich die Waren, verteilt auf fünf Quergänge – meinem Gefühl nach fünf, ich habe sie nie gezählt –, und zwei Gängen an den Seiten, rechts die Getränke und Kühlwaren, links die Milchprodukte, vor der rückwärtigen Wand schließlich Fleisch- und Käsetheke; soviel zum Ambiente meines Einkaufs an diesem verdammt schönen Tag (der für mich auch immer mit dem Wort *Mark* verknüpft sein wird).

Ich steuerte hinter den Kassen automatisch nach rechts, vorbei am Teeregal und der Diätschokolade, die meine Mutter gleich tafelweise verspeist, wenn sie sich schlecht fühlt, dachte aber nicht daran, ihr welche mitzubringen, es hätte sie nur unnötig gerührt und am Ende in neues Unglück gestürzt. Sie hatte diesen Laden übrigens seit Jahren nicht mehr betreten und mein Vater überhaupt noch nie, er hatte lediglich, als er noch Stadtverordneter war, das Kommen und Gehen vor dem Laden genutzt, um sich durch Verschenken von Luftballons für Höheres zu empfehlen; also hatten entweder die verschiedenen Haushaltshilfen hier eingekauft oder ich. Keinen anderen Laden Frankfurts, ich würde sogar behaupten, der ganzen Welt, haßte ich mehr, keine Zeit an irgendeinem anderen Ort kam mir vertaner vor als die in den fünf Quergängen und den zwei Seitengängen des Ladens am Schweizer Platz, und mein einziger Trost an dem Tag war das Übersichtliche des Einkaufs, Schwarzbrot, Edamer und ein Saft, dazu Vanilleeis und Himbeeren aus der Tiefkühltruhe, und dorthin ging auch mein erster Weg, ich holte eine Packung Himbeeren, das Eis wollte ich später im Milano besorgen, aber die Beeren, dachte ich, könnten ja schon etwas auftauen oder wären so gut wie aufgetaut, wenn ich vom Obi käme, wo ich auch zuerst hätte hingehen können, doch wollte ich nicht mit dem Tapetenstück durch den Schade & Füllgrabe (oder auch künftigen Tengelmann-Laden) laufen und als Obi-Kunde erkannt werden, lieber ging ich später als Tengelmann-Kunde – ich ziehe den bekannteren Namen jetzt vor – mit dessen Tüte durch den Obi, was sich nicht vernünftig erklären läßt, vielleicht eine Folge der schlaflosen Nacht. Der direkte Weg zum Tiefkühlfach hatte auf jeden Fall mit Erschöpfung zu tun, denn ich preßte mir die gefrorenen Himbeeren gleich auf die Wange und konnte sie daher schnell genug vors Gesicht halten, als ich im Gang mit den Körperpflegeartikeln, vor dem Zahnpastafach und zwischen zwei jungen Türkinnen, die Kressnitz entdeckte.

Sie hielt einen Korb in der Hand, noch leer, und trug ein Kleid, das ich noch nie gesehen hatte an ihr, dunkelblau mit weißen Punkten, und sie hatte ihr Haar hochgesteckt, darin eine Sonnenbrille; die kannte ich, mit der spielte sie gern. Ihr Mund stand leicht auf, als wollte sie eine der Zahncremes probieren, und ich drehte mich wieder den Kühlsachen zu und sah auf die Uhr. Bestimmt hatte sie eine Freistunde, aber was trieb sie zum Einkaufen, warum saß sie nicht in der Sonne? Oder war sie mir gar in den Laden gefolgt, hatte Branzger die Wohnung verlassen, mit ihr Kontakt aufgenommen? Alles mögliche schoß mir durch den Kopf, während die Türkinnen – gut zu sehen im Glas vor den Kühlfächern – weiterzogen und die Kressnitz jetzt Shampoo und Festiger in ihren Korb gab und den Gang dann verließ, Richtung Chips, während ich schnell das Brot holte, die erste Änderung meiner Route; vom Brot wechselte ich zu den Haushaltssachen, wo ich Verbandszeug mitnahm, und von da ging's zu den Zeitschriften, wo ich mich unter die Schwarzleser mischte. Ich wollte ihr auf keinen Fall über den Weg laufen, ich wollte nicht hören, wer jetzt den Pyramus spielte und wer die Thisbe, oder gefragt werden, wem dieser seltsame Einkauf, Brot und Pflaster, zugute käme. Und ich wollte ihr auch selbst keine Fragen stellen, was sie von mir denn nun halte, oder sie am Ende noch wissend anschauen, mit einem Blick, dem sich entnehmen ließe, was ich von *ihr* hielt – entsetzlich viel, auch wenn sie mein Gestrichel herausgerückt hatte. Also versteckte ich das Gesicht hinter einer Zeitung – nicht originell, aber nach wie vor wirksam –, nämlich der guten alten Rundschau, immer mal wieder neu aufgemacht, das Blatt, das meinem Vater für gewöhnlich die Stange hielt. Und während die Kressnitz irgendwo hinter mir einkaufte, übersprang ich die Deutschlandseiten und stieß auf eine Meldung über junge Frauen aus Afrika, von Soldaten so oft und so schwer vergewaltigt, daß sie dem Tod danach näher waren als dem Leben, aber das Leben noch vor sich hatten; von allen verstoßen, auch der eigenen Sippe, irrten sie weinend über die Müllkippen – die Einzelheiten, Gott sei Dank alle genannt, übersteigen das Fassungsvermögen –, und ich stellte mir eine Art Skala vor, mit dem, was diesen Frauen widerfahren war, am einen Ende, und dem, was ich getan hatte, am anderen, ein Gedanke, der mir einfach so kam oder gegen den ich einfach nicht ankam, während mein Blick über den Rand der Zeitung ging und ich gerade noch sah, wie die Kressnitz den Laden verließ.

Ich legte die Rundschau zurück und holte schnell den Edamer, die Joghurts und zwei Tüten Milch, obwohl von Milch gar nicht die Rede war, doch er mußte ja etwas trinken und auch etwas Richtiges essen, und so nahm ich noch Nudeln mit, zwei Pakete, bevor ich zu den Kassen lief. An jeder standen Leute, die meisten kannte ich vom Sehen; es wundert einen ja immer wieder, wieviel Leute man irgendwie kennt und dann doch, wenn sie tot sind, nicht vermißt, nur ein bißchen, wie unsere alten Straßenbahnwagen (oder den Schriftzug von Schade & Füllgrabe). Ich kam an die Reihe, und die Person an der Kasse nickte mir zu, als seien wir Bekannte, offenbar war ich Stammkunde in dem Laden und wußte es nicht, so wie eine Freundschaft wächst, ohne daß man es merkt; der Schweiß brach mir aus, ich zahlte und griff mir die Tüte, und zehn Minuten später betrat ich den Obi, eine Halle, in der man hätte Fußball spielen können, mit schluchtartigen Gängen und großen Wegweisern, wie ein für Riesen geschaffener Bastelkasten.

Die Luft stand zwischen den hohen Regalen, und mir wurde schwindlig bei all den Gerüchen nach Lack und Holz und Gartenzeug. Ich ging zur Tapetensektion und holte eine Rolle Rauhfaser, dann in der Farbenabteilung einen Liter Weiß und im Nachbargang Rollpinsel und Kleister in Pulverform, anzurühren mit Wasser, also holte ich auch noch einen Eimer, damit für den Anstrich nichts fehlte, obwohl die Küchenwände noch ganz ordentlich aussahen, fand ich. An den Kassen war nichts los, mittags ist keine Obi-Zeit; ich ließ mir eine Rechnung geben, die Frau an der Kasse schwitzte, während mir jetzt flau war vor Hunger, ich hatte ja nichts gefrühstückt, nur den Kaffee für Tote getrunken, höchste Zeit also, etwas zu essen, auch wenn ich die Tüten am Hals hatte, links die schweren Lebensmittel, weil ich Linkshänder bin, rechts die Tapetensachen. Mit weichen Knien ging ich zum Ausgang, hinaus in eine grelle Sonne, und sah erst im letzten Moment, wem ich in die Arme lief, absolut wehrlos mit meinen Tüten und auch nicht gerade würdevoll.

Die Kressnitz mußte mich gesehen haben, beim Verlassen des Schuhkartons, und war mir dann wohl gefolgt, meine Sommernachtstraumherrin und musikalische Kunstlehrerin, der ich eine Zeichnung verehrt hatte, die nun zwischen Rembrandts hing. Sie sah aus wie im Urlaub, ein rotes Netz über der Schulter, darin ihre Einkäufe, und die Sonnenbrille jetzt auf der Nase, ein Bummel an der Baumarkt-Promenade mit Betonbrunnen und eiserner Bank. Ich hob die Tüten an und sagte Hallo, worauf sie den Kopf zurückwarf, eine Bewegung, die sie auch in Musik gern gemacht hat, nach Anhören eines Beispiels, Tell Me, vor ihrer ersten Frage, wie man das empfunden habe. Mich aber fragte sie, wie ich mich fühlte, jetzt, da ich bleiben könne, also im Grunde die Frage, wie man damit lebe, etwas getan zu haben, für das es nur Ausdrücke gab, aber kein Wort, und ich klammerte mich jetzt an die Tüten, denn wer solche Tüten hält, kann unmöglich Fragen nach seinem Gefühlsleben beantworten, und die Kressnitz schien das zu spüren. Sie hakte nicht nach, und ich stellte meinerseits eine Frage: Ob sie mir vom Schweizer Platz hierher gefolgt sei. Sie räusperte sich, das kannte ich von den Proben, sobald sie nervös war, kam dieser Katzenlaut, und nach dem Räuspern nickte sie, und ich sagte, Okay, dann reden wir jetzt oder was?, und sie darauf: Ich wollte dir nur guten Tag sagen. Auf einmal duzte sie mich, das war ihr auch bei den Proben passiert, Pyramus, könntest du bitte den Mund halten, so was in der Art, ein Duzen, das mir gefallen hatte und auch jetzt gefiel, zumal sie die Sonnenbrille wieder ins Haar schob und ich ihre Augen sah, die Augen, die in Branzgers Augen geblickt hatten, nun aber tief in meine Tüten schauten. Ob das für mich sei, fragte sie, und ich sagte, Ja, für wen sonst, und das Obi-Zeug auch, ich mache mein Zimmer neu. Die Kressnitz ging auf den Betonbrunnen zu, immer einen Fuß vor den anderen setzend, sie glaubte mir nicht, oder hätte sie sonst, trotz Sonne, die Brille im Haar behalten? Sie war auf der Hut, ich spürte ihr Mißtrauen, während mir immer flauer wurde. Ob wir nicht etwas trinken und essen wollten, fragte ich, und sie zeigte auf einen Alten im Kittel, der Wasser und Brezeln anbot, eins der besseren Dinge in meiner Stadt, diese Alten mit duftenden Körben; also besorgte ich Wasser und Brezeln für zwei, und wir setzten uns damit an den Brunnen, der wie ein Überbleibsel von Bunkeranlagen aussah, bei neuen Frankfurter Brunnen völlig normal. Guten Appetit, sagte ich, und sie: Danke, was hat das gekostet? Sie holte Geld aus der Tasche, aber ich wollte ihr Geld nicht, das sei eine Einladung, sagte ich, worauf ihr Blick in meine Obi-Tüte ging, als hätte ich auch dazu eingeladen. Und Tapeten kleben, sagte sie, das machst du selbst? Ich nickte ihr zu, ja, warum nicht, und kochen kann ich auch … Die Kressnitz biß von ihrer Brezel ab und schien sich einen Ruck zu geben, jedenfalls sah sie sich meine anderen Einkäufe an. Ein reiches Essen werde das nicht, sagte sie, da fehle das Fleisch, sie würde Huhn empfehlen, immer bekömmlich. Du füllst es mit einem Brei aus aufgeweichtem Brot und gibst Knoblauch und frischen Koriander dazu, dann in den Römertopf und fertig …

Sie schraubte die Flasche auf und trank einen Schluck und betrachtete mich aus ihren Teichaugen (Augen, an die mich heute – Engagement der Moleküle – Kathrin Weils Augen erinnern), ehe sie ihr Urlaubsvisier wieder herunterklappte. Ob das ein Rezept aus Lissabon sei, fragte ich, und Kristine Kressnitz sprach über die Öffnung der Flasche hinweg, mit einem schönen, fremden Klang, an den ich mich besser erinnere als an ihre Worte; auf jeden Fall hatte sie meine Frage bejaht – ja, woher sollte das sonst stammen, dieses Rezept –, und war dann in einem Bogen von Lissabon zum Hölderlinkeller gekommen. Ob das, was dort unten passiert sei, mit ihren Theaterproben zu tun gehabt hätte, in irgendeiner Form, fragte sie, und ich schob mir ein großes Brezelstück in den Mund, um dann mit vollem Mund nein zu sagen, worauf sie auf einen Zug die halbe Flasche trank und sich dabei langsam wegdrehte; am Ende sah ich ihr Profil, das nach dem Trinken etwas Stilles, ja Fernes hatte, wie die Frauengesichter auf alten Gefäßen. Ob sie meine Zeichnung noch habe, fragte ich, und sie sah mich über die Brille hinweg an und gestand mir, was mit der Zeichnung geschehen war. Aber es sei nur eine Leihgabe, fügte sie hinzu, und ich fragte, ob sie seine Wohnung kenne, die Wohnung des Doktors, und die Kressnitz nahm ihr Einkaufsnetz und kam vom Brunnenrand hoch, ich sah ihre lichten Kniekehlen; dann fuhr sie herum und stieß mit den Zehen, die aus ihren Sandalen hervorstanden, an die Tapetenrolle. Die reiche nicht für ein Zimmer, sagte sie, die reiche höchstens für eine Wand. Und dann sagte sie nichts mehr, aber atmete, als käme immer noch mehr, und jeder Satz wäre lauter als der vorangegangene, ich sah, wie sich ihre kleine Brust hob und senkte, während der Wind auf dem Obi-Vorplatz ihr schwarzes Haar über dem Scheitel aufwehte, das Haar, das nachts in den Gassen der Alfama ein Rivale des Himmels war, und ich wußte mit diesem Atmen nichts anzufangen – was heute sicher anders wäre –, mir war nur klar, wie sehr sie an Branzger noch hing, anders als ich, aber nicht weniger; mir war klar, daß wir Geschwister waren in dieser Sache, Blutsverwandte ganz eigener Art, ohne darüber reden zu können.

## – 34 –

Gerade rief mich die Weil an, in heller Panik wegen morgen. Der Hirnforscher hat abgesagt, das heißt, seine Frau hat sich telefonisch gemeldet, ihr Mann sei im Max-Planck-Institut die Treppe hinuntergefallen, zum ersten Mal in seinem Leben und ausgerechnet einen Tag vor der Veranstaltung in Lissabon, schuld seien nur seine neuen Schuhe, die glatte Ledersohle; er habe sich den Arm gebrochen und auch eine Kopfverletzung zugezogen, nichts Ernstes, aber untersucht werden müsse es trotzdem, so die Ehefrau, und ihr Mann sei sehr traurig deswegen und natürlich bereit, seinen Vortrag zu mailen, dann könne ihn ein anderer verlesen. Ob ich das machen würde, fragte mich die Weil und betonte dabei nicht das Pronomen, also mich, sondern das Verb, *Machst* du das, sagte sie flehend, als ginge es darum, etwas mir *ihr* zu machen oder bestenfalls mit uns, nicht aber mit dem Vortrag des gestürzten Hirnforschers, und ich versuchte, sie zu beruhigen, indem ich ihr klarmachte, daß wir die anderen Beiträge etwas ausdehnen könnten, auch den der Schauspielerin, die jetzt schon in der Luft sei, also gewiß käme, und sich auch über die Gefühle beim Vortrag von Heine und Hölderlin äußern könnte, und wieder die Frage, ob ich das machen würde, jetzt schon drängender, Du, bitte mach das, der Botschafter kommt, er hat zugesagt, und von meiner Seite ein klares Nein. Nichts auf der Welt, sagte ich, könne mich zum Vorleser des Hirnforschers machen, ich sei aber bereit, seine Ansichten zusammenzufassen, und am anderen Ende hörte ich unsere Leiterin atmen, wie die Kressnitz vor dem Obi geatmet hatte. Ich sah förmlich, wie sich ihre Brust hob und senkte (die weniger klein war als die der Kressnitz, viel weniger), und schließlich bat sie mich, es vielleicht ihr zuliebe zu tun, und wieder sagte ich Nein, fügte jetzt allerdings ihren Namen hinzu, Nein, Kathrin, aber ich werde die Sache retten, verlassen Sie sich drauf, unser Abend wird ein Erfolg, und am Sonntag gehen wir essen, wieder Schwertfisch und Açorda oder sonst etwas mit Koriander, den mögen Sie doch so, und irgendwie konnte ich sie damit überzeugen. Sie lege das jetzt alles in meine Hand, sagte sie, als ginge es schon wieder um uns, und ich hörte sie seufzen und hörte ein Feuerzeug schnappen, vermutlich bonbonfarben, und nach dem ersten Zigarettenzug fragte sie, ob ich nicht vorbeischauen wollte, damit wir den neuen Ablauf festlegten, und ich erwiderte, wozu, der neue Ablauf sei der alte; außerdem müsse ich arbeiten, nun erst recht. Und von ihr, leise, noch die Bitte, mich nicht kaputtzumachen, und von mir, ebenso leise, die gleiche Bitte, nur mit dem Wort *verrückt* statt *kaputt*, dann haben wir aufgelegt, im selben Moment.

Und nun mache *ich* mich verrückt statt kaputt, während sie vermutlich ruhig ist, sich ganz auf mich verläßt. Denn mir bleiben nur noch Stunden, bis Tizia im Schachkästchen auftauchen wird, und nach wie vor liegen Notizen herum, die letzten zwei Blätter, und die Sache mit morgen, mit unserer

Veranstaltung, die kommt noch dazu, auch wenn sie mich weder kaputt- noch verrückt macht, nur beschäftigt; ich frage mich, was die Gründe für diesen Treppensturz waren. Die Ursache nur in den neuen Schuhen zu sehen erscheint mir ein Witz, warum sind die Schuhe gekauft worden, muß man sich fragen: doch offensichtlich für die Lissabonreise, um hier mit neuen Schuhen Eindruck zu machen oder wenigstens mitzuhalten. Aber hätten es nicht auch Schuhe mit Gummisohlen getan, nachweislich besser für die Gelenke, vom sicheren Gehen ganz zu schweigen? Offenbar nicht. Es mußten Schuhe mit Ledersohlen sein, die bei jedem Schritt ein Geräusch verursachen, ein Klacken wie das Klacken von hohen Absätzen: ein die Menschen, in dem Fall das Publikum unseres morgigen Abends, einnehmender Ton, auf den der Hirnforscher aber auch kurz vor der Abreise im eigenen Institut nicht hatte verzichten wollen, obwohl ihm ja sicher bekannt war, wie gefährlich neue Ledersohlen auf blankpolierten Treppen sind, doch schien ihm das gleichgültig gewesen zu sein, er wollte die Mitarbeiter oder eine Geliebte schon einmal aufhorchen lassen bei seinen Schuhen, aller Gefahr zum Trotz. Ein lockerer Gang die Treppe hinunter war der Sieger ohne Alternative im Wettbewerb aller erregenden Möglichkeiten in diesem Moment, und der Schuhträger glitt aus und stürzte, brach sich einen Arm und schlug sich den Kopf auf und hatte schlagartig den besten Beweis für seine Ansichten über die Freiheit des Willens, die er nun aber nicht mehr selbst vortragen konnte, da es ihm jetzt sinnvoller erschien, daß sein Kopf auf eventuelle Schäden hin untersucht wird, wie es ihm auch sinnvoller erschien –

ob er wollte oder nicht, würde ich sagen –, sich durch seine Frau entschuldigen zu lassen, anstatt es selber zu tun, und sie mit einer direkten Erwähnung der neuen Ledersohlen als Unfallursache zu beauftragen, was ihn sympathisch macht, sowie einer indirekten Erwähnung seines traurigen Ichs, was ihn mir fast schon nahebringt.

## – 35 –

Und natürlich drängt die Zeit jetzt noch mehr, der Beitrag zur Neurologie der Romantik steht im Programmheft und will ersetzt werden, ich aber lasse mich nicht drängen; ich schließe die Augen und spreche ein Wort vor mich hin, das die Zeit einfach zurückdrängt, ja mit vier Silben überlistet. *Koriander!* Ich kannte dieses Gewürz damals nicht, gewiß nicht dem Namen nach, nur sein Geruch war in mir abgelegt, ein kleiner Stern in meiner Hirngalaxis, und so hatte ich den Namen vor mich hin gesprochen auf dem Rückweg zum Schweizer Platz, wo ich beides, Knoblauch und Koriander, am Gemüsestand vor dem Geflügelladen (heute Thai-Snack) bekam, und logischerweise besorgte ich auch gleich dort ein Huhn. Das war also sein Leibgericht, das hatte sie ihm gekocht, die Kressnitz, und jetzt sollte ich es kochen; entweder wußte sie alles von Branzger und mir, oder ihre Hellsicht war so groß, daß auch ich mich von ihr getrennt hätte. Auf meiner Einkaufsliste, die ja seine war, stand allerdings ein anderer Wunsch, Vanilleeis mit heißen

Himbeeren; das Eis fehlte mir noch, das Brot für die Huhnfüllung ebenso, und ich ging der Reihe nach vor. Zuerst kaufte ich im Milano fünf Kugeln, drei für ihn, zwei für mich, dann lief ich zum Kröger, wo jeden Sonntag dieselben Idioten standen und stehen, die meisten gerade aus dem Bett gekrochen, im Turnzeug, eine Schlamperschlange bis zur Straße, geduldig wartend auf die ganze Welt des Krögerbrötchens und Krögerbaguettes (Vorläufer des Ciabattabrots), und letzteres, nämlich ein Baguette, ließ ich mir einpacken, Tüte vier; und als auch das getan war, nahm ich beim Zeitungskäfig noch die Rundschau mit.

Und mit den vier Tüten in meinen zwei Händen und einem Kopf voller Gedanken, die ich mir um die Kressnitz machte, lief ich über die Schneckenhof- in die Morgensternstraße, bis ich vor Branzgers Haus stand oder dem Haus mit seiner Wohnung, ehedem Wohnung der Rosens. Sie hätte mitkommen sollen, dachte ich, dann wäre alles gut geworden, und den Abend hätten wir zusammen verbracht, wenn es dabei geblieben wäre – auch das war ein Gedanke; erst als ich in der stickigen Luft des Treppenhauses die Sachen hinauftrug, den Schlüssel zwischen den Zähnen, und aus der Gemüsestandtüte mit einem Mal der in mir abgelegte Geruch drang, war alles Denken vorbei. Der Geruch warf mich zurück auf einen Urlaub en famille, auf das Gerede meines Vaters und auch das meiner Mutter, ja schlimmer noch, auf das der beiden in Verbindung mit mir, und all das in einer Blitzartigkeit, wie sie kein Wort, kein Bild, kein Geräusch, wie sie nur ein Geruch, zum Beispiel Tinte, oder in dem Fall Koriander, hervorrufen kann.

Ein Ort in Portugal, steile Küste mit sandigen Buchten, wenig Sonnenschirme, viele Wellen; die Eltern und ich am schmalen Strand, das Italienhaus noch in weiter Ferne; acht oder neun war ich, mein Vater las den ganzen Tag Zeitung, während meine Mutter aufs Wasser sah und allmählich verbrannte, und ich, zwischen den beiden, im Schatten des Schirms meines Vaters, mit dem Stiel einer Schaufel in den Sand zeichnete, weil es ja sonst nichts zu tun gab und Zeichnen schon immer ein Freund war, bis mein Vater von seiner Frankfurter Allgemeinen Zeitung aufsah und die Zeichnung korrigierte. *Das* müsse so sein, sagte er, und das *so* (die Art, in der er jetzt von Innovation spricht, wo ihm doch nur ein lieber Mensch fehlt, alle Erneuerung wäre damit geschafft, niemand müßte für seine Ehe mit dem Anblick von Windrädern bezahlen), und meine Mutter streckte eine Hand nach mir, ohne ihr Sonnenbad zu gefährden, eine Hand, die meinen Kopf verfehlt hat, bis ich ihr entgegenkam und es herbeiführen konnte, wo mich die Hand dann berührte. Bist du auch eingecremt, kam es von ihrer Seite, obwohl ich im Schatten saß und sie in der Sonne, und mein Vater ebnete inzwischen die Zeichnung im Sand mit dem Fuß, Versuch's noch einmal, und ich fing von vorne an, während er las, und abends gingen wir in ein Hafenlokal, und es gab etwas mit Koriander – da hatte ich dieses Wort aufgepickt, samt dem Geruch –, etwas, das meine Eltern beide mochten, das sie vereint hat in meinen Augen wie kaum etwas anderes. Wir werden das einführen, sagte mein Vater, und ich bekam eine Cola, die gab es sonst nie, höchstpersönlich sorgte er für das nötige Eis, some ice for my son, obrigado, und nachts hörte ich meine Mutter leise seinen Namen schreien und wunderte mich, daß ein Politiker auch im Dunkeln solche Dinge bewirken kann, sogar das Wort Gott drang zu mir, o Gott, und ich brachte es mit dem Koriander in Verbindung, man reagiert ja traumhaft als Kind, da sind Wörter wie Murmeln, einige liebt man geradezu und schämt sich, wenn sie verlorengehen, weil man nicht genug aufgepaßt hat, und tauchen sie je wieder auf, bleibt einem das Herz stehen …

Jedenfalls mußte ich um ein Haar weinen, wie man es manchmal im Kino hat, als ich mit den vier Tüten und diesem Geruch vor Branzgers Wohnungstür stand, und wartete folglich mit dem Aufsperren, bis sich die Dinge in mir wieder beruhigt hatten; dann aber trat ich rasch in den Flur, schloß die Tür hinter mir und brachte alle Einkäufe in die Küche. Ich gab Milch und Himbeeren in den Kühlschrank, ebenso das Huhn, die Joghurts und den Käse. Das Eis schob ich ins Tiefkühlfach, zu einer Schachtel Erbsen, die sicher schon lange dort lag, glasig gepanzert; die Nudelpakete, den Knoblauch und den Koriander legte ich auf den Tisch, zu dem Schwarzbrot und dem Baguette, die Obi-Sachen ließ ich in der Tüte. Es war also alles getan, was zu tun war, und ich wollte mich bloß noch frisch machen, da kam aus der vorderen Wohnung ein Laut wie das Entweichen von Luft aus Reifen, und ich rieb mir nur das verschwitzte Gesicht ab und ging auch schon den Flur entlang, zu unserem Kaffeeraum mit dem kleinen Sofa, auf dem mein alter Lehrer mehr lag als saß. Ein Arm hing herunter, die Hand dunkelrot, und das Blut, das daran ablief, lief in Bahnen bis an die Schwelle, auf der ich stand, im ersten Moment – fest verankert in mir – leise fluchend, als hätt ich's gewußt, und auch noch fassungslos, doch jetzt mit zugeschnürter Kehle, als ich den Rasierer herumliegen sah, aufgeschraubt, ohne Klinge.

## – 36 –

Alles, was in der nächsten Minute geschah, aber auch in den Minuten danach, wäre besser in einem Film aufgehoben, in Bildern, die mehr als Worte sagen, unterlegt allenfalls mit Musik, einem leisen Choral, wie er damals, am Anfang unserer Beziehung, aus dem dunklen Nebenraum kam, denn mindestens sechs Dinge spielten sich, kaum hatte ich den Doktor mit dem von mir geschnittenen Haar und offenem Puls auf dem Sofa gesehen, parallel ab, und jedes prägte sich ein, wie auch alle noch folgenden Worte (die sich auf keinem Blatt mehr finden, nur noch in meinen Eiweißen).

Erstens: Das Blut lief immer noch weiter, wie vergossener Lack. Zweitens: Es traf mich ein tröstlicher Blick. Drittens: Dazu bewegte sich Branzgers Mund, ohne daß etwas über die Lippen kam. Viertens: Ich griff in die Tasche und holte die Kassenzettel heraus, als gelte es nur, meine Auslagen zu erklären. Fünftens: Ich entdeckte die Rasierklinge in Branzgers anderer Hand, die er, sechstens, zu einer Art heiterem Gruß hob. Und plötzlich doch ein Wort, das mich zucken ließ wie der Geruch aus der Tüte, »Vigo«, sagte er, »kommen Sie doch näher«, und ich ging zu dem Sofa, während er die Beine anzog, um mir Platz zu machen. »Das mit dem Fuß war wohl keine Gewöhnung an den Anblick größerer Mengen Blut ...« Ganz ruhig kam diese Frage, und ich bemühte mich, ebenso ruhig zu antworten, »Nein, es hat nicht funktioniert. Aber trotz dieser Mengen wäre sicher noch etwas zu machen ...« Mein alter Lehrer zog die Brauen hoch, wie früher in Latein, bei einer unsinnigen Endung, und die Hand mit der Klinge sank wieder aufs Sofa. Er hatte ganze Arbeit geleistet, das sah ich erst jetzt, ehe mich wieder ein Blick traf, nun eher um Verständnis bittend, ja um Verzeihung wegen der Ungelegenheiten, die er mir machte. »Ich hatte angenommen, das ginge hier zügiger«, sagte er. »Oder so ein Einkauf würde länger dauern, wenn man etwas trödelt. Und an die Tapete haben Sie auch gedacht?«

Ich nickte ihm zu, und leicht verspätet fiel mir auf, daß er mich siezte, denn es klang gar nicht so. Es klang nur wie ein höfliches Wort und war der Zügel für einen Namen, der mir niemals gehört hat, aber von ihm jetzt gebraucht wurde, als sei Haberland tot. »Gut, Vigo, das beruhigt mich«, erwiderte er, während ich schlagartig begriff, daß diese ganze verworrene Nacht, die hinter mir lag, nur für mich so verworren war, nicht für ihn, und mich ein Zittern befiel, wie im Keller des Hölderlin, von den Beinen aufsteigend bis in den Kiefer, ein Zittern vor mir selbst oder dem Hirn, das mich lenkt, und eins vor dem Leben, das mich samt Hirn in die Tasche steckt. »Ich soll also nichts tun«, stellte ich noch einmal fest, um auch sicherzugehen, und der Doktor räusperte sich leise, wie sich die Kressnitz leise geräuspert hatte. »Nein, Sie sollen sich nur setzen.« Und selbst das schien mir Teil eines Plans zu sein, das Verweisen auf sie, als wüßte er von unserer Begegnung: die kein Argument sei, ihm etwa den Arm abzubinden. Ich setzte mich also auf die Sofakante, ich hätte auch nicht länger stehen können. »Und warum nur, warum?« fragte ich, worauf er die Beine noch mehr anzog, um mir Platz zu machen.

»Warum nur, warum« – singsangartig wiederholte er meine Worte, während sein Blick zu Boden ging, gleichsam zu sich selbst im tiefroten Fluß – »auf weinfarbenem Meer segelnd zu anderen Menschen, heißt es in der Odyssee. Klare Worte, Vigo, man sollte sie öffentlich anbringen, zum Beispiel am Eisernen Steg. Wenn du segeln willst, brauchst du eine Flüssigkeit unter dir, das ist mein Blut. Ich bin unterwegs, und du wirst mich nicht aufhalten.«

»Aber warum überhaupt?« rief ich.

»Das hat sich so ergeben, mit dem Rasieren.«

»Nein. Sie haben es so geplant! Sie wollten rasiert und mit geschnittenen Haaren sterben und vorher noch die Sache mit der Kressnitz loswerden! Die ich im übrigen getroffen habe, beim Obi, schöne Grüße. Gut sah sie aus, die Kressnitz, in einem Sommerkleid mit Punkten. Und sie wär nie so dumm gewesen und hätte sich zur Helferin machen lassen!«

Ob ich die Nachbarn alarmieren wolle, fragte mich Branzger. Er hauchte jetzt mehr, als daß er sprach, mit zwei Fingern bat er mich, näher zu kommen, und ich beugte mich zu ihm. Auch Sterben, sagte er, sei Arbeit, man könne sie gut oder schlecht erledigen. »Und wie Sie sehen, Vigo, läuft es ganz gut. Ich trete nicht ab, ich verschwinde. Was haben Sie Kristine über mich erzählt?«

»Nichts«, sagte ich.

»Warum hat sie dann schöne Grüße bestellt?«

»So ist sie eben. Sie hat mir sogar ein Gericht empfohlen. Und bestimmte Dinge genannt, die ich einkaufen soll. Angeblich für mich. Aber im Grunde für Sie.«

»Was für ein Gericht?« fragte Branzger.

»Gefülltes Huhn.«

»Womit gefüllt?«

»Eine Pampe aus Brot und Milch, dazu Knoblauch und Koriander. Ich habe alles besorgt.«

»Wieviel bin ich schuldig?«

»Scheißegal«, rief ich. »Soll ich das jetzt kochen? Oder nicht lieber Ihren Arm abbinden?! Wollen Sie hier wirklich verrecken, und draußen scheint die Sonne!«

»*Ihre* Sonne, Vigo, nicht meine.« Der Doktor ließ endlich die Klinge los, er packte mich am Handgelenk, mit der Kraft eines Kindes. »Dieses Gericht hat sie aus Lissabon, sie hat es für mich jede Woche gekocht. Und von Woche zu Woche wurde alles weicher. Bis man Füllung und Huhn kaum noch unterscheiden konnte.«

Ich riß mich los und schrie etwas von Notarzt und Klinik, und Branzger schaffte es – ich weiß nicht mehr, wie –, mich heiser lachend zu übertönen, wobei er erneut nach mir griff, sich ein Stück an mir hochzog. Er lachte mich aus, er nannte mich Memme, hustend und lachend – jedenfalls klang es wie Lachen – gab er mir Ratschläge, mich ja nicht dem Alter zu stellen, bevor ich es müßte, auch nicht in der Ernährung, aber schon gar nicht im Bett, zwar brauche das Bett die Liebe, doch es schere sich nicht um sie; all das sprach er mir rasselnd ins Ohr, bevor er mich ansah, als wollte er gleich den Beweis antreten. Kristine habe ihm also Grüße bestellt, interessant. Er murmelte jetzt vor sich hin und fragte nach dem Wortlaut, schon wieder die Hand um meine, ich überlegte keinen Moment. Grüßen Sie Dr. Branzger von mir, falls Sie ihn besuchen, das seien ihre Worte gewesen.

»Also keine *schönen* Grüße.«

»Doch. Die Kressnitz sagte, grüßen Sie ihn schön von mir, falls Sie ihn sehen …« Die Stimme blieb mir weg nach dieser Lüge, und er begann, meine Hand zu streicheln, voller Sorge um einen, so schien's mir, der noch nie einem anderen beim Sterben oder Loslassen der Zeit zugesehen hatte; er streichelte mich, wie er vielleicht selbst gestreichelt worden war, in der Pension über dem Bahnhof, und sprach dazu leise. Welch Folter für mich, im Gesicht eines alten Lehrers die heitere Ruhe zu lesen, womit die Unschuld eines reinen Herzens zu belohnen pflege – Kabale und Liebe.

»Sie sind nicht unschuldig«, rief ich, »Sie haben mich benützt, seit Monaten!«

»Vielleicht bin ich nicht unschuldig, aber rein. *Ich* habe geredet – *Sie* haben es noch vor sich.«

»Warum duzen Sie mich nicht mehr?«

»Sie überhören es nur, Vigo.«

»Und warum das scheißviele Blut? Warum haben Sie keine Schlaftabletten genommen!«

Branzgers Augen gingen zu, gleichzeitig holte er Luft, wie um zu tauchen. Schlaftabletten seien was für Leute, die keine Nerven hätten, flüsterte er, während die letzte Farbe aus seinem Gesicht wich. »Ich aber wollte schon als Kind die Sekunde des Einschlafens bestimmen und lag jede Nacht wach auf der Seite, vor mir das Tapetendrama, die kleinen Unebenheiten, die Mängel in der Wand dahinter, da entwickelt man ein Gespür für Schätze. Mein Fund hier damals war kein Zufall. Das naive Auge sieht nur das Drama, nicht die Tapete, es sieht Figuren und Gebirge, Gesichter und Inseln. In meinem Kinderzimmer gab es immer ein entlegenes Atoll, knochenförmig, weitab im Fasermeer, darauf ein einziger Bewohner, schlank mit rundem Becken, mein schicksalhafter Nachtbegleiter – ich wäre weit weniger ruhig, hätten Sie die Tapetensachen vergessen. In der Speisekammer müßten noch Gips und ein Spachtel sein, beides werden Sie brauchen, Vigo, und dazu die Willkür, die nötig ist, um in ein fremdes Fleisch einzudringen …« Er schnappte nach Luft, und ich nahm einen letzten Anlauf. »Und wozu das alles?« sagte ich. »Das macht doch keinen Sinn, hier die Küche zu tapezieren, wenn Sie sterben, ich rufe jetzt den Notarzt!«

»Der wird Sie kaum hören, aber wie wär's mit einem Eilbrief? Wir können ihn zusammen aufsetzen, Sehr geehrter Herr Notarzt …« Es gebe auch noch Nachbarn, rief ich dazwischen, normale Leute mit allen Anschlüssen und gesundem Menschenverstand, doch mein alter Lehrer Branzger, der sich den Puls geöffnet hatte, war unbeirrbar: Die säßen jetzt beim Mittagessen, da sollte man nicht stören. Seine Stimme klang wieder fester, offenbar schöpfte er noch einmal Kraft, auch der Griff um meine Hand nahm zu. Ob es sonst noch etwas zu berichten gebe, fragte er, die Augen öffnend wie beim Erwachen; er sah mich an, aber sein Blick schien in die andere Richtung zu gehen, in den Schädel hinein, zu einem Bild von mir, an dem es nichts mehr zu rütteln gab, einem molekularen Endlager. »Ja«, rief ich. »In der Rundschau gibt es eine Meldung über afrikanische Frauen, Opfer von Soldaten, und danach noch geächtet, weil sie unkontrolliert ausscheiden. Ihr ganzes Leben ist zerstört.«

»Das steht da so?«

»Nein, es steht da nicht so.«

Der Doktor versuchte jetzt, sich noch mehr aufzurichten, er zog an mir, heftig atmend, und sein Blick änderte noch einmal die Richtung, als ich alles daran setzte, ihm nicht zu helfen, aber auch alles daran setzte, nicht zu heulen oder ihn in sonst einer Form zu enttäuschen, während unter uns und über uns zu Mittag gegessen wurde, ja, ich erinnere mich sogar an ein Gefühl von Kälte, bevor er noch einmal zu reden begann, seine Hand jetzt in meinem Nakken. Dann hätte *ich* es ja so dargestellt, sagte er, und könne auch gleich in dem Sinne weitermachen … Sein Kopf kam näher, und ich wollte ihm in die Augen sehen, doch sprangen die Pupillen jetzt hin und her, von einer rettungslosen Bedürftigkeit. »Aber schön der Reihe nach, Haberland, wie sich's für eine Einschlafgeschichte gehört.« Er hauchte mir das ins Gesicht, fast von Mund zu Mund, und ein Ausdruck fiel mir ein, den er vor Jahren, Römische Geschichte, an die Tafel geschrieben hatte, *animam efflare*, so wurde das Ende bei sterbenden Kriegern genannt, und nichts anderes war er auf seinem Sofa, die Klinge noch bei sich. Sein Mund berührte mich, und ich versuchte, auch damit fertig zu werden, Mund ist Mund, sagte ich mir, kein anderes Gefühl als bei Tizia, am Anfang unserer Stunde im Keller des Hölderlin, da hatten wir noch über die Probe gesprochen, Mein liebster Pyramus, fast hätt mein Kuß dich erreicht durch das Loch, so redete sie, ihre Nase in meinem Haar, und ich: Das läßt sich nachholen, schöne Thisbe, und schon waren die Lippen auf ihre gepreßt, wie verrückt, denn es gibt keine stärkere Droge als erste Küsse, die Welt könnte ringsherum brennen, und man küßt immer weiter, als ließe sich doch das Mark des anderen erreichen, notfalls mit allem, was das eigene Mark uns diktiert. Irgendwann schmeckte ich Blut, sie hatte mir die Lippe zerbissen, während meine Hand, die linke, schon in ihrem Körper war, mit den Spitzen der Finger dort, wo das Leben entsteht, das hatte ich später gerochen, nachdem alle verschwunden waren, die ganze Geburtstagsrunde, und Tizia, das Opfer, im Taxi saß, der Täter aber zu Fuß ging. Ich ging am Museumsufer entlang, es schneite noch leicht, ein schönes Bild, die Stadt und die Flocken, und immer wieder roch ich an meiner Hand und schob sie mir in den Mund und nahm den anderen, fremden Geschmack in mich auf, leicht dumpf und eine Spur süß, und nur die allein zählte, wie ja überhaupt nur Spuren zählen, keine Belege, ob an einer Hand oder einer Tapete: Diesen Sprung hatte ich plötzlich gemacht, irgendeinem Neuronenverband im Universum unter meiner Schädeldekke folgend, und ahnte jetzt, wozu die Obi-Sachen und der Gips gut waren, und wollte ihn fragen, ob es wirklich so sei, um dann endlich die Kellergeschichte zu bringen, aber da hatte der Doktor in meinem Arm das Bewußtsein verloren, und ich ließ ihn zurücksinken. Sein Mund stand auf, und der Atem war kaum mehr zu hören, wie der von Kindern im Bett; ich schloß ihm noch den ewigen Hausmantel und floh auch schon in die Küche.

Dort war die Wand keineswegs schmutzig, ihr Weiß nicht verblaßter als in den übrigen Räumen, es gab nichts zu tapezieren, man mußte nur aufräumen und spülen und etwas gegen die Ameisen tun, und ich machte das alles, so gut es ging, und sah zwischendurch in die Speisekammer und fand den Gips und den Spachtel unter Staub und alten Konkret-Heften und legte beides auf den Tisch, zu der Zeitung, um dann noch gründlicher vorzugehen, als sollte die Küche nie fertig werden, aber sie wurde fertig, einschließlich Herd und Ecken; wie neu war sie und strahlte, als ich am Nachmittag, um genau zehn nach drei, in unser Kaffeezimmer zurückkam und mein alter Lehrer tot war.

## – 37 –

Ein Stück Wand tapezieren ist keine Kunst, aber das Weiß für den Anstrich so zu mischen, daß es den Ton der benachbarten älteren Farbe bekommt, ist zumindest künstlerische Arbeit, wenn auch weit entfernt von der eines Rembrandt oder Menzel; doch die eigentliche Kunst spielt sich darunter ab, wie ich innerhalb eines leider recht heißen Tages gelernt hatte, nämlich die, eine alte Wand vorsichtig abzutragen, zwei Finger breit Mörtel und Stein zu entfernen, bis mehrere, in aufgetrennte Plastiktüten geschlagene Blätter mit genug seitlichem Raum darin Platz finden, und über alles, luftdicht, eine Lage Gips zu streichen und diesen so weit zu glätten und trocknen zu lassen, daß er die neue Tapete auch annimmt.

Erst gegen Abend war in der Wand, an der die Werke aus dem Besitz der Rosens gehangen hatten – abzüglich der verkauften Anatomie-Skizze, aber plus meiner Zeichnung –, ein ausreichender Hohlraum entstanden, und das allein durch Schaben mit dem Spachtel, um keinen Lärm zu machen. Und nachdem Putz und Mörtel weggefegt und im Klo versenkt waren, holte ich die Zeichnungen aus ihren Rahmen und hinter den Gläsern hervor, und sah sie mir noch einmal an; ich roch an ihnen und befühlte sie, ich tat alles, was einem Museumsbesucher verwehrt ist, dann erst schnitt ich die Tüten auf und legte sie um die Blätter und gab das flache Paket, zusammen mit der Rundschau-Seite *Aus aller Welt*, in den Hohlraum und fixierte das Ganze provisorisch mit Klebeband, während es schon dunkel wurde, wie ich durch den Vorhangspalt sah. Im Schein der Stehlampe rührte ich schließlich den Gips an und wartete, bis er zäh war, das hatte ich bei Pirsich gelernt, Chemie in der Achten, und die zähe Masse verteilte ich auf dem Plastik, wo sie, ihrer Natur nach, schwer haften konnte, dafür um so besser an den Seiten des Hohlraums. Danach neues Warten, ohne Blick zum Sofa, wie auch schon in den Stunden davor; ich wußte ja, daß er dort lag, Augen und Mund leicht offen, wie ich auch wußte, daß meine Arbeit nur einen Gegner hatte, die Wärme in der Wohnung. Nach einer halben Stunde war der Gips so fest, daß er sich glattstreichen ließ und am Ende sogar schmirgeln: da hatte sich im Bad eine Hornhautfeile gefunden. Es war jetzt mehr als ein Kunststück, für mein Gefühl, nur konnte man darauf noch keine Tapete verkleben, erst morgen, wenn alles ganz trocken wäre. Ich holte die Lebensmittel aus der Küche und gab sie in die Obi-Tüte, löschte sämtliche Lichter und wartete, bis es auch im Treppenhaus dunkel war, bevor ich die Wohnung verließ, den Schlüssel in meiner Tasche; soweit die äußeren Umstände, aber wovon soll man sonst erzählen, wenn die Welt um einen einstürzt?

Und zu diesen äußeren oder gewöhnlichen Umständen kam dann noch der kürzest mögliche Heimweg, nicht aber die Tatsache, daß ich zu Hause auf meine Eltern stieß, eine so seltene Koinzidenz, daß sofort der Ausdruck *feiern* fiel, vermutlich aus dem Mund meiner Mutter, denn mein Vater entschuldigte gleich mehrfach seine Anwesenheit wie früher nur die Abwesenheit: mit einer Sache in der Paulskirche am nächsten Tag, und meine Mutter fragte, ob man zur Feier des Tages nicht essen gehen sollte, *nur wir drei*, mein Vater aber wollte es gemütlich haben. Und so packte ich die Lebensmittel aus, eins nach dem anderen auf dem Küchentisch, und weder sie noch er wunderten sich, daß ein Huhn und zwei Nudelpakete, Milch und Baguettebrot, aber auch Knoblauch und Gewürzbüschel sowie Vanilleeis und tiefgefrorene Himbeeren aus einer Obi-Tüte kamen, wie sie sich auch nicht wunderten oder gewundert hatten, warum das überhaupt alles vorhanden war und ich obendrein einen Plan für die Zubereitung hatte. Sie rochen nur die kleinen grünen Blätter aus ihrem ersten Portugal-Urlaub und schlichen umeinander herum und wußten nicht einmal, wieso, während ich schon zu kochen begann.

Zwei Stunden später aßen wir das gefüllte Huhn aus dem Römertopf, und mein Vater entkorkte dazu seinen Wein für den Ernstfall, da kannte er nichts, während meine Mutter zu Komplimenten griff, was den Geschmack des Huhnes betraf, und sich dabei schon die Migränetabletten zurechtlegte, worauf ihr Mann, bevor sie noch mit Geschichten von Aidskranken und Querschnittsgelähmten käme, rasch ein Fläschchen Prosecco mit Drehverschluß aufmachte und mir wieder einfiel, was er vor Jahren einmal, abends im illustren Kreis, verkündet hatte, das einzige, was sein Sohn besser könne als er, sei das Öffnen von Champagnerflaschen, und selbst da schwang noch Groll mit, wie mir mein episodisches Gedächtnis sagt, Was hat der, was ich nicht habe, wenn es ihm gelingt, diese Flaschen so sanft zu öffnen?, und seitdem gab es bei uns keinen Champagner mehr, jedenfalls nicht in meiner Gegenwart. Ob ich jetzt *auch* noch depressiv werde, fragte er mich, als meine Mutter mit dem Prosecco und den Tabletten nach oben verschwand, in ihr Schneidetischreich, und ich sagte, Nein, warum, und leerte das Glas mit dem teuren Wein; ich kippte ihn wie Wasser und ging dann ebenfalls zur Treppe, während mein Vater, das hörte ich noch, seine Geliebte anrief. An Schlaf war in der Nacht nicht zu denken, ich lag wach und dachte daran, Hoederer anzurufen, auch wenn Hoederer nicht mein Geliebter war, aber da wäre ich alles losgeworden, die komplette Geschichte, nur soll man Geschichten lieber aufheben, statt sie loszuwerden, und so sah ich mir Filme an bis zum Morgen, meine Mutter besaß eine ganze Sammlung, das Heiterste kam noch aus Polen; ich lieh mir *Das Messer* und *Ekel*, und als es hell wurde, hielt mich nichts mehr im Bett. Ich zog mich an und verließ das Haus wie ein Dieb und lief in die Morgensternstraße und kam dort unbemerkt in die Wohnung, wo ich sofort und auf Zehenspitzen zum Sofa ging.

Seine Lage schien sich verändert zu haben oder sah durch die Steifheit unbequem aus, was keine Kategorie mehr war und doch mein Gedanke; ich trat ganz nah heran und beugte mich über ihn. Er roch bereits, und wenn ich sagen würde, nach Verwesung, wäre das richtig, aber zu einfach und damit falsch. Er roch, daß ich würgen mußte, was an den Resten des Gesichtswassers lag, aber auch an den halboffenen Augen – die ich auf keinen Fall schließen durfte – und seiner Haut, wachshell wie Haushaltskerzen; das Blut auf dem Sofa und am Boden war dagegen tiefdunkel, fast schon verwandt mit seinem lakritzeschwarzen Kaffee. Vorsichtig trat ich über die Zickzackspuren auf dem Parkett und ging in den Nebenraum. Der Gips war weiß und trocken, das Tapezieren konnte losgehen. Ich schnitt zuerst die Bahnen, dann rührte ich den Kleister an, und weil sich keine Leiter fand, mußten ein Beistelltisch und einer der Holzstühle herhalten, eine wacklige Angelegenheit, aber ich schaffte es. Noch ehe die Sonne das Haus erreichte, war die ganze rückwärtige Wand neu tapeziert, und ich kämpfte gegen ein Gefühl von Stolz an. Nun mußte der Kleister noch trocknen, bevor man streichen konnte, also ein neues Warten, vernünftigerweise bis zur Dunkelheit, damit mich tagsüber im Haus niemand sähe. Die Mittagsstunde nutzte ich zum Mischen der Farbe; aus einem Füller, der im Sekretär lag, entnahm ich tropfenweise schwarze Tinte – ein Glück, denn es hätte auch blaue sein können – und rührte sie unter das Weiß, mal in kleinerer, mal in größerer Menge, und mit jeder machte ich Proben auf dem Tapetenrest, ein filigranes Verfahren, das vom Unterricht der Kressnitz profitiert hat, ihrem Farbsinn, und nicht von Pirsichs Formeln oder sonst was; erst als die Sonne schon gegen die Vorhänge prallte, auf dem Höhepunkt des Nachmittags, hatte ich den richtigen Ton. Das war geschafft, und als nächstes zog ich die grifflose Lade im runden Tisch auf und entnahm ihr das Konferenzprotokoll mit den eingefügten Notizen sowie alles Darunterliegende, karierte Blätter aus einem nur handgroßen Block, bis an den Rand gefüllt mit seiner winzigen, aber klaren Schrift; einhundertsechsundzwanzig Stück zählte ich, davon einzelne mit Datum, jeweils am Anfang unserer festgehaltenen Gespräche, als hätte er mitgeschrieben, was nie der Fall war. Er hatte das alles später notiert, in den Tagen nach unseren Treffen, und einiges vielleicht auch vorher, um dann die Dinge entsprechend zu lenken, und irgendwie machten sie mir angst, diese Blätter, wie uns alte Briefe oder bestimmte Zeitungsmeldungen angst machen, ohne daß wir sie wegwerfen, im Gegenteil, wir bewahren sie nur an entlegener Stelle auf, in alten, nicht minder beängstigenden Tüten auf dem Grund einer staubigen Kiste voll Zeug, das nach oben hin immer harmloser wird, nicht anders, als unser Hirn mit Erinnerungen verfährt.

Ich stopfte alles, Notizen und Protokoll, in die Lebensmitteltüte, die noch übrig war, und ging dann eine Zeitlang von Raum zu Raum, barfuß, damit die Nachbarn nichts hörten, ein Totschlagen der Zeit, aber nicht nur; es war jetzt meine Wohnung, so wie man sagt: mein Hirn in all der Vermessenheit, ohne die wir nicht leben können, die den Triumph der Neuronen vereitelt. Und natürlich kam mir auch der Gedanke, die Polizei zu verständigen, oder wen man in solchen Fällen zu rufen pflegt, also zwischen der Wohnung und Welt eine Brücke zu schlagen, doch dann war wieder etwas anderes stärker, eine Art Besitzerstolz, auch was den Toten betraf. Jedenfalls verging die Zeit, und schließlich begann ich mit dem Streichen der frisch tapezierten Wand, nachdem der Boden mit alten Zeitungen von einem der Stapel abgedeckt war, die weißen Tropfen auf Jimmy Carter und Helmut Schmidt fielen, während über mir und unter mir zu Abend gegessen wurde. Das Streichen ging gut voran, fast immer kann man mehr, als man denkt, vor allem mehr aushalten; ich hielt es aus, daß er mir gleichsam zusah, und rechnete jeden Augenblick mit einem Kommentar oder Einwand, Und wenn der nächste Mieter hier die Wände abklopft, und reagierte sogar darauf, leise über die Schulter, Warum soll er das tun, wenn die Wand doch perfekt ist?, denn sie wurde perfekt (und ist wohl auch bis heute nicht abgeklopft worden); je mehr die Farbe trocknete, glich sie den übrigen Wänden, und als es draußen zu dunkeln begann, sagte ich *fertig*.

Der Rest war Aufräumen, ich durfte nie hiergewesen sein; die Spuren, die zählen, mußten verwischt werden, und so war es schon still im Haus, als ich den letzten Blick auf die Wand mit den Schätzen warf (natürlich hatte ich auch ans Einsacken gedacht, wer hätte das nicht, aber ich habe sie einge*mauert*, wessen Wille da auch geschehen war), eine Wand in bleichem Weiß, passend zu Branzgers Gesicht. Morgen, spätestens, wollte ich die Kressnitz anrufen, noch gehörte er also mir, oder anders gesagt: Der ganze Schrekken war auf meiner Seite, ich trug ihn davon. Seine eine Hand, sah ich, hatte noch versucht, die andere mit dem durchtrennten Puls in eine schönere Lage zu bringen, seitlich des Körpers – nur möglich, während ich in der Küche war –, also hatte er noch einmal das Bewußtsein erlangt, aber zu kurz, um das mit den Händen zu einem guten Ende zu bringen; die heile linke hing an der losen rechten, wie eine Freundin, die zu spät kam und nicht aufgeben will. Ich löschte alle Lichter bis auf eins, ich öffnete die Fenster zur Straße. Dann küßte ich meinem alten Lehrer die Stirn, hinter der nichts mehr war, nicht die Spur einer Spur unserer gemeinsamen Zeit, als er mir die Stirn geboten hat wie kein anderer zuvor und danach, und ich verneigte mich vor dieser gewesenen Zeit und verließ die Wohnung mit der Tüte im Arm.

Ich war erschöpft, aber wach, wie nach der Stunde im Hölderlin-Keller, und ich ging auch wieder am Main, nur daß es jetzt nicht schneite, sondern warm war, eine Pärchennacht. Ich ging bis zum Eisernen Steg und nahm die Stufen nach oben, ich war der einzige auf der Brücke, und genau in der Mitte warf ich den Wohnungsschlüssel ins Wasser, der vorletzte Akt. Der letzte war mein Anruf bei der Kressnitz, von einer Zelle aus (die's damals noch gab), ich sprach ihr aufs Band. Mehrmals hätte ich bei Dr. Branzger geklingelt, aber er habe nie reagiert, obwohl die Fenster aufstünden und ein Licht an sei, ob sie es nicht versuchen könnte … Und keine Woche später schon die Beerdigung, bei sengender Hitze.

## – 38 –

Die alte Lebensmitteltüte (Schade & Füllgrabe) war das letzte, was in den Ofen kam, obwohl man Plastik nicht verbrennen soll, jedenfalls nicht in seinen vier Wänden, aber am Ende hätte sie auch noch *meine* Zeit überdauert und wäre von irgendwem eines Tages in irgendeinen Müllsack gestopft worden, wie eine Tüte unter Millionen, und nicht *die* Tüte, in der jahrelang alles aufbewahrt war, das jetzt eine neue Form hatte, nämlich meine. Sie brannte lichterloh, die Tüte, und dunkler Qualm stieg aus dem Ofen, und ich hatte kaum das Fenster geöffnet, mit Blick auf die Rua da Atalaia und das Restaurant zum Ersten Mai, wo Köche und Kellner gerade ihr frühes Abendbrot einnahmen – während Tizia, dachte ich, jetzt im Borges eintreffen müßte und die Blumen mit der Nachricht fände –, als es an meiner Wohnungstür klingelte und ich schon Angst hatte, es könnte die Feuerwehr sein, aber es war nicht die Feuerwehr.

Es war Kathrin Weil, und sie wirkte leicht aufgelöst, das blond gesträhnte Haar stand ab, und ein himbeerrotes Hemd, das ihre Sommergarderobe angeführt hatte, hing ein Stück aus der weißen Hose; andererseits trug sie ein graues Leinenjackett, das ich noch nie gesehen hatte an ihr, vermutlich neu gekauft und sicher das Jackett für morgen, heute schon vorgeführt, ihre Referenz gegenüber dem Thema. Aber dann sagte sie, gar nicht aufgelöst, in meiner Wohnung würde es nach Müllkippe stinken, ich sollte ja das Fenster auflassen und überhaupt den Ofen ausmachen, es sei wieder warm geworden, deshalb sei sie auch da: Ob wir nicht essen gehen wollten im Freien, ein paar Sardinen am Cais do Sodré, zusammen mit der Schauspielerin aus Saarbrükken, das würde ihr sicher gefallen. Sie stand noch immer in der Tür mit ihren Bonbonfarben und dem hinzugekommenen Grau, und ich bat sie auch nicht hinein, zumal der Ofen weiterhin qualmte, sondern griff nach der Jacke mit meinem Geld, als Zeichen des Aufbruchs, während Kathrin Weil schon kehrtmachte und ins Treppenhaus ging, wo ich sie einholte.

»Also die gegrillten Sardinen«, sagte ich, »die würden der Schauspielerin vielleicht noch gefallen und auch das Sitzen im Freien, aber gleich am ersten Abend die Institutsleiterin und den Moderator treffen, wer will das schon, da will man doch für sich sein, und für das Vorgespräch ist morgen noch Zeit …« Wir hatten das Haus verlassen und die Straße erreicht während dieser kleinen Rede oder Ausrede, und Kathrin Weil sah mich im Abendlicht an, einem Licht, das ihr guttat, weil es die ganze schöne Balance zwischen den eher massiven Bestandteilen, ob Augen und Mund oder Wangen und Hüften, zeigte. Ob wir dann allein essen gehen sollten, fragte sie mich und schlug schon den Weg zum Cais do Sodré ein, und ich ging ein Stück neben ihr her, bis sie an der alten Drahtseilbahn zur Unterstadt plötzlich stehenblieb und mich einer dieser Blicke traf, die uns alle Falschheit nehmen. Ihre Augen hatten zum ersten Mal etwas Klares, ohne den rötlichen Schimmer, sie waren absolut offen für mich, für alles, was ich zu sagen hätte, als würden sie die Aufgabe der Ohren mit übernehmen, und ich sagte, daß ich mit der Schauspielerin aus Saarbrücken später verabredet sei, daß ich sie kennen würde von früher und nur deshalb für den morgigen Abend ausgesucht hätte, mir aber sicher sei, was ihre Kunst betreffe, ganz sicher. »Denn wir kennen uns auch in dem Punkt«, sagte ich, »wir haben zusammen den Sommernachtstraum geprobt, eine verquere Liebesszene, typisch Shakespeare, schief, aber wahr«, und während ich diese letzten Worte noch sprach, legte mir die Weil eine Hand unters Kinn und hob meinen Kopf an, wobei ihr großer blaßroter Mund etwas spitz wurde, aber auch etwas breit. »Dann mach mal«, erwiderte sie, »und ich geh zurück ins Büro, da liegt noch die Post«, und damit zog sie die Hand weg und verschwand in Richtung des Instituts am Campo dos Mártires da Pátria, während ich zum krummen Ende der Rua da Atalaia aufbrach.

## – 39 –

Shakespeare, hatte der Doktor einmal erzählt, sei ein miserabler Schauspieler gewesen. Er sei nur eingesprungen und habe gelegentlich den Vater im Hamlet gegeben, eine drittrangige Rolle, dafür aber die Größe besessen, absichtlich schiefe Verse zu schreiben wie die für Pyramus und Thisbe. Und als Schreibender habe er schließlich die Spur eines gewaltigen Werks hinterlassen, des gewaltigsten überhaupt, eine Spur wie aus dem Nichts, ohne Belege, abgesehen von zwei winzigen handschriftlichen Worten, *by me*. Wie ein Geheimnis hatte Branzger uns diese Worte verraten, als sollten wir sie nicht weitersagen oder nur wenigen anvertrauen, Leuten, die uns nahestehen, wie er mir nahegestanden war, oder heißt es *hatte*, ich weiß nie, was richtig ist an der Stelle, vielleicht sein einziges Versäumnis …

Ich weiß nur, daß er mir auch auf dem Hauptfriedhof, fast eine Woche nach seinem Tod, als mir die Stunde einfiel, in der er von Shakespeare erzählt hatte – englische Geschichte, sechzehntes Jahrhundert –, immer noch nahestand und mehr denn je mein Lehrer war, als ich die künstlichen Tränen der Cordes bemerkte, ihr Theater am Grab, plus einen Mangel an Größe, der darin bestand, mich in der keineswegs unübersehbaren Menge scheinbar doch nicht zu sehen. Es war früher Nachmittag, damit keine Schule ausfiele, und gleichwohl – oder gerade deshalb – war der Kreis überschaubar, zumal sich das Ganze auch im neuen Friedhofsteil abspielte, ohne den Schutz und Schatten von Büschen und Bäumen. Gut zwanzig Leute gaben Branzger die letzte Ehre. Ich sah Leo Blum, mit Seidenkrawatte, an seiner Seite die Cordes im grauen Kostüm, eine Hand für die falschen Tränen am Auge; ebenfalls anwesend Pirsich und Graf, daneben beide Stubenrauchs, sie im dunklen Blouson, Kongo-Holger in Lederjacke, viel zu dick, aber wenigstens schwarz; ferner die Zenk und zwei pensionierte Kollegen sowie ein Dutzend Schüler, darunter Hoederer und ich; und etwas abseits die Kressnitz mit Sonnenbrille, in der Faust eine Rose, an ihrer Seite Herr Zimballa, der einzige in korrekter Kleidung für ein Begräbnis. Ich selbst, in meinem Anzug für alle Gelegenheiten, stand zwischen den Sargträgern und einem großgewachsenen Mann, dem ein Flugschein aus der Jackettasche hing, darauf sein Name; es war Branzgers Freund, der Galerist aus Paris, er hatte wohl die Todesanzeige gelesen und fragte sich eventuell, was aus den Zeichnungen geworden war, während ich mich nur fragte, was der Doktor gesagt haben würde zu dieser Zeremonie, und es im selben Augenblick wußte und stolz darauf war, es zu wissen – zum ersten Mal in meinen knapp zwanzig Jahren ein Gefühl von Stolz, nicht auf mich oder ihn, auf uns beide –, und es allen hätte zurufen können, um die Ruhe der Lebenden zu stören.

Die Versammlung scharte sich nun mehr und mehr um das Grab, die Männer am Sarg wurden tätig, was im Bedienen einer Elektrik bestand, sehr zum Interesse von Pirsich, der etwas näher trat, während ich ein paar Schritte zurückmachte, hinter den stattlichen Freund; denn auf der anderen Seite des Grabes erschienen jetzt noch welche, drei ältere Lehrer, wenn ich mich richtig erinnere, sowie zwei Schülerinnen, die mir vor Augen stehen, als sei's gestern gewesen, die eine mit Kamera, Doku-AG, die andere mit schwarzer Kappe und Rucksack, Tizia aus der Theatergruppe. Und von da an waren die eigentlichen Umstände, also das Begräbnis bei sengender Hitze, eher in den Hintergrund getreten, prägten sich aber trotzdem ein.

Kaum war der Sarg heruntergelassen, begann nämlich ein Gedränge am Grab, jeder wollte so schnell wie möglich sein Schäufelchen Erde werfen, auch Tizia, die ich im Auge behielt, und in meiner Erinnerung beginnt hier ein Durcheinander, um das die Moleküle nicht zu beneiden sind; in die Asche dieser Mittagsstunde am Grab, den Rest, der nicht abbrennt, in keinem Ofen und keinem Hirn meines Alters, mischt sich die Asche unserer Abendstunde im Keller, als die Geburtstagsrunde schon vor der Tür stand. Ich erinnere mich an ein einziges großes Gedränge, obwohl ich gewartet hatte, bis Tizia und ich gleichzeitig an die Reihe kamen; es gab zwei Schaufeln, ein Verfahren, das Zeit sparen sollte, jedoch zum Gegenteil führte. Denn ich *nahm* mir die Zeit und sah von der Seite auf ihren Mund, der mir jetzt älter erschien als der Rest des Gesichts, älter oder weniger tyrannisch, gezeichnet vom Archipel dreier Bläschen auf der Unterlippe, unvergeßlich, also ein erfahrener Mund, virengeprüft, viel erfahrener als bei unserem Nachahmen einer hollywoodschen Ekstase im Keller des Hölderlin.

Ich warf die Erde und hoffte, sie würde mich ansehen, und wenn es nur für eine Sekunde wäre, wie die Sekunde, bevor sie mich *Vigo* genannt hatte, sie aber zog einen Miniaturstrauß welker Röschen aus ihrem Rucksack, ließ ihn fallen und reichte die Schaufel an Pirsich und verschwand auch schon – das letzte Mal, das ich sie sah –, während ich noch einmal Branzgers Sarg bestreute und Pirsich zehn gelbe Rosen ins Grab warf – Quersumme aus vierundsechzig – , eine nach der anderen, was nicht vorgesehen war und folglich zum Stau führte. Eigentlich war längst die Zenk an der Reihe, sie hielt auch schon die Schaufel und grüßte mich durch Schräglegen des Kopfes, während mich die Cordes immer noch übersah, fast schon bewundernswert, dann aber verdrehte die Zenk ihre Augen, weil es nicht weiterging; keiner konnte mehr nachrücken, solange Pirsich die Rosen warf, dazu kam die Sonne, vorher durch eine Wolke verdeckt. Sie blendete alle, und jeder senkte noch mehr den Blick als bei Begräbnissen üblich; ich sah meine Schuhe und neben den Schuhen einen Fetzen Papier, auf dem etwas stand, und ich sah die Mailänder Slipper von Blum, der mir jetzt wortlos die Schaufel abnahm, und bückte mich schnell nach dem Fetzen – eins dieser Dinge, die man besser nicht zu erklären versucht – und steckte ihn ein, während plötzlich Musik erklang, das Madrigal von Vivaldi, ein dünner Ton im Freien. Er kam aus einem Recorder, das sah ich beim Weggehen, einem Gerät zu Füßen der Kressnitz wie bei den Sängern in Fußgängerzonen, der Kressnitz, die mir einen Blick zuwarf, fragend, aber nicht vorwurfsvoll, eher etwas schuldbewußt, weil ihre Liebe zu wenig selbstlos war und sie meine Zeichnung ausgeliehen hatte, wenn nicht verschenkt, aber auch etwas unsicher, was mein übriges Wissen um sie und den Beschenkten betraf. Ich nickte ihr zu und hob eine Hand als Zeichen des Friedens, zwischen mir und ihr und dem Toten, dann erst sah ich auf meinen Fund, ein Stück Papier mit Tizias Schrift. Es war ein Fetzen von einem Notizblatt, vermutlich aus dem Rucksack gefallen, als sie den Strauß gezückt hatte, darauf nur zwei Worte, by her, Aciclovir kaufen.

## – 40 –

Die einzig prompte Antwort auf die berechtigte Frage, Wer bin ich? gibt unser Körper, Tag für Tag, aber kaum einen stellt diese Antwort zufrieden; die meisten treibt sie zum Arzt und in die Apotheke, zum Friseur oder ins Sportstudio. Alle übrigen Antworten kann man weder beschleunigen noch sich selbst geben, man kann nur wach sein, wenn sie das Leben, in manchen Momenten, gibt, und die Voraussetzungen dazu schaffen. In meinem Fall sind das zwölf vergangene Jahre und eine einseitige Verabredung am Ende dieses Zeitraums, die den einen im Ungewissen läßt, auf wen er trifft, und den anderen, nämlich mich, mit fast unerträglicher Gewißheit erfüllt, hier am krummen Ende der Rua da Atalaia, im Schachkästchen-Ausschank mit seinem liliputanischen Tisch dicht am Gehsteig, wo ich seit einer Stunde vor einem Glas rostrotem Port sitze, wie schon so oft, und auf die abendliche Gasse schaue, so wie noch nie.

Doch es gibt noch eine Voraussetzung, die wichtigste. Sie steht auf einer Festplatte und ist ohne Bedeutung, solange sie nicht ausgedruckt wird und unter die Leute kommt, und sie besteht in mir, als getane und immer noch fortgesetzte Arbeit, voller Bedeutung, auch wenn es bisher nur ein einziger Zuhörer war, an den ich gedacht habe, der verschwindendste Teil der Welt. Nun aber könnte noch wer hinzukommen, meine Hauptperson, die ich im Hölderlin-Keller verloren hatte, in der Stunde, von der ich erst zu erzählen bereit war, als die Zeit zwischen Branzger und mir zu Ende ging, für ihn, nicht für mich; für mich geht sie weiter, auch eine Antwort auf die Frage, wer ich bin, wenn ich den anderen begehre: der, der die Zeit teilt und in ihr reden kann. Sie stand mit dem Rücken zur Tür, als wir uns küßten, der Tür ohne Schlüssel, da lag schon die blonde Faschingsperücke am Boden, und sie hatte den Spruch gebracht, der etwas mehr als ein Spaß war, Du gefällst mir, also nimm mich, und küssenderweise kamen wir dann von der Tür, in Etappen, auf die Luftmatratze und knieten dort bald voreinander, sie in ihrem Thisbe-Kostüm mit den Federn, ich in meinem Gewand. Zwei dieser Federn zupften wir aus, jeder eine, das war der Anfang, dann flog das Kostüm in die Ecke, und Tizia kam in Hemd und Hose zum Vorschein, einer Hose mit Reißverschluß, eng um die Schenkel, von ihr mit einer Hand gehalten, von mir mit zweien Richtung Knie gezogen, so war der Riß entstanden. Darunter trug sie einen milchweißen Body mit Knopf im Schritt, einem Knopf, dessen einzige Bestimmung es zu sein schien, von fremder Hand geöffnet zu werden. Das tat ich mit meiner geschickteren Hand, verständlicherweise, und sie war dieser Hand nicht etwa zuvorgekommen, im Gegenteil, ihre Hände lagen in meinem Nacken – eher reserviert und geduldig als liebevoll, das gebe ich zu –, während eins ihrer Beine nach dem Aufspringen der Wäsche im Schritt leicht zur Seite ging, mehr als geduldig, und sich ein Büschel Haar, von Nässe zugespitzt, um meine Finger legte. Ob ihr das recht sei, fragte ich, oder eher nein, und von ihrer Seite nur Schweigen, Schweigen und Atmen, und um die Antwort zu erzwingen, schob ich zwei meiner Finger in ihre Öffnung, wie sie auf der Theaterprobe den einen in das Loch der Wand. Ich nahm den Zeige- und Mittelfinger, als sollten die zwei aufeinander aufpassen, daß nur ja keiner zu weit ginge, und doch schob ich sie hinein bis zum Gehtnichtmehr, bis an die Stelle, an der das Leben entsteht, das hatte ich schon erwähnt, während Tizia, für mein Gefühl, nun doch etwas sagte, atmenderweise, und ich mit zwei Wörtern, die wie eins waren, darauf reagierte, *O du*, und ihr Atem noch stoßhafter kam, vielleicht die stärkste Komponente meines Weitermachens, weit stärker als die ihrer Nässe, von der ich nie sagen würde, sie war mein Verdienst, auch ein Fahrradsattel hätte das unter Umständen fertiggebracht. Ein Gedanke, der freilich zu spät kommt, wie auch der Gedanke, wer oder was Tizia in diesen Minuten – keine fünf, wenn ich ehrlich bin – wirklich war: in allen Punkten nicht ich, in jedem Punkt anders. Oder hätte ich sonst, mit einer flinken Vorwärtsbewegung, den Plattenspieler in Gang gesetzt, damit wir wenigstens das gleiche hören? Die Musik überraschte sie, auf einmal nahm sie meinen Kopf in die Arme, schien also entschlossen, die Dinge zwischen uns mitzutragen oder sich wenigstens Illusionen darüber zu machen, daß wir uns liebten im Takt der Musik, halb ausgezogen auf der Luftmatratze, rechts und links die brennenden Kerzen; es spielte sich alles diesseits der Fakten ab, ich sah, wie sie die Augen schloß, ein komplizenhaftes Wegsehen. Wir kollaborierten jetzt, was ja immer ein Verrat ist, auch an sich selbst, begleitet von dem alten Lied. Drei oder vier folgten noch auf der Platte, dann hob sich die Nadel, für die's kein Fernbedienen gab, und auf einmal kam ihr Mund, ein Schnappen nach mir und der Stille. Wir küßten uns, und Lügen und Küssen waren ein und dasselbe in diesen Folgeminuten, bis ich mein eigenes Blut schmeckte und alles um mich herum einen anderen Geruch annahm, das Gummi der Matratze, das Kerzenwachs, die heruntergerissene Kleidung, ihr Zigarettenrauchgaumen, das alles roch jetzt nach Sex, um es knapp zu sagen, aber auch alles zwischen uns roch so, ihr Speichel, ihr Puder, unser Schweiß, der sich mischte, mein Haar, das knisternd in ihrem versank. Wie eine Fessel zog er sich um uns zusammen, dieser Geruch, und dann geschah doch noch etwas jenseits der Fakten. Sie drückte mein Gesicht an ihres, nah bis zur Blindheit, und rief mich beim Namen, wie man ein Kind ruft, das auf die Fahrbahn läuft, ich aber kehrte nicht um. Ich wollte sie haben, nicht trösten, und stemmte mich auf, bis ich ihr Gesicht unter mir sah: das mich zappeln ließ wie sonst nichts, tausendmal mehr als ihr Kopf; es sind die Gesichter, die bei denen wir uns selber vergessen – niemand hängt sich das Bild eines Hirns an die Wand –, und ihres hat nichts anderes bewirkt. Ich vergaß mich und flüsterte auf sie ein, zu dem *O du* kam ein unlauteres *Tizia*, während meine Hand ihren Mund verschloß und das einzige Teil, aus dem ich voll und ganz zu bestehen schien, in ihren Leib fuhr, dorthin, wo ich in Wahrheit längst aufgehört hatte, sie aber schon lange begonnen, und wenn ich jetzt, in diesem Moment, richtig darüber nachdenke – was offenbar doch geht –, dann muß ich nicht *vielleicht* weinen, sondern weine, was offenbar ebenfalls geht, sonst würde der Wirt nicht schauen, und was auch tatsächlich hilft, sonst würde ich den Blick kaum erwidern. Irgendwann, viel zu spät, war dann ein Rückzug erfolgt, nach dem Gesetz der Vernunft, um nicht noch ein weiteres Leben in die Sache hineinzuziehen, während die Hand auf ihrem Mund, meine Hand, nachgab und ich Tizias Zähne sah, hell wie die Lippen, mit einer Schaumrose, die anwuchs und platzte, vor einem Aufstöhnen meinerseits und ihren leisen, wie von den Hirnzellen selbst erzeugten Schreien, rebellierend gegen ihre Gefangenschaft, den Schreien, die unser Hausmeister gehört und weitergemeldet hatte, an die Geburtstagsrunde beim Griechen.

Das waren die näheren Umstände, mehr wäre nicht zu sagen gewesen, wie mir mein alter Lehrer beigebracht hat: Vom klein geschriebenen lieben läßt sich immer nur etwas anderes erzählen, nie etwas Neues, wie auch das nächste Glas, das ich bestelle, nie ein neues sein wird, höchstens ein anderes mit dem gleichen Wein, solange der Vorrat reicht. Der Wirt bringt es mir an den Tisch, samt einer Serviette für meine Augen; wir mögen uns, aber reden nicht miteinander, wir mögen uns auch so. Und mit dem Glas am Mund, eine Lippe im Wein, die benützte Serviette in meinem Schoß, sehe ich auf die stetig abfallende, immer gerader werdende Gasse und denke – soweit ich denken kann und weiß, wer ich bin, und nicht nur denke, daß es so sei – an den morgigen Abend, wie ich sie einführen könnte vor ihrem Auftritt, mit welchen Worten über sie und Heine und Hölderlin, den eigenen oder ihren, oder denen des Doktors, die zu meinen geworden sind, und da tritt sie von der anderen Seite, dem krummen Ende der Gasse, in unser Schachkästchen und setzt sich einfach mir gegenüber, wie beim Nachahmen einer hollywoodschen Romanze, doch nur einen Augenblick später, als sie mich ansieht, eine Hand in Höhe des Kinns, wie um zu winken, und die andere im Haar, sind wir beide die ältesten Menschen, die ich kenne.

## Bodo Kirchhoff im dtv

»Schreiben ist Handwerk plus eigener Abgrund.«
*Bodo Kirchhoff*

**Infanta**
Roman
ISBN 978-3-423-**14029**-4
Kurt, ein gutaussehender Deutscher aus Rom, wird als Gast in einer ehemaligen Missionsstation in den Tropen aufgenommen und verliebt sich in die Haushälterin Mayla …

**Erinnerungen an meinen Porsche**
Roman
ISBN 978-3-423-**14062**-1
Daniel, Patient in der Klinik Waldhaus – Freundin Selma hat ihm sein männlichstes Teil, seinen Porsche ruiniert –, hängt den Zeiten ungehemmter Sex- und Geldvermehrung nach, bis eine neue Patientin auftaucht …

**Eros und Asche**
Roman
ISBN 978-3-423-**14129**-1
»Ein rarer Blick in das seltsam schlagende Herz von Männerfreundschaft.« (Brigitte)

**Die kleine Garbo**
Roman
ISBN 978-3-423-**14173**-4
Job und Frau sind weg, ein Banküberfall misslingt. Die Beute ist gering und zur Flucht entwendet Hoederer ein Auto, ohne zu wissen, dass er sich damit zum Entführer macht …

**Parlando**
Roman
ISBN 978-3-423-**14225**-0
»Ich bin, was ich erzähle«, lautet Fallers Credo. Über Väter und Söhne und die Legenden, die unser Leben bestimmen.

**Die Liebe in groben Zügen**
Roman
ISBN 978-3-423-**14317**-2
»Kirchhoff demonstriert aufs Schönste, dass über die Liebe im Allgemeinen und die Ehe im Besonderen nie alles gesagt sein kann.« (Der Tagesspiegel)

**Schundroman**
ISBN 978-3-423-**14358**-5
Brillante Parodie eines Gangster- und Liebesromans.

**Verlangen und Melancholie**
Roman
ISBN 978-3-423-**14517**-6
»Ein glänzender Roman über das schönste und komplizierteste im Leben: Die Liebe.« (Wolfgang Herles, ZDF)

## Rolf Lappert im dtv

»Lappert hat das Zeug zum Kultautor.«
*Wiener Zeitung*

**Die Gesänge der Verlierer**
Roman

ISBN 978-3-423-13813-0

Tyler ist Manager einer Londoner Rockband, die kurz vor dem Durchbruch steht. Als der exzentrische Sänger der Band nach Los Angeles verschwindet, macht Tyler sich auf die Suche.

**Nach Hause schwimmen**
Roman

ISBN 978-3-423-13830-7

Wilbur ist einen Meter fünfzig groß und hasst Wasser, aber er wäre gern so groß und stark wie sein Held Bruce Willis – und noch viel lieber gar nicht auf der Welt. Wie es Wilbur schließlich doch gelingt, sein Leben in den Griff zu bekommen, erzählt Lappert hinreißend, mitreißend und bei aller Tragik der Ereignisse mit unwiderstehlicher Komik.

**Der Himmel der perfekten Poeten**
Roman

ISBN 978-3-423-13935-9

In einem abgelegenen Motel irgendwo in Arizona bietet ein kauziger alter Unternehmer vier Schriftstellern die Möglichkeit, einige Monate ungestört an neuen Projekten zu arbeiten. Doch inmitten von Kakteen und Sand erlahmt die Schaffenskraft der Autoren schnell. Erst als sich zwei Verbrecher im Motel verschanzen, werden sie aus ihrer Lethargie gerissen.

**Auf den Inseln des letzten Lichts**
Roman

ISBN 978-3-423-14095-9

Eine entlegene philippinische Insel. Zwei Geschwister, die unterschiedlicher nicht sein könnten: Megan, eine militante Tierschützerin, und Tobey, ein gescheiterter Rockmusiker. Beide haben jeglichen Halt im Leben verloren und sind doch auf einzigartige Weise aneinander gebunden. Eines Tages ist Megan verschwunden, und Tobeys Suche nach ihr wird zu einem lebensgefährlichen Abenteuer…

**Über den Winter**
Roman

ISBN 978-3-423-14548-0

»Das fesselnde Portrait eines Mannes, der mit knapp 50 schließlich doch noch erwachsen wird.« (NDR Kultur) –, der in die Stadt seiner Kindheit, Hamburg, und in die Familie, der er immer entfliehen wollte, zurückkehrt.